超戦闘空母「大和」下

新鋭機「天戦」登場！

野島好夫

コスミック文庫

この作品は二〇〇九年五月に小社より刊行された『超戦闘空母「大和」』を再編集し、改訂・改題したものです。

なお本書はフィクションであり、登場する人物、団体等は、現実の個人、団体、国家等とは一切関係のないことを明記します。

目　　　次

第一部

戦空に舞う最強新鋭機「天戦」

第一章　黒いカーテンの裏側

ドドドドッという重い発射音は、銀翼から放たれた三〇ミリ機関砲のものだった。

グワァン、グワァン、グワァン！

地上に設置された鋼鉄製の標的が粉々に砕かれる。恐ろしいほどの威力だ。

ウィィィ――――――ンという小気味よいエンジン音を上げて、三〇ミリ機関砲を撃ち終えた銀色の機体が旋回して急上昇に入った。流れるようでいてしかも同時に強さのある動きは、最強の艦上戦闘機と呼び声の高い『零戦』をはるかに上回っている。すさまじい速度で上昇を続けた銀色の機体が水平飛行に戻ると、右に左にと機体を滑らせた。

突如、左から黒い機影が現われた。『零戦』である。

銀色の機体が瞬時に降下に入った。『零戦』が即座に追尾する。しかし銀色の機体の降下速度はすさまじく、みるみるうちに『零戦』を引き離してゆく。『零戦』は数百メートル降下したところで、諦めたように機首を上方に戻した。速度の違いが明らかなうえにひ弱な『零戦』は、それ以上降下を続ければ機体が破損する。いや、下手をすれば空中分解する可能性さえもあった。

余裕で『零戦』を引き離した銀色の機体は、地上二〇〇メートルほどの高度で反転するや再度急上昇をした。『零戦』には、絶対に真似《まね》ることができない芸当だ。

上昇してきた銀色の機体に、『零戦』が再度襲いかかるように旋回した。二機は正対して接近する。数秒後、二機はすれ違うなりほとんど同時に急旋回した。もちろん、格闘戦《ドッグファイト》の定ポジションである相手の後方を奪うためだ。

『零戦』がこの体勢で敵機に後方を奪われることは、操縦員の腕が相当に未熟でない限りない。それほど『零戦』の旋回性能は優れているのだ。しかし、そのないはずの事態を『零戦』はやすやすと銀色の機体に許した。

『零戦』の操縦員の腕が未熟ではないことは、これまでの『零戦』の動きでわかる。銀色の航空機のほうが『零戦』よりも、明らかに航空機としての性能が上回っているのだ。

「恐ろしいほどの性能ですな」上方を見続けて首が痛くなったのだろう。指で首をほぐしながら言ったのは、海軍超性能兵器開発研究所の技術面リーダーである小島弘文《ひろぶみ》技術大佐だった。

「ありがとうございます」嬉しそうに答えたのは海軍航空技術廠《しょう》（空技廠）飛行機部の長内広元《おさないひろもと》技術中佐である。長内中佐は、今、上空で『零戦』をまるでガキ扱いした新型艦上戦闘機（のちに『天戦』と命名される）の主担当技術者の一人であった。

「この人もほめて上げて下さいよ、小島大佐」

長内が自分の横でニコニコしている中年の、やや太り気味の男を示した。

「ええ、と。ふむ。そう、なんだかお目にかかったことがあったような気がしますな。お顔を拝見したような……」人の顔や名前を覚えるのが苦手な小島が、つぶやくように言った。

「五洋飛行機の向坂《さきさか》です。はい。三度ほどお目にかかっています」

「ああ、そうそう、五洋飛行機のですな。確か、ええと、技術部長さんでしたな」

「先日、常務に就かせていただきました」

「ほう、常務さん。ご出世ですな。ハハハッ。どうも」

詫《わ》びている様子ではあるが悪いとは思っていないらしい姿が小島らしいと、長内は苦笑した。

『零戦』があまりにも高性能な艦上戦闘機だったために、海軍の上層部の多くは『零戦』の後継機開発にあまり興味を示そうとはしなかった。

「我が『零戦』に優る戦闘機など、アメ公に開発できるものか」

そううそぶく海軍将軍さえいたという。それも一人ではないというから、驕《おご》りとは恐ろしい。だが、「なんという愚かなことを言うんだろう。兵器の進歩は日進月歩。さぼっている兎は、必ず亀に追い越されるのを考えるべきだ」と嘆息する者もいるにはいたが、残念なことにそう思う者の数は決して多くはなかった。

そして、長内中佐はその代表格だったし、新興航空機メーカーの五洋飛行機の常務向坂史郎もそうであった。向坂は三菱で『零戦』の開発に関わった技術者の一人であるが、『零戦』を超える後継機の開発を社内で主張し、孤立した。しかし向坂は根っから飛行機造り屋だったので、閑職に追いやられてももくもくと開発業務に固執したのである。

そんな向坂を拾い上げたのが五洋飛行機の今里春男社長で、今里は向坂を自社の技術部長として招聘《しょうへい》したのだ。大抜擢と言える人事である。

だがそれだけでは、『天戦（現時点では新型艦上戦闘機）』は生まれなかった。

後継機開発に不熱心だった海軍上層部に比べ、海軍の航空機開発機関である空技廠幹部の考えは海軍上層部とは少し違っていた。

　空技廠幹部は新型機開発の必要性をさすがに認めており、長内大佐の熱望にも理解を示していたが、いざ長内たちが予算を要求する段になると腰が引けた。

　開発作業は、ある意味で無駄の蓄積である。だが、無駄の中からわずかな成果を拾い上げてゆくのが開発とも言える。そのためには当然膨大な資金が必要だったのだが、幹部が長内に示した予算は絶望的とも言える額に過ぎなかった。失敗したときに責任をとらされるのを恐れたからである。官僚の典型的な姿だ。これによって、後継機開発はとん挫するかに見えた。

　しかしのちに『天戦』は幸運の艦上戦闘機と言われるように、その開発の裏にはいくつかの幸運に恵まれたところがある。その最初は、五洋飛行機の今里社長が行なった資金援助と技術協力であった。

　そもそも五洋飛行機は五洋財閥系の航空会社だが、他の財閥系航空会社に比べれば航空会社としては後発で、これまで傑作機と言われる航空機の開発には至っていない。それだけに、『零戦』の後継機開発というプロジェクトは五洋飛行機及び五洋財閥首脳陣にとってはチャンスの一つであった。もし後継機が零戦級の評価を受ければ、先行するメーカーに五洋飛行機が並ぶのは無理としても、離されている距離は相当に詰められると五洋財閥首脳陣は読んだのである。

五洋飛行機の技術者として参画することになる向坂にとっても、それは渡りに船だった。

「私は若いときにアメリカに留学しておりましてね。そのときアメリカの底力というものを存分に見せられています」

向坂は長内大佐に出会ったときに、語った。

「アメリカ軍に『零戦』に優る航空機を開発する力などないと一部の海軍航空関係者の方は言っておられるようですが、私はそれは大きな間違いだと思いますよ。アメリカは遠くない将来、必ずや『零戦』の対抗馬を投入してくるはずだと確信しています。その観点から見て、長内中佐たちの考えを私は完全に支持しております。アメリカを舐めると怪我ではすまないでしょう」

そして向坂のこの危惧は的中した。

現在アメリカ軍が投入しているグラマンF6F『ヘルキャット』は、十分すぎるほどに『零戦』に対抗する能力を持っているからだ。部分的には『零戦』を超えていると評価する技術者さえいた。

『天戦』にとっての二つ目の幸運は、海軍超性能兵器開発研究所の技術面の統率者である小島弘文技術大佐の登場だろう。

長内たちは、後継機が重防御を誇るアメリカ軍機に対して優位を得るには、やはり重火器で応ずるしかないと考えていた。それも、できるなら『零戦』が搭載する二〇ミリ機関砲を超える三〇ミリ機関砲の搭載を狙っていた。しかしそこにはいくつかの難題が立ちはだかっており、搭載するにはそれら難題を解決しなければならなかったのである。

まず最初の難題は、重量だ。

当然のことだが、二〇ミリ機関砲に比べれば三〇ミリ機関砲は本体も砲弾も重い。『零戦』搭載の二〇ミリ機関砲でさえ、重量の関係で積載できる砲弾の数はわずかであった。「二〇ミリ機関砲は威力はあるが、一撃か二撃で砲弾が尽きるのだからな」と、嘆息する『零戦』操縦者は多い。しかも重い砲弾は命中率も悪いのだ。二〇ミリ機関砲は操縦員の射撃の腕が十分ならば威力のある兵器だが、射撃が未熟な者の場合は無駄に砲弾を発射するケースが多く、二〇ミリ機関砲は扱いにくいという評価だった。ということからして、三〇ミリ機関砲となるとそれらの欠点がより大きくなるのは明らかだった。

別の難題がまだある。

重い火器の搭載は当然機体強度を上げる必要があり、しかしそうなれば機体自体の重量増にもなるのは当然で、当時の非力な艦戦用のエンジンでは速度や操縦性能にも大きな影響を及ぼしてしまうのである。

悪いことずくめで長内たちが半ば三〇ミリ機関砲の搭載を諦めかけていたとき、「こんなものがあるんだが」と、海軍超性能兵器開発研究所が開発した新型三〇ミリ機関砲を持ち込んできたのが小島大佐だった。

長内はまず、その名前に困惑した。『海軍超性能兵器開発研究所』の名はこの時期まだそれほど通っていなかった上に、名称それ自体になんだか胡散臭《うさんくさ》いものを感じたのである。

だが、小島大佐という人物には不思議な魅力があり、長内は無下《むげ》に断われないものを感じて、不承不承ながら小島の三〇ミリ機関砲の性能試験を行なってみた。そして長内は、そのあまりの高性能に驚愕したのである。本体と砲弾とともに重量は、これまでの三〇ミリ機関砲に比べおよそ三割程度軽減されていながら、威力ははるかに優《まさ》っていたのである。

長内は新型艦戦にこれを搭載しようと、その瞬間に決めた。小島の持ち込んだ三〇ミリ機関砲は、それほど素晴らしいものだったのだ。

しかし、最後の幸運が、『天戦』を『零戦』を最強の艦上戦闘機として決定づけたのかもしれない。それは、重量問題で大きなネックになっていたエンジンである。すでに記したように、この当時の艦戦用エンジンは非力だった。改良が重ねられた『零戦』のエンジンにしても、一一三〇馬力がやっとであった。

ところが、五洋飛行機の発動機部が開発した新型エンジンは、なんと一八九〇馬力という驚くべき強力さを持っていたのである。

アメリカ軍の『ヘルキャット』やヴォートF4U『コルセア』が搭載する二〇〇〇馬力級にはわずかに及ばないものの、アメリカ軍機に比べれば日本軍機は機体重量が軽かったため、比率という観点から見れば同等以上の能力が発揮できる。

軽い三〇ミリ機関砲に強力なエンジン。

二つ重なった幸運が、新型艦上戦闘機『天戦』に高性能を与えたのである。

『天戦』の機体はほぼ『零戦』と同じ大きさだが、防御の厚さと三〇ミリ機関砲を搭載したため重量は『零戦』よりもやや重い。しかし、強力エンジンはその欠点をカバーして余りあった。なんと『天戦』の最高速度は七二三キロと、この時点で世界でも一番と言っていい高速度機なのだ。

兵装は機首固定の七・七ミリ機銃二挺、主翼に海軍超性能兵器開発研究所が開発した新型三〇ミリ機関砲二門を搭載していた。

『天戦』の高性能ぶりは、実はまだある。

アメリカ軍機が採用している中折れ式の主翼の導入に成功し、これによって空母への搭載数もこれまでより四割ほど多くなっていたのだ。とはいえこれほどの高性能を誇る『天戦』にも、まったく問題がないわけではない。製造価格である。『零戦』の製造費が七万円なのに対して、『天戦』は九万円と二万円程度の高額になり、戦費に限りのある日本海軍にはこれが大きかった。

『零戦』がまったく使い物にならないのならばともかく、まだこの時点ではアメリカ軍機に後《おく》れをとってはいないと考えている者も多かったため、『天戦』と『零戦』を一気に交替させてしまうことに彼らは反対していた。その結果、正式採用と決まりながらも五洋飛行機に発注された『天戦』はわずかに一五機であった。

正直言って、長内はガッカリした。一〇〇〇機、二〇〇〇機はむろん無理だとは思っていたが、せめて一〇〇機程度の発注があるかと思っていたからだ。

「焦ることはありませんよ」長内を慰めたのは、向坂常務だった。

「わずか一五機でもありがたいと思っているんです。なあに、戦線に出さえすれば『天戦』のすごさを操縦員が認めますよ。そうなればこっちのものです。これからの航空戦には、『天戦』が無くてはならない戦闘機だとみなが知ることになりますからね」

向坂の言葉は、長内にはありがたかった。

長内は空技廠の技術者だから、建前から言えば『天戦』が売れても売れなくても関係ないのだ。

しかし、向坂は違う。五洋飛行機の『天戦』開発の技術面の責任者だから、売れなければ最悪クビということも考えられるのだ。その向坂が焦るなと言ってくれたわけである。

「わかりました、向坂常務。待ちましょう」長内がホッとしたようにうなずいた。

一九四二(昭和一七)年一二月初旬、大日本帝国の帝都東京は霜をかぶり、早朝の草むらはまるで雪原のように白く輝いていた。永田町にある首相官邸の玄関に公用車が到着したのは、昇った太陽に霜が無惨にも消された午前一〇時半ごろであった。

公用車から降りたのは、陸軍参謀総長杉山元《はじめ》大将だった。肥満体の杉山は、邸内に入ると廊下を歩いて首相執務室に向かった。

邸内は程良い温度が保たれており、厚手の外套《がいとう》を脱ぎ捨てていた杉山だが、肥満の目立つ彼は廊下を歩いているうちにうっすらと汗をかいたらしくハンカチで額を拭った。

「ソ連が動くかもしれないですって？　いつもの感触と違うと？」

首相執務室に入ってきた杉山に隅のソファを示しながら、大日本帝国首相（内相、陸相兼務）東条英機陸軍大将は眼鏡の奥の細い目を見開いて言った。

会見の内容はすでに訪問のアポイントメントをとる電話で伝えてあったから、杉山は詳しい説明は避けた。

「そうなんです。だからほうっておいていいのかと、連絡を寄こした関東軍司令部は緊張しておるようです」

「なるほど」東条が意外なほどに冷静な反応を示したので、杉山は少し勢いを削《そ》がれた。

「確認ですが、参謀総長。連絡は総司令官の梅津大将からですか」言われて杉山が詰まった。

「やはり違うのですね」東条が腹で苦笑する。関東軍司令部、という表現に杉山が曖昧にした意味が含まれているからだ。

「やはり総理を欺《あざむ》くことなどできませんな。お詫びします」杉山が頭を下げた。

「よしましょう。参謀総長に私心がないことは承知しています。それに、本気で私を欺こうとしたのではないこともわかっています。ただ、情報は正確に、そうお願いしたいだけです」

「承知いたしました」杉山はホッとしたようにうなずいた。

杉山は嘘をついたわけではない。大陸に駐屯する関東軍司令部の参謀副長から陸軍参謀本部に連絡が入ったのは今日の早朝のことで、杉山が到着するとすぐに説明された。

「総理には連絡したほうがよいでしょうか。少し気になる内容なのですが、かといって」

情報を持ってきた情報部の部員が、困惑げに言葉を濁して言った。血気盛んな関東軍の若手将校からは類似の情報がこれまでも何度か送られてきていた。だが、ほとんどが熱気ゆえの行き過ぎが多く、参謀本部の情報部ではその信憑性《しんぴょうせい》に疑念を持つ者が多かったのである。しかも、連絡してきた参謀副長は彼らのリーダー的人物であった。

書類に目を通した杉山は首を捻った。確かにこれまでのものよりはいくぶん信憑性が高そうな気がした。かといって、はっきりとした根拠が報告されているわけではない。

（やはり無視するか）杉山がそう思ったときドアがノックされ、情報部の別の部員が現われた。

「総長。関東軍からの続報です。ただし、一報とさほど変わらないものですが……」

「見よう」杉山が情報部員に手を伸ばした。

読了した杉山は腕を組んだ。確かに内容は一報とほとんど変わらないのだが、そこにはこれまでの熱気だけとは違うなにかがあると杉山は感じたのである。おそらく前《さき》の情報部員が感じたものと同じだろう。

（真実が隠れているかもしれんぞ）杉山は迷いを吹っ切ると、東条に電話することを決めた。

杉山が報告を参謀副長からではなく関東軍司令部からとしたのは、参謀副長では弱いかもしれないと思ったことと、東条が報告を総司令官の梅津からだと思ってくれたほうが有力な情報と考えるかもしれないと思ったからである。結局はたやすく見破られたが。

「いつもの恣意的《しいてき》行動と違うというようなことをおっしゃいましたが、総長の感じた根拠をお聞かせ下さい。電話ではそのあたりがよくわかりませんでしたからね」

「正直に申し上げて、私にしても、これが根拠である、というようなはっきりしたものがあるわけではありません。まあ、言うなれば軍人としてのカンでしょうな。ただし私は、その手のカンにはそれなりの自信はあるのですがね」

「ええ。私も総長の能力を信じていますが、そうですか、カンですか……」

デスクから離れず、書類にチェックを入れながら東条がさめた声で答えた。

その冷たい声で、杉山の気勢がますます削がれた。そして、「総長もご承知のように、太平洋に比べて、関東軍がいる大陸はこのところ比較的穏やかです。それに反して関東軍の若手将校諸君は血気盛んな者が多く、そういう彼らにとっては穏やかさは焦燥を誘い、苛立《いらだ》たせます。そういう状況に置かれた人間は、見えないものをことさら見ようとしているのではありませんかね」との東条の理詰めの言葉に、杉山はそれまで持っていた自信の大半を失い始めていた。

大陸における日ソの軋轢《あつれき》の大きな原点の一つは、間違いなく日露戦争である。新興帝国主義の国日本と老舗のロシア帝国の間で勃発したこの戦いは、ロシア帝国の内政事情によって戦争遂行が難しくなり、日本の勝利によって終結した。

しかし、革命闘争が絡んだこの戦争には負けていないと主張するロシア（現ソ連）

人も多い。それさえなければ、大国ロシアが日本などという三等国に負けるはずはないと言うのだ。

国家の体制が帝国から共産国家に変わった今でも、その思いはソ連の人々の心のヒダから消えていない。特に軍部にはその想いが強い。体制が変わり陣容が大きく変わったというのに古い意識が消えないのは、軍隊というものの宿命かもしれない。資本主義でも共産主義でも帝国主義でも、縦割り社会で上官に対しては絶対服従。制服を着用し個性は排除されるというような軍隊という組織の基本には、そう大きな違いがないのだろう。

その軍隊の中で消えなかった怨念が、一九三九（昭和一四）年五月に満蒙《まんもう》国境で日ソ両軍（発端は満州軍とモンゴル軍）の間で勃発した〈ノモンハン事件〉の遠因の一つになっているのだ。日本の敗北という形で、〈ノモンハン事件〉そのものは一応の終結を見た。

しかし日ソ両軍の互いへの示威《じい》行動は収まることはなく、今日に至っても互いに国境付近での訓練を行なったり偵察機を飛ばしたりと、危険な状態が続いていた。

日米戦を念頭に置いていた日本軍及び政府は、いざというときは太平洋方面に戦力を移動させる必要があるとの考えから、ソ連の脅威をなくす必要があると判断し、対米戦開戦半年前に〈日ソ中立条約〉を結んだ。

不可侵条約とも呼ばれるこの条約は、文字通り互いに国境からは動かないことを定めたものである。この条約の締結によって互いの示威行動自体が大幅に減ったことは事実だが、まったくなくなったわけではなかった。

東条はそれを言ったのである。

「それにソ連だって今、我が国と戦争する余裕などないはずですからね。そうでしょう、総長」

東条の言葉に、杉山がしかたなさそうにうなずく。自信は欠片《かけら》になって散った。

「スターリンにとって、今はドイツとも戦争などしたくはないのが本音でしょう。なにしろスターリンが指導した経済政策はことごとく失敗しており、戦争よりは経済の建て直しこそが急務のはずですからね」続いた東条の言葉に杉山は自信をほぼ消失させていた。

「となるとやはり、いつもの極東赤軍の示威行動であるということでしょうな」杉山は肩を落として言った。

「静観ですな、総長。今ここでこちらが動揺を見せれば、アメリカに付け入らせるスキができますからね。それこそ本末転倒ですよ」

東条の言葉は諭《さと》すような語句だが、声には絶対的な強さがあった。

「そ、それはそうですね。ええ、確かに。今はアメリカが一番の問題ですからな」

押されるように、杉山の姿勢が弱々しくなった。勝負は完全についていた。

「そういうことです、総長」と答えた東条はわずかな笑みを杉山に送り、デスクに視線を戻した。帰れという合図だと気づいた杉山は、ここへやってきたことをはっきりと後悔した。

「申し訳ありません、総理。あなたには、大日本帝国を背負って片づけなければならない懸案が山積みしており、時間はいくらあっても足らないことは承知しております。しかも講和においてアメリカの態度が微妙に変化してきているこの時期に、不確かな情報を持ち込んでその貴重な時間を奪ったことをおわび申し上げます」

「それはよいのですが……」そこまで言って、東条が突然に首を傾《かし》げた。

「総理。なにか？」

「あ、いえ。なにかが頭の隅で蠢《うごめ》いたような気がしたのです……が」

それ以上東条の口が開くことはなく、重い沈黙が降りた。

杉山も辞去するきっかけが摑めず、ソファに身を固くして座り続けた。

「駄目ですね。出てきません」五分ほど続いた沈黙を破り、東条が言った。

「まあ、出ないときは出ないものですし、こんなときに固執するのは時間の無駄ですよ。必要なときが来たら浮かぶでしょう」

東条の言葉に翳《かげ》りや残念そうな色がないのは、こういった場合の東条自身の経験から来ているのだろう。

「関東軍司令部には私のほうからも言っておきましょう。特に総司令官にです。総長にあまり心労をかけないように、と」

関東軍総司令官梅津美治郎《よしじろう》大将の能面のような顔を思い浮かべた杉山は、苦笑を作ってソファから腰を上げた。

一瞬、講和の状況を聞いてみたい欲望に駆られたが、杉山は諦めた。東条の言葉ではないが、必要と思うなら東条のほうから話すはずだと思ったからだ。

杉山が帰った後、東条は椅子から立ち上がると手を後ろに組んで歩き出した。すでに大陸のこともソ連のことも東条の頭にはない。あるのは困難が続くアメリカとの講和交渉の進捗《しんちょく》だ。

急に強気になったというアメリカ代表団の情報は、アメリカが講和から一転して戦争続行の方向性も視野に入れた可能性があった。

むろんそれならそれで、東条はかまわないと思っている。なぜなら、東条が今この戦争で目標にしているのは、今回日本が要求したようにアメリカのほぼ無条件降伏だからだ。

その結果が得られるとするならば、それが戦争の勝利であろうと講和であろうと、東条はかまわないと思っていたのである。

「帝国の将来を考えるなら、安易な妥協は許されない」立ち止まり、東条は天空を睨むようにして言った。普段の東条から考えられないほどの、熱のこもった叫びだった。


『大和』航空戦隊が投錨《とうびょう》する呉湾を望む柱島泊地は、夕刻から雪になった。

もっとも、現在、超戦闘空母『大和』や未来輸送艦『あきつ』などの主力艦を改装しているため、ここ柱島泊地に停泊している同戦隊の艦艇数は少ない。

「そろそろ腕がうずいてお困りでしょうね、司令官」

白化粧の始まった臨時旗艦重巡『利根』の艦橋で、神重徳《かみしげのり》参謀長が千崎薫《せんざきかおる》中将に言った。

神は冗談のつもりだろうが、もともと表情の乏《とぼ》しい神が言うと冗談も冗談に聞こえない。こんなところが神が冷たい人間だと誤解される理由の一つであるが、千崎はすでに神の人となりを十分に理解していたから、笑みを作り、うなずいてからべらんめえに口を開いた。

「はっきりと決められているわけじゃねえがさ、一応の停戦が始まってからもうすぐ一カ月だぜ。明らかに停戦とか休戦とわかっているのならともかくこういう中途半端な停滞は、俺のような男には地獄の責め苦とまでは言わないにしても、蛇の生殺しのようでイライラするぜ。だからお前さんのようにどっしりと構えられるのが、正直羨ましいと思ってるんだ。まあ本来、司令官ってえのはそうあるべきなんだろうからな」と言って、千崎が首の後ろをポンとひょうきんに叩いて見せた。

「いえ。私にも苛立ちはありますよ。ただ、私は性格的にそれが表面には出ないだけです」

「うん。そうだろうな」

「確かに司令官の言われるように感情を露《あら》わにしないのは司令官に求められる資質の一つではあるとは思いますが、それが絶対的なものとは思いません。司令官や敵のハルゼー中将のように、ときには感情を露わにして戦う提督もまた闘将、猛将として名を馳せる名将であると思っていますから」

「ふふ。参謀長にそう持ち上げられると調子に乗っちまうのも俺の悪い癖かもしれねえが、褒められるのも悪くはねえな」嬉しそうに千崎が言った。

「ですが、この一カ月余りの停戦状態によって我が戦隊の戦力が増強されるのも事実でありますから、まんざら悪くもないのではありませんか」言ったのは航空参謀の岩口京介中佐だ。

「同時に敵もまた条件は同じだがね」岩口に反論を呈《てい》したのは作戦参謀の菊池弘泰《ひろやす》中佐である。

岩口と菊池は海兵の同期で、周囲は二人を好敵手のように見ていた。時折り二人の意見は対立し、周囲にはハラハラする者もいるが、実際に周囲が思うほど二人の間には敵愾心《てきがいしん》もないしライバル意識も薄い。二人は互いに自分たちの持つ能力の質が違うことを知っていたし、同時に相手の能力を高く評価していたからである。

神はそれを見抜いており、二人が激しい論戦を始めても無頓着に見守っているだけであった。表面的にはどれほど激しいものであったとしても、やがて二人は一番いい結論を見つけ出すと信じているのだ。

「それは俺だって承知しているさ。しかしアメリカ軍の場合は、その増強分を太平洋と大西洋に分散する必要があるからな」

「だとしても、アメリカの国力は我がほうに優っているんだ。半分に割ったからといって、アメリカ軍の増強力を過小評価するのは危険と考えるべきだろうと、俺は言いたいのだ」

「それは俺も否定せんが、そのあたりはどうお考えですか、参謀長」

菊池の指摘にやや自信を失いかけた岩口が、神を見た。

「菊池の意見はもっともだと俺も思う。今回の我がほうの増強が、量的にアメリカに太刀打ちできると考えるほど俺も甘くはない。だが、質的に言うと相当の増強になるとは思っているよ。未来の力の分だけな」

「ほれみろ、菊池。今回の増強はそういうことだぜ」失地回復と見た岩口が勢い込んで言った。

「まあ待て、岩口中佐。質的には上だが、総合的に見て我がほうが絶対の有利であるなんぞと言っているわけじゃない。圧倒的な量が質を凌駕《りょうが》することは歴史的事実でもあるからな」

神の冷徹な分析に、岩口と菊池が顔を見合わせてうなずきあった。

こんなとき、千崎は余計な口出しはしない。神に任せておけばよいから必要がなかったし、千崎自身、理詰めの話が苦手でもあるのだ。

「司令官。連合艦隊司令部からの連絡です」

「うん」

「講和交渉決裂せり。全艦隊は戦闘再開のための準備なせ。以上です」

「……来たか」

千崎の顔が一気に紅潮し、筋肉がギシギシと音を立てるように盛り上がった。

（猛将、復活だな）神は腹で思った。

「参謀長。『あきつ』の志藤《しとう》少佐を呼んでくれ」

「はい。志藤少佐を呼びます」千崎の命を復唱し、神は大きくうなずいた。

一二月二二日、帝国海軍による〈真珠湾奇襲作戦〉からおよそ一年後のこの日、大日本帝国陸海軍は新たな戦いに踏み出したのである。

第二章　新たなる戦いへ

「そうか……講和交渉は決裂か……」

第二艦隊司令長官近藤信竹《のぶたけ》中将は、第二艦隊旗艦であり兼第五航空戦隊旗艦でもある空母『翔鶴《しょうかく》』の艦橋で、両目につけた双眼鏡を離しもせずに短く答えた。

近藤信竹中将麾下《きか》の第二艦隊がミッドウエー守護の任について、二〇日ほどが経っている。

当初、ミッドウエー海域の守護をしていた第三艦隊司令長官小沢治三郎《じさぶろう》中将が、前《さき》のアメリカ艦隊との海戦で見せた猪突猛進ぶりは、慎重なタイプの古賀峯一《みねいち》連合艦隊司令長官に大いなる危惧を抱かせたのである。

当時はまだ講和交渉中だったため、再度、小沢が無謀な行動を起こしたりしたら、アメリカ側につけいらせる可能性もある。古賀はそのことも恐れた。

それでも慎重派の古賀はしばらく悩んだ。そして結局は交替を決意し、後任の艦隊として選んだのが近藤信竹中将麾下の第二艦隊だったのである。

第二艦隊も、第三艦隊と同じく第五航空戦隊＝空母『翔鶴』『瑞鶴《ずいかく》』を主力とした機動艦隊で、麾下には高速戦艦『金剛』『榛名』を擁する第三戦隊、重巡『愛宕《あたご》』『摩耶』『高雄』で編制された第四戦隊、重巡『妙高』『羽黒』からなる第五戦隊があり、水雷戦隊として第二、第四水雷戦隊、そして水上機母艦が中心の第一一航空戦隊を付き従えていた。

第三艦隊に比べると第二艦隊は機動艦隊としてやや見劣りがするのは事実だったが、その差を近藤ならばカバーするだろうと古賀は期待していた。

近藤という男は、勝負時《どき》と悟った途端に変貌し、まさに鬼神のごとく敵に攻め込んでいって結果を残してきた提督なのだ。

また、近藤の優秀さは、前連合艦隊司令長官山本五十六大将が病《やまい》を得、入院で任を退いた後の後任人事の際にも示された。近藤を後任に押す者が意外に多かったのである。

結果的には陸軍との関係や海軍首脳陣の目論見《もくろみ》などが交錯し、連合艦隊司令長官の座に着いたのは現長官古賀峯一大将だが、近藤の能力が古賀に劣ると考えた者はほとんどいない。

もっともその話をされて「残念ですな」などと言われると、近藤はそれこそ大人《たいじん》のように優雅に笑い、「人はいろいろと言っておるようだが、地位というものは賢《さか》しらな人間どもが決めるものではないさ。結局は天が決めるものだ」と、いなした。一部には近藤の負け惜しみや皮肉だという声もあるが、彼を知る者は誰もが、近藤はそんなに小さい器《うつわ》ではないと否定した。近藤信竹とはそういう男であり、古賀長官もそこに期待したのである。だから、太平洋の最前戦ともいうべきミッドウエー派遣が決まったときにも、近藤には興奮や緊張もほとんどと言っていいほどなかった。その落ち着きぶりに、「やはりこの人は大物だなと思ったよ」と第二艦隊参謀長白石万隆《かずたか》少将は部下に語ったという。

その白石参謀長が、近藤の隣に興奮を隠せぬ顔でやってくると、「長官。ついに来ましたね」と、言った。

「うん。そうだな。九割方そうなるとは思っていたが、いざ聞かされるとやはり心が高ぶるよ」

「長官でもそうですか」白石が意外そうな顔をした。

「当たり前だ。俺だって朴念仁《ぼくねんじん》ではないんだぞ。こういう状況になれば、興奮も緊張もするし身も震えるさ」と、近藤が苦笑混じりの笑みを浮かべた。

「申しわけありません」白石が真面目な男らしく真剣な顔で詫びた。

「怒っているわけじゃない」近藤が小さく首を振る。

「はい」

「正直に言うとホッとしてもいる。俺のように鈍い男には待っていることもたいして苦にはならんが、兵の中には線の細い者も小心な者もいるはずだ。そういう者たちにとっては、戦争があるのかないのかというようなこの状況で、ずいぶんと緊張や苛立《いらだ》ちを感じているだろう。それを解消するには、かえって戦《いくさ》が始まったほうがいい。まあ、戦になればまったく別の緊張はあるのだろうが、それは軍人として覚悟ができている緊張だからな」

「同感ですよ、長官。言ってみれば、私たちは戦ってこそ存在が認められるのですからね。蛇の生殺しのような状態は、それこそ体にも精神にも誠によろしくありません」白石が意気込むように言った。

「うむ。そういうこと……」ではないと、近藤は言おうとした。近藤としては、兵を戦うための道具だけのように思うことが好きではなかったからだ。だが、ここでそれを言って白石参謀長の闘志に水を差すことも、近藤という男がとる態度ではなかった。

白石は近藤が止めた語尾の後に、「だろう」という言葉が付くと理解し、なお闘志を燃やしていた。

「ともあれ、戦は始まった。休暇が終了したことを兵たちに徹底してくれたまえ」

近藤の言葉に、白石が復唱と敬礼で応じた。


「ずいぶんと舐められたもんだな」

ミッドウエー島周辺海域を偵察に行った偵察機から、日本海軍がこれまでの艦隊をより規模の下回る機動部隊と交替させた模様であるという報告を受けたとき、太平洋艦隊第一六任務部隊指揮官ハルゼー中将は満面に怒気の朱を散らせて、言った。

「プラスにお考えになられればいいんですよ、提督。それだけ敵を叩けるチャンスができた、と」答えたのは、ブローニング参謀長である。

「それはそうだがな」ハルゼーは答えたが、完全に納得してはいないことをブローニング参謀長は知っていた。

もっともこの時期はまだ日本とアメリカは講和交渉の最中であり、どれだけ有利な状況になろうとも、第一六任務部隊が日本艦隊を相手に戦いを挑めるというわけではなかった。

それが変わった。

「マイルス。時機到来だな」

ハワイ周辺の定期パトロールともいえる航海の途中で講和交渉決裂の報を受けたハルゼー中将が、会心の笑みを浮かべてブローニング参謀長に言った。

「そのようですね。後はニミッツ長官がどう判断されるかでしょう」

ブローニングも開戦に対しては「待ってました」という心境だが、参謀長という職務から来るのだろう、慎重だった。

「そう。それが問題だ」

元気だったハルゼーの表情が、やや曇った。

一時期ほどの確執はなくなったが、ハルゼー中将と太平洋艦隊司令長官チェスター・W・ニミッツ大将との関係は今でも完璧というわけではなく、ハルゼーには依然としてニミッツに対するこだわりが消えていないし、それはニミッツも同じはずだった。

「しかし、日本軍に対する怨念や憎悪という面から見れば、ニミッツ長官も同様と思って間違いありません。おそらく提督をそうガッカリはさせないと思いますよ」

ブローニングが慰めるように言う。

「本当にそう思うか、マイルス」ブローニングの唇が鈍った。そこまで念を押されると、彼にも間違いはありませんとは言えそうになかったのだ。

「いいさ。いざとなれば、怒鳴り込んであの慎重でこり固まった石頭にドカンとショックを与えてやるさ」

獰猛《どうもう》でなる猛将提督ブル・ハルゼーは、厳つい顔をなおさらしかめて拳でテーブルを叩いた。

（やるだろうな）と、ブローニング参謀長は腹で思う。「ブル」というニックネームは、それをやってのけるからこそついているのだ。

だが、それをやらせるべきではないとブローニングは考えている。ブローニング自身も、ハルゼーほどではないが、ニミッツに対する物足りなさを感じることがある。

しかしそれは、ニミッツを無能な司令官だと思っているという意味ではない。逆だ。急遽任命され慣れない任務を与えられたにしては、ニミッツのこれまでは及第点であろうとさえ見ていた。そして、ハルゼーとニミッツのコンビを、最良ではないだろうが決して悪いわけではないとも、ブローニングは思っているのだ。

ブローニングは、それ故《ゆえ》にささいな意地や誤解などでハルゼーとニミッツが衝突し、コンビを解消するような事態になることを、恐れた。

（二人をそんな状況にさせないことも、ハルゼー提督の参謀長としての、俺の仕事の一つだろう）と、ブローニングは腹を決めていた。

だから、ハルゼーに怒鳴られることも覚悟で、「わかりました、提督。私もいざとなれば提督のお供をいたします。しかし、でありますが……」

「アハハハッ。わかってるさ、マイルス。これでも俺には、ずいぶんと忍耐力というやつがついている。滅多なことで無茶はせんよ」

ハルゼーがブローニングの不安を吹き飛ばすように、豪快に笑った。

「そ、そうですか」ブローニングが笑みを作ってうなずいた。

（とはいえ、油断はできないぞ）

笑いながらもブローニングは、自分に言い聞かせる。確かに、ハルゼーが一時期ほど感情を爆発させることが減ってきているのは事実だ。しかし、たぎり立つブルの魂がそう簡単に雌牛や仔牛になるとは、ブローニングとしても思えなかった。

「スプルーアンスの意見も聞きたいがな」

ハルゼーが出した名は、もちろん第一七任務部隊指揮官のスプルーアンス少将のことだ。

すぐさまブローニングの脳裏に、冷徹を絵に描いたようなスプルーアンスの姿が切り込むように浮かんだ。スプルーアンスの先の先を見通すような沈着な頭脳が、現在の状況に対してどのような意見を持っているのか、ブローニングも聞いてみたかった。

南国特有の激しいスコールが降り止んだのは、五分ほど前である。雲があっという間に切れたかと思うと、射るような光線が太平洋艦隊第一七任務部隊の旗艦空母『ヨークタウンⅡ』の艦橋に突き刺さっている。その光線をまともに受けながら、第一七任務部隊指揮官スプルーアンス少将が理知的な瞳を細めて珊瑚海の荒い海面を見つめていた。

スプルーアンスが「講和交渉決裂。戦闘再開」の情報を得たのは昨夜だ。結果はすぐに出た。今日未明から敵の海軍基地航空部隊の索敵機の動きが活発化した模様、と偵察機が報告をしてきたのである。敵は明らかにこの海域にアメリカ艦隊がいると推測しているように、スプルーアンスには思えた。

スプルーアンスが指揮を執る第一七任務部隊が、ソロモン周辺及び珊瑚海方面に進出したのは一カ月前であった。このときも講和交渉中だったため攻撃は当然できないが、スプルーアンスは偵察行動を戦時中とほとんど同じ程度の態勢で行なわせた。

スプルーアンスの脳裏には、常に日本海軍の〈パールハーバー奇襲作戦〉のことがある。

偵察に不備や油断がなければ、攻撃そのものを防ぐのは無理だったとしてもパールハーバーの被害はもっと抑えられたはずだとスプルーアンスは確信しているのだ。

実際に、日本軍はこのつかの間の停戦を利して航空基地をメインに戦力の増強を行なっている。その戦力を使って、たとえば南太平洋のアメリカ陸軍基地に奇襲作戦を敢行すれば、この方面の連合軍は相当な被害を受けるだろうとさえ、スプルーアンスは予測していた。

その恐怖、あるいは焦燥が、太平洋艦隊において最高に冷静沈着と言われるスプルーアンスをしても、先制攻撃を仕掛けたいと考えさせるほど追い詰めていた。

そしてついに、戦いが再開した。スプルーアンスは、即座に日本軍基地攻撃の許可を太平洋艦隊司令部に求めた。ところがである、司令部からの返事は「自重し、命令を待て」という素っ気ないものであった。

ニミッツならそういう返事をしてくることを想定していなかったわけではないが、

やはりスプルーアンスの落胆は大きかった。時が経てば経つほどチャンスという砂が指の隙間から落ちてゆくのがわからないのかと、スプルーアンスは珍しくニミッツに腹を立てた。

驚いたのは、指揮官スプルーアンスのこれほどの焦燥を初めて見た第一七任務部隊臨時参謀長アーノルド・キャプラン中佐である。臨時として任について間がないキャプラン参謀長はスプルーアンスに声をかけることもできず、その苦悩を見守るしかなかった。

超戦闘空母『大和』の改装が終了したのは、年が明けた一九四三（昭和一八）年一月七日であった。正月返上の突貫工事だったが、それでも改装の状況は八割程度でしかなく、これ以上改装に時間をかける余裕がなかったのである。

また、こういう事態があるかもしれないと『大和』航空戦隊司令部でもあらかじめ考えてあったので、特に問題もなく『大和』は原隊に復帰した。

とはいえ、『大和』の即出撃というわけにはいかなかったのは、未来輸送艦『あきつ』の改装に不都合が起き、手間取ったからである。結局、完全な態勢が整って『大和』航空戦隊が母港の呉港を出撃したのは、改装をひとまず終了してから五日後の一月一二日だった。

平時であればまだ正月気分が抜けきらない時期であったが、二カ月以上の停戦もあって将も兵も共に新たな闘志を燃え上がらせる『大和』航空戦隊には、正月気分など微塵《みじん》もなかった。

ゴゴゴゴゴッと、超戦闘空母『大和』のエンジン音が呉港東方の洋上に重く響いていく。

今度の改装によって『大和』は六万九一〇〇トンだった基準排水量が七万四二〇〇トンに増加され、艦体そのものもわずかだが大きくなっていた。主機の馬力も四万馬力を増加して二八万馬力になっているが、最高速力は三八ノットとこれは改装前と同じであった。兵装の増強や搭載機が増えたことが影響しているのだが、搭載機の能力や他の艦との関係でそれ以上の速力が必要ないという判断がされたことも、速力に変化がなかった理由の一つである。

その兵装だが、一二・七センチ連装高角砲八基一六門、四〇ミリ連装機銃三二基六四挺、二五ミリ三連装機銃六四基一九二挺、一二センチ一六連装噴進砲八基となり、当時の空母の兵装から見ればまさに最強と言えるものであろう。

ちなみに、改装された未来輸送艦『あきつ』には四〇ミリ連装機銃一八基三六挺、二五ミリ連装機銃二四基四八挺が装備され、有人飛行魚雷とも呼ばれる『快天《かいてん》』を搭載するLCAC《エルキャック》四艇の存在や、これまた未来から飛来した対潜ヘリSH―60Jのことを考えれば、もはや『あきつ』を輸送艦と呼ぶのはふさわしくなかったかもしれない。

『あきつ』副官である未来人の志藤雅臣《まさおみ》少佐は、同艦の戦闘能力を駆逐艦以上、軽巡洋艦以下だろうと判断していた。

『大和』航空戦隊は、この未曾有《みぞう》の二艦の他に小型空母『龍驤《りゅうじょう》』『瑞鳳《ずいほう》』、重巡『利根』『筑摩』、軽巡『多摩』『木曽』と駆逐艦九隻によって編制されているが、いずれの艦も竣工当時より兵装、速力などの性能が大きく強化され、艦隊としてはこの時点で世界最強の航空戦隊であった。

三日後、艦隊のほぼ中央を護衛艦に囲まれるようにして進む旗艦超戦闘空母『大和』の艦橋には、心地よい緊張が流れていた。それは出撃当初にあった闘志と比べれば、ずいぶんと穏やかなものに感じられた。

「やっと落ち着いてきたな」

『大和』航空戦隊司令官千崎薫中将が、端《はた》から見るとのんびり過ぎるほどの口調で言った。

「兵も将校もずいぶんと場数を踏んできましたからね。余計な緊張や無駄な闘志が、実戦にあってはときとして邪魔になることをわかっているのですよ」と神は言うが、この男に限っては開戦当初から余計な緊張や無駄な闘志を見せたことがないことを、千崎は知っていた。

千崎がそれを言うと、神には珍しくわずかに照れた表情を作った。

「買いかぶりですよ、司令官。『大和』航空戦隊での戦いが、私にとってもほぼ初陣。当時は緊張も興奮もしておったのです。ただ、司令官もご存じのように、私は感情を表に出すのが苦手というか、下手というか、そういう性格ですからそのように見えたのでしょう」

「ふうん。そういうもんかな」

「一部の連中は、まるで私が人造人間みたいに感情さえない男と思っておるようですがね」

「ははは。正直なところ、初対面のときには俺もそう思ったぜ。まあ、損な性分と言えば言えるかもしれねえが、神という人間を理解さえすれば、これほど頼りになる誠実な人間はいねえよな。おそらく山本閣下もそれを見抜いていたに違いねえ。だからこそ、海軍内にあってある意味敵対していたお前をこの艦隊の参謀長に起用したんだと、今では俺も思っているよ。山本閣下の人を見る目は、それこそ神業だからな」

「もっとも、それが時折り山本閣下にとっては凶と出ることがありますがね」神が残念そうに、言った。

千崎も心当たりがあるのか、「そうなんだよ。相手によっては閣下からうとまれていると勘違いして逆恨みをする者もいるからな。思いてえ奴には思わせておくがいいと閣下は歯牙にもかけないが、やはり俺などは余計な心配をしちまうし、事実そういう馬鹿もいたからな」と、腕を組んだ。

だが、その前連合艦隊司令長官山本五十六大将も病魔には抗しきれず、現在は病院のベッドに縛られる身で、別の意味で千崎たちを案じさせていた。

「が、まあ、山本閣下を安堵させるにはアメリカ軍を叩く、それしかねえやな」

千崎が伝法《でんぽう》に言って、眼前に広がる大洋を睨むように見た。

「司令官。『あきつ』から西方一〇カイリに敵潜水艦のスクリュー音をとらえたという報告が入りました」

「一〇カイリなら当面は無視でいい。今は戦力を分散したくねえからよ。ただし警戒は続けておけよ。そして妙な動きをしやがったら駆逐隊を出動させて一気にぶっ叩く」

千崎の命令は、明快であった。

そのアメリカ海軍潜水艦が、この時代にあっては超高性能を誇る『あきつ』のソナーでもとらえられなくなったのは一時間後である。逃げたのか、はじめから『大和』航空戦隊の存在に気づいていなかったのかは不明だが、アメリカ海軍潜水艦に対する警戒態勢は緩められた。

『大和』航空戦隊の先にはいやが上にも激しい戦闘が待っているのだ。

「あわてる必要はまったくねえんだ」と千崎中将は自分に言って、目的の海域であるミッドウエーの方角を睨んだ。

第三章　敵はミッドウエーにあり

「敵艦隊発見せり」と、『大和』航空戦隊麾下《きか》の小型空母『龍驤』の索敵機が報告してきたのは、未明のまだ天空が闇に染まっていた時刻である。

「正規空母二隻、小型空母三隻、巡洋艦五ないし六隻、駆逐艦多数なり」報告が続いた。

「当然のことだけどよ。敵さんも停戦前よりは戦力が充実してやがるぜ」

司令官千崎薫中将は、敵艦隊の出現に驚いた様子も見せず、隣にいる神参謀長に言った。

「確かにそうですが、アメリカの力からすれば予想以下でしたね。これでルーズベルトが、太平洋よりも欧州戦線に力点を傾けていると証明されたということでしょうか」

神が分析した。

「ああ。間違いねえだろうな。だがな、正直に言って、それでさえ渾身の力を込めて戦力増強に努めた皇国とさほど大きな差がねえってのも事実だぜ。わかっちゃあいるが、アメリカの力恐るべしってえところだな、参謀長」

「ええ。となれば、全力を尽くして叩く。当面の敵を、です」

「攻撃部隊、出撃！」

すぐさま千崎中将の凛《りん》とした声が、超戦闘空母『大和』の艦橋に響いた。


「なんだと？」

敵艦隊発見の報告を聞いた太平洋艦隊第一六任務部隊指揮官ハルゼー中将が怪訝《けげん》な表情を作った。このとき第一六任務部隊は、やっと太平洋艦隊司令長官ニミッツ大将の命を受け、ミッドウエーを守護する日本艦隊に攻撃を加えるべくミッドウエー島の北東七〇〇マイルにあった。しかし、これまでの情報によれば、敵艦を発見したというこの海域に日本艦隊がいるはずはなかった。

「別働隊かもしれません、提督」ブローニング参謀長が、間をおかずに言った。

「ああ。ありえるな、マイルス。奇襲作戦は日本軍の得意技だ」

ハルゼーの反応が早かったのは、パールハーバーだけではなく彼自身が日本艦隊の奇襲作戦に何度も痛い目にあっていたからだ。

「攻撃部隊の準備、急がせます」ブローニング参謀長が、叫んだ。


零式艦上戦闘機三二機、九七式艦上攻撃機四二機、九九式艦上爆撃機四五機、計一一九機からなる『大和』航空戦隊攻撃部隊を率いるのは、例によって艦攻部隊の隊長を兼ねる『大和』飛行隊長水戸勇次郎《ゆうじろう》中佐であった。

「風が出てきたぞ」指揮官機の九七式艦攻の中央の席に陣取る水戸が、操縦員の米《よね》原俊彦《はらとしひこ》一等飛行兵曹に声をかけた。

「はい」米原一飛曹が、短く答える。

風は航空機にとっては難敵の一つである。今の程度の風ならそう大きな影響はないが、これ以上になると速度や進行方向に問題をおよぼすはずだ。

もちろん米原がそれくらい承知していることは、水戸にもわかっている。それでもなお声をかけたのは、久し振りの実戦だったからだ。油断というやつは、どれほど注意しても起きるときは起きてしまうことをベテランの水戸は知っていた。

「いいか。愛機を自分の棺桶にしたくなかったら、自分が必要と思う以上に慎重になることだ。それくらいがちょうどいいんだと、肝に銘じておけ」

水戸はことあるごとに、そう部下たちに話していたほどだ。

その思いは、艦戦部隊を指揮する『大和』分隊長室町昌晴《むろまちまさはる》少佐や、艦爆部隊の隊長で同じく『大和』分隊長の山根和史《かずふみ》少佐にも徹底されていた。

そういう繊細さが、この日の日米二つの攻撃部隊の命運を分ける一因だったかもしれない。


第一六任務部隊の攻撃部隊が母艦を出撃したのは、『大和』航空戦隊攻撃部隊に遅れること二五分であった。すでにこの時点でアメリカ攻撃部隊は後手を引いているのだが、当然それをアメリカ軍は知らない。

だが、このとき一番問題だったのは、アメリカ攻撃部隊を指揮する〝ファイター〟の異名を持つジョン・ベーコン大佐だったろう。〝ファイター〟の名の通りベーコン大佐はファイトの塊《かたま》りのような男で、攻撃をさせれば超一流の人物と誰もが認めていたものの、攻撃的な人間がおうおうにして持つ、守備に弱いという欠点を持っていた。

ベーコン大佐にとって災いしたとすれば、彼が駆るアメリカ海軍新鋭艦上戦闘機グラマンF6F『ヘルキャット』が優秀過ぎたことかもしれない。

前《さき》の停戦少し前に導入されたこの新鋭機が、すべてと言っていい面で日本海軍の『零戦』をしのぐ性能であるとアメリカ海軍は考えていた。しかも、今回の停戦の間に旧型機であるグラマンＦ４Ｆ『ワイルドキャット』はほとんど前戦から引き上げられて『ヘルキャット』に替えられており、その面でもアメリカ海軍全体が自信を深めていたばかりか、量と質の両面からこと艦戦においてはアメリカ側が勝っていると判断していた。しかも、あながちそれは間違っていない。それほど『ヘルキャット』は優秀な艦上戦闘機だったのである。

アメリカ軍とベーコン大佐が考えたように、敵が平均的な『零戦』部隊であったならば、確かに戦いは圧倒的多数の『ヘルキャット』部隊の勝利に終わっていただろう。だが、この先彼らが戦うことになる『大和』航空戦隊は、決して平均的な力の航空隊ではなかったのである。

天候が悪くなり出したことは、アメリカ攻撃部隊の先頭を進む艦戦部隊も理解していた。

艦戦部隊の副指揮官で『エセックス』隊の隊長であるガードナー中佐は、その点を留意すべきであるとの無線をベーコン大佐に入れている。

「なんの問題もないよ、ガードナー中佐。天候なんぞに左右されるほど、『ヘルキヤット』は柔《やわ》な航空機ではないからな」ベーコン大佐の返事はにべもなかった。

無線を聞いたガードナーは、舌打ちした。「一番の問題はあんたなんだよ、ベーコン大佐！」無線のスイッチを切ったガードナー中佐が、憤懣《ふんまん》やるかたない思いで怒鳴った。

「そ、そうか。敵はあの巨大空母『大和』を擁する艦隊だったのか」

敵の正体を知って、さすがのハルゼー中将の闘志も翳《かげ》った。これまで『大和』航空戦隊から受けた屈辱が、苦い液となってハルゼーの胃を圧迫する。

「それなりの被害は覚悟しなければなりませんね。あの艦隊には、まだこちらが解明できていない秘密兵器もあるようですし……」応《こた》えたブローニング参謀長の声にも、湿りが漂っている。

一度や二度叩かれたぐらいなら、猛将ハルゼーとブローニングもかえって闘志を燃え上がらせたかもしれないが、ここまで重なると敵との力の差をはっきりと感じざるを得ないのだ。

「敵部隊接近！」

「来たか」

落ち込んだ気持ちを自ら引き立てるように、ハルゼーが上空を見上げた。

「迎撃部隊を出撃させろ！」ブローニング参謀長が叫んだ。

停戦中に若干の戦力の増強をした第一六任務部隊の編制は、旗艦空母『エセックス』、正規空母『サラトガ』、ボーグ級護衛空母『カード』、新造のカサブランカ級護衛空母『コレヒドール』『ミッション・ベイ』を主力とし、ニューオーリンズ級重巡『ニューオーリンズ』『ミネアポリス』、ノーザンプトン級重巡『ノーザンプトン』、ペンサコラ級重巡『ペンサコラ』、アトランタ級軽巡『アトランタ』に、九隻の駆逐艦であった。

神参謀長が喝破した通り増強されてはいるのだが、経済大国アメリカにしては実に中途半端な増強と言えたかもしれない。

太平洋艦隊司令長官ニミッツ大将が、出撃に二の足を踏んでいたのはそんなところにあったのだ。正直なところ、ニミッツには、現戦力だけでは日本艦隊との本格的な海戦を行なうことに自信がなかったのである。

グォオオ――――――ンと自慢の二〇〇〇馬力のエンジンをフル回転させて『エセックス』と『サラトガ』から飛翔した『ヘルキャット』迎撃部隊は、二〇機五小隊である。自慢の快速を駆使して、『ヘルキャット』が『大和』航空戦隊攻撃部隊の先陣である艦戦部隊をとらえたのは、出撃から一五分後であった。

「お出迎えご苦労さん」

不敵につぶやいた艦戦部隊指揮官室町昌晴少佐が、我に続けとばかりにスロットルを開いた。

ウィイイイイ────ン。

今では非力というしかない一一三〇馬力「栄《さかえ》」二一型一四気筒空冷式複列星型エンジンが、小気味よい爆音を上げて室町機を敵へと運んだ。その後を遅れじと、部下たちが追う。

『ヘルキャット』迎撃部隊を指揮するのは、『サラトガ』のキース・ハインズ少佐だ。上官のベーコン大佐とは対照的なタイプで、良く言えば慎重、悪く言えば優柔不断な人物だった。だが、敵が迫っている今は、いかなハインズ少佐でも迷ったり悩んだりしている暇などあるはずはない。

ハインズ隊は、常套手段の急降下攻撃を仕掛けるべく急上昇に入った。

ハインズ隊の急上昇を見て、「なるほど。いつもの手だな」と、室町は目を細めた。追尾して急上昇をするのは無駄だった。非力な『零戦』ではどうせ追いつけないし、戻ってくるのがわかっている以上ここで無駄な燃料を使うのは愚かなことである。それに、室町の部下たちはアメリカ迎撃部隊の採る作戦を熟知しているし、対応策も十分に研究していた。

追ってくるだろうと考えていたハインズ少佐は、敵艦戦が微動だにしないことに少し不審を感じた。

「腰抜けですね、やつら」編隊無線を飛ばしてきたのは、ハインズの小隊の二番機ビリチエス中尉だ。腕はいいがやや軽薄な男で、チームワークを乱しがちなのをハインズ少佐は苦々しく思っていた。

「気を抜くなよ、ビリチエス中尉」

ハインズは一応注意したが、ビリチエスの性格では無駄かもしれないという気持ちはあった。

案の定、「ラジャー」戻ってきた返事には、緊張の欠片《かけら》もなかった。

嫌な予感を感じたもののすでに部隊は予定の距離に達しており、そこから反転、急降下に移る時間が来たためハインズの思考はそちらに移った。

ギュユ――――――ンと反転した『ヘルキャット』が、次々に急降下に入った。

眼下に隊列を組む『零戦』部隊が見えてきた。このまま急降下して先陣が『零戦』に一二・七ミリ機銃弾を撃ち込む。そして当たろうと当たるまいとかまわず先陣は降下を続け、逃げるのだ。

『零戦』は追えない。操縦性能を重視して製造された『零戦』は強度に問題を抱えており、へたに追えば空中分解する可能性があったからだ。

むろん追ってくれればそれはそれでアメリカ軍にはありがたい。そうなれば、アメリカ軍の後続機に、背中を見せるという格闘戦では絶対にやってはいけない体勢になるからだ。

「勝ったな」ハインズが鼻で笑ったその刹那《せつな》、『零戦』部隊の数機が急上昇に入った。

「なにっ！」

敵の意図が摑めず、ハインズは困惑した。一般に格闘戦では、正面から攻撃し合うことはほとんどない。目標が小さくなるし体勢を変えるのもたやすくなるため、銃撃しても命中する可能性が実に低いからである。だからこのときも、ハインズには敵が攻撃してくるという考えは皆無だった。彼が導いた結論は、いったんすれ違い、敵機は自分たちの背後を突くつもりだろうというものだった。

「愚か者めが。速力の差があるんだ。お前らに俺たちの背後などつけるはずはないさ」

ハインズが余裕の笑みを浮かべたときだ。

『零戦』の主翼に搭載された二〇ミリ機関砲が、火を噴いた。

ズドドドッ！　ズドドドドドッ！

砲弾が重いため命中率は低い二〇ミリ機関砲だが、扱う者が扱えば非情の兵器になる。

ババババババババッ！

ハインズの斜め後方にいた機が、二〇ミリ機関砲弾をまともに喰らった。頑丈が取り得の『ヘルキャット』とはいえ、重砲弾をまともに喰らったら命取りになるのは当然である。

グワワァァ――――――ンと『ヘルキャット』が炸裂し、四散した。

「まさかっ！」ハインズが息を飲む。しかもすぐに二機目の『ヘルキャット』が火だるまになって、黒煙を引きずりながら落下してゆく。

「な、なんなんだ」

ガガガ――――――――ン！

三機目の『ヘルキャット』が射抜かれたとき、ハインズ隊は初めて自分たちが対している敵が尋常な部隊ではないと悟った。

『ヘルキャット』の数機が反転し、逃げようとした。

「馬鹿が」室町は静かに言うなり、逃げだそうとこちらに背中を見せた『ヘルキャット』を追う。反転によって速度が落ちた『ヘルキャット』なら、『零戦』でも軽々と追いつける。

「喰らえっ！」室町が、機首固定の二挺の七・七ミリ機銃の発射レバーを引いた。

ガガガガガガガッ！　ガガガガガガガッ！

二列の炎弾が尻を振りながら逃げる『ヘルキャット』に吸い込まれてゆく。だが『ヘルキャット』は、さすがに頑丈である。七・七ミリ機銃ではすぐに結果が出ない。しかし、それでも室町の顔にあわてた様子はない。それはすぐに証明された。逃げる『ヘルキャット』の機体から、ピューッと数条の黒い液体がほとばしったのだ。燃料である。それが瞬《また》くまに紅蓮《ぐれん》の炎に代わり、『ヘルキャット』の機体を包んだ。

室町はそれを確かめると、新たな獲物を求めて愛機を旋回させた。

半数を失い、救援をして欲しいというハインズからの報告に、ハルゼー提督はこれ以上ないくらいに顔を歪《ゆが》め、それでも救援の迎撃部隊の出撃を命じた。

「参謀長。どういうことなんだ！　『ヘルキャット』はゼロをはるかにしのぐ性能を持っていると言われ、事実、停戦前での戦いではそれを証明した。それが今日は、接触からわずか数分で半数を失ったという……」

「はっきりは私も言えませんが、確かに『ヘルキャット』とゼロの性能を比べた場合、『ヘルキャット』の優位性は間違いないと思います。しかし、どんなに優れた戦闘機でも、操縦する者の腕によっては凡機になり、その逆もまた真なりということです」

「『ヘルキャット』とゼロのパイロットの腕が同じなら、圧倒的に『ヘルキャット』が有利だが、パイロットの腕次第では『ヘルキャット』は必ずしも有利ではないということか」

「ええ。私がそう考えるのは、相手が『大和』だからです。口惜しいですが、あの艦隊は尋常な艦隊ではありませんから……」

「……な、なるほど……尋常ではないか」

「鬼神どもが乗っているのかもしれません、あの艦隊には……」

蒼白な顔に怒りと恐怖を滲ませながら、ブローニング参謀長が言った。

「だが、逃げるわけにはいかんぞ、ブローニング」

ハルゼーの言葉に、ブローニングは激しく首を振った。

「もちろんです、提督。申しわけありません。参謀長ともあろう者が無駄な弱音を吐きました」

「気にするな。だが、敵が鬼神ならこちらはドラゴンを葬った伝説のナイトになればいい。そうだろ、参謀長」

「その通りです、提督。美女を救出した伝説の英雄になって『大和』を太平洋に沈めましょう」

「うん、参謀長。それでいい」ハルゼーとブローニングが、顔を見合わせて笑った。

消沈していた第一六任務部隊司令部に、やっと新たな闘志が生まれた。

「敵部隊東方二〇マイル！」

闘志とともに鋭い緊張が第一六任務部隊旗艦空母『エセックス』の艦橋に満ちた。

第一六任務部隊の北東五〇カイリの海上を、この時代にあっては異様と言える姿を持った艇がほぼ五〇ノットという脅威の速度で疾走してゆく。

縦列で進むその艇は、三艇。未来輸送艦『あきつ』に搭載されているエアクッションヨン艇（ホバークラフト型）——LCAC《エルキャック》隊である。その甲板に、アメリカ軍を震え上がらせている空飛ぶ魚雷『快天』が搭載されているのはいうまでもない。上空を吹き荒れる風も海上にはまだ影響がなく、LCAC隊の航走は母艦『あきつ』を出撃してからしごく順調だった。

一号艇の艦橋で煙草をくゆらすLCAC隊指揮官安藤信吾《しんご》機関大尉の顔に余裕があるのは、LCACの主兵装である『快天』の出撃までにまだ時間があるからだ。

もっとも、母艦『あきつ』と連携しながらレーダーを操るレーダー員や通信員はその限りではなく、彼らはすでに戦っていた。

また、一号艇の『快天』搭乗員である榎波一友《えなみかずとも》少尉も、『快天』の整備を担当する若い有川駿二《ありかわしゅんじ》等整備兵とともに秘密兵器の整備に余念がなかった。大日本帝国海軍超性能兵器研究所の小島弘文技術大佐の画期的なアイデアから誕生した未曾有《みぞう》の秘密兵器『快天』は、先進的な技術が詰め込まれているだけに整備も難しく、扱う者が犯す小さなミスでも機嫌を損ねてしまうのだ。

「私の手に余りますよ」

当初、有川整備兵はそんな泣き言さえこぼしたものだが、今では逆に『快天』を整備することに誇りを持ち始めていた。

「味方航空部隊の敵艦隊への攻撃が始まったようです」無線を傍受していた通信員

が報告した。

「わかった」応えた安藤大尉から、先ほどまでの余裕の代わりに緊張があふれてきた。同時に、一号艇の艦橋にも指揮官の影響で熱気がこもる。

「異常ありません」甲板から戻った榎波少尉が言うと、熱気はすさまじい闘志にと変わった。

ＬＣＡＣ隊の全体の戦いが、このときはっきりと始まったのである。


帝国海軍の主力艦上爆撃機である九九式艦爆は愛知航空機株式会社が設計、製造し、一九三九（昭和一四）年に制式採用された優秀機である。全長一〇・二〇メートル、全幅一四・四〇メートル、全高三・九〇メートルで、最高速度は四三〇メートル、航続距離は一三五〇キロであった。二五〇キロ爆弾一、もしくは三〇～六〇キロ爆弾二を搭載でき、採用からこの時期まで華々しい活躍を続けてきていた。

しかし、兵器は年月を経ればどれほど優秀なものでも陳腐化していくことは避けられず、九九式艦爆の前戦からの引退が迫っていた。

そんなことからして、『大和』航空隊の艦爆隊を指揮する山根和史少佐の心境は複雑だった。山根は太平洋の主要なる戦いのほとんどを九九式艦爆とともに戦ってきただけに、愛着は深いし、その性能も認めている。だが、ますます重装甲になりつつある敵艦を攻撃するには、九九式では限界に達していることも事実なのである。(しかたあるまいさ。だから残された戦いの中でお前たちに有終の美を飾らせてやる。それもまた俺の責務と思ってな)

そういう思いを胸に、今、山根は第一六任務部隊の上空から急降下する愛機の中にいた。

ウィイイ――――――ン。ガガガガガッ。急降下の衝撃で、機体が震える。

しかし、もっと恐ろしいのは敵艦が放つ高射砲弾の炸裂による振動だ。直撃ではなくとも、近接で爆発すれば、日本軍攻撃機共通の欠点である防御のもろさから、九九式艦爆はコントロールを失って失速したり衝撃で機体が破壊されることさえあった。

高射砲弾の炸裂が続く。ボン、ボン、ボン!

その炸裂で、あたり一帯が黒煙に満たされてゆく。砲弾と黒煙をかいくぐりながら、九九式艦爆は猛禽《もうきん》のように敵艦に向かって降下してゆくのだ。高度が下がると、今度は機銃弾が機体をかするようにして飛び去っていく。

操縦員が距離を刻み始める。九九式艦爆の爆弾投下高度は五〇〇メートル内外であった。

「一〇〇……八〇〇……六〇〇……」

爆弾投下レバーにかかった操縦員の指に、汗が滲む。次の一瞬が、艦爆にとっての戦いのすべてなのだ。

「撃《て》ーっ！」叫びとともに投下誘導アームから二五〇キロ爆弾が敵艦に向けて放たれた。

キユユ――――――――――――ンという地獄への招待状が、猛スピードで落下する。

ズグワァァ―――――ン！

命中だ。

しかし、感激は刹那に過ぎない。このときすでに操縦員は操縦桿を引き、機首を上げて逃走の態勢に入っている。しかし、急上昇は厳禁だ。的が大きくなり、スピードも遅いため、対空砲火の餌食《えじき》になる可能性が高いからだ。

それを避けるために、艦爆は低空を保ったまま敵艦の反対側へとすり抜ける。対空砲火の餌食になる可能性が低くても安全ということを意味しているわけではない。

ドドドドドッ！　ガガガガガガガガッ！　ズガガガガガガガッ！

砲弾、銃弾が、死神の使者を叩き落とそうと集中砲火を浴びせる。恐怖で心臓が縮む時間だ。攻撃のときは目的があるだけに恐怖は薄いが、逃げるときはそれが倍加する。逃げるという消極的な気持ちが作用するのだ。

敵艦を飛び越えると、なお機体を低空に落として海面すれすれに飛ぶ。この時代の対空砲は、低空への攻撃が難しいからだ。

安全な空域まで来て、搭乗員二人はやっと安堵する。

「よくやった。命中だぞ」山根が操縦員にねぎらいの言葉をかけた。

日本軍艦爆の二五〇キロ爆弾三発の直撃を受けながらも、第一六任務部隊の旧型大型空母『サラトガ』はしぶとくジグザグ航走を続けていた。

しかし、『サラトガ』艦長の顔に余裕はない。レキシントン級空母の二番艦である『サラトガ』はもともとが巡洋戦艦がベースであったために防御は比較的強固だが、寄る年波もあって各所に疲労があり、今のところは元気な様子を見せているものの次の攻撃にも十分に耐えうるとは思えなかったからだ。

（撤退は早いほうがいいかもしれない）

『サラトガ』艦長は腹ではそう思っているが、第一六任務部隊に進言する勇気はなかった。

空母『サラトガ』の初代艦長は、現第一六任務部隊指揮官ハルゼー中将である。それだけにハルゼーの『サラトガ』への想いは強く、誇りにさえ感じられることが彼の言葉の端《はし》はしに表われていた。大きな被害を受けたのならともかくそうでもない時期に早めの撤退など申し出れば、叱責程度では済まないだろう。下手をすれば更迭されかねない。

「ここは祈るしかないようだな」

『サラトガ』艦長はアメリカ人特有の肩を上げるポーズをしてから、佳境に入ろうとしている日本軍攻撃部隊の動向を注視した。


九九式艦爆が陳腐化していると言うのなら、採用はこちらのほうが古い九七式艦上攻撃機にも同じようなことが言える。すでに後継機の試作も済み、現在審査中であった。

その意味で、九七式艦攻もまた前戦から去ることを義務づけられた航空機だったのである。

ただし、艦爆隊長の山根少佐が九九式艦爆に感じているような愛惜の念は、飛行隊長水戸勇次郎中佐には希薄だった。それはべつだん水戸中佐が、薄情だということではない。水戸は水戸なりに九七式艦爆に対して愛着はあったが、それ以上に九七式艦爆の陳腐化が激しく、限界を山根より強く感じており、後継機の導入を心待ちにしていたからである。

もっとも、九七式艦攻がそれまでの複葉固定脚艦攻から、低翼、単葉、引き込み脚の採用によって、当時においては実に革新的な艦攻であったことをつけ加えておくべきであろう。

艦爆の攻撃が一段落したことを確かめた水戸中佐は、自攻撃部隊に攻撃を命じた。逃げているうちに機関に問題が発生したのか、速力を若干下げた『サラトガ』を目標に九一式航空魚雷を抱えた九七式艦攻部隊が低空飛行に入った。

「『サラトガ』が狙われているようです」報告に、ハルゼーの顔色が変わった。三発の直撃を受けたものの無事である、という報告を先ほど受けたばかりだったからだ。『サラトガ』の頑強さはハルゼーの自慢の一つだったが、それに限界がないと考えているほどハルゼーも甘くない。

「『サラトガ』を護衛しているのは、確か……」

「『ノーザンプトン』と『シカゴ』です」

「そうか。二隻の重巡だったな。で、参謀長。それが限界か」

「護衛空母のもろさは提督もご承知の通りで、先般の戦いで第一七任務部隊は二隻の護衛空母を一瞬に失っております。それゆえに今回は護衛空母の守りを固めた都合で……」ブローニングがすまさそうに言った。当然、ハルゼーとともに長く『サラトガ』にあった彼も、ハルゼーほどではないにしても『サラトガ』への想いは強い。

できることならもっと十分な護衛艦をつけたやりたいが、現在の戦力では限度があった。

「いいんだ。なあに『サラトガ』は丈夫が売りだ。滅多なことでやられはせんだろう」

ハルゼーは、無理に不安を押し込めて波間にわずかに姿の見える『サラトガ』をすかし見た。

突如、『サラトガ』の左舷に炸裂音と同時に水柱がブワァ――――ンと立ち上った。激しい振動が、『サラトガ』の艦体に走る。九七式艦攻の放った魚雷を受けたのだ。

「被害を報告せよ！」『サラトガ』艦長が、悲鳴のような声を上げた。

ズドドド――――――ン！

そこに二発目の魚雷が突き刺さった。またもや左舷だが、先ほどよりも艦首に近い。

「左舷、激しく浸水！」「前部エレベータ停止！」「機関室、浸水！」

被害報告が次々に入る。

「馬鹿な。攻撃を受けた場所からは離れているはずだぞ」

「そ、それはそうではありますが、ひょっとすると、先ほど受けた衝撃で我々が気づかなかった老朽化した部分を破損したのかもしれません……推測ですが……」

「い、いや、その可能性はある。私自身もその可能性は考えていたからな」

「艦長。ハルゼー提督から、状況を知らせよとの連絡です」

「正直に申し上げろ。退去は早めにしたほうがいいともつけ加えるんだ」

だが、『サラトガ』の潜在的な被害の大きさは、艦長の予想をはるかに超えていたのである。

ハルゼーへの報告を終えた刹那、『サラトガ』の格納庫で激しい爆発が起きた。日本軍からの攻撃によるものではないことは、誰にもわかった。

「くそっ！」艦長が絞り出すように、言った。


「なぜだ！」攻撃部隊指揮官ベーコン大佐が絶叫した。『大和』飛行隊迎撃部隊にまるで待ち伏せのような攻撃を受け、あれほど自信のあった『ヘルキャット』部隊が予想以上に手痛い被害を受けていたのである。

待ち伏せと感じたベーコン大佐の判断は、正しい。アメリカ攻撃部隊の存在は、一〇〇キロ以上先で未来輸送艦『あきつ』のレーダーによってとらえられていたからだ。

待ち伏せによるアメリカ側の被害は艦爆隊と艦攻隊にも及び、攻撃部隊の戦力は大幅に落ちていた。それでも『ワイルドキャット』に比べれば『ヘルキャット』の能力は高く、アメリカ側はかろうじて『大和』航空戦隊に対する攻撃に入った。

アメリカ攻撃部隊の攻撃は、はじめから超戦闘空母『大和』に集中した。『大和』こそが敵の航空戦隊の中核だったこともあるし、その艦体の大きさに攻撃を仕掛けやすいという判断もあったのだろう。

しかしそれが早計過ぎる判断であったことを、アメリカ攻撃部隊はすぐに知ることになった。

五〇〇メートルの上空から、カーチスSB2C『ヘルダイバー』艦上爆撃機が縦列の体勢で急降下に入った。その縦列に向かって、『大和』の激しい対空砲火が始まった。

ドドドドドドッ！　ズガガガガガガッ！　バリバリバリバリバリッ！

アメリカ攻撃部隊の中には何人か過去に『大和』と戦った経験を持つ者がいたが、彼らは今相手にしている『大和』が過去の『大和』の攻撃力をはるかに凌駕《りょうが》していることに気づき、慄然とした。

ズドドドドドドッと噴き上がってきた機銃弾が、先頭の『ヘルダイバー』を直撃した。瞬時に『ヘルダイバー』は火球に転じ、四散した。

だがそれは、『大和』の恐ろしさの幕開けに過ぎなかった。

ドドドッ！　ガガガガガガッ！

まさに弾幕の対空砲火弾が、正確に、しかも素早く『ヘルダイバー』を落としてゆく。十数機あった縦列は数分後には数機となり、その中で爆弾を投げつけることができたのは二機に過ぎない。残りの『ヘルダイバー』は、あまりにもすさまじい

『大和』の反撃に恐れをなして逃走していた。

ところが、逃げた彼らにも地獄は待っていた。『大和』の護衛艦である重巡『筑摩』の対空砲火にさらされたのである。主翼を裂かれた『ヘルダイバー』が錐《きり》もみをしながら海面に叩きつけられ、水しぶきを上げた。身軽になろうと爆弾を捨てた『ヘルダイバー』は、捨てた爆弾に的中弾を受けて粉微塵《こなみじん》になり、散った。

『ヘルダイバー』隊の後を受けて雷撃を始めたTBF『アベンジャー』艦上攻撃機もまた、運命に大きな差はなかった。

「後悔しているでしょうね。『大和』に集中攻撃を仕掛けたことを」

艦橋で神参謀長が涼しい顔で言った。

「奴ら、まだそんな余裕はねえんじゃねえか。そう思うのは戻ってからだろうよ」

不敵な笑みを作って、千崎司令官が双眼鏡を覗く。双眼鏡の中には、『大和』の対空機銃弾を受け、海面に突き刺さった後、沈んでゆく『ヘルダイバー』の姿があった。

激しい炎が『サラトガ』を包んでいる。火だるまとはまさにこのことだろうと思わせるすさまじい炎だ。炎上が始まったのは格納庫だと言われているが、艦橋にいた『サラトガ』艦長はのちに首を振っっている。

「一カ所ではなく、数カ所から一度に炎上したと思われます」と、彼は語った。炎上のスピードは速く、このとき『サラトガ』は三〇〇〇余の乗務員の半数を失っている。

やがて、燃え上がる艦体をゴロリと左に傾けた『サラトガ』は、炎と水蒸気に包まれて海底へと没していった。

『サラトガ』の最期を知らされたハルゼー提督は、赤鬼のように顔を紅潮させて体を震わせた。

言葉は出ない。なにも言えないのだろうとブローニング参謀長は思った。だから、ブローニングもハルゼーに掛ける言葉を探さなかった。

数分後、「キル・ザ・ジャップ」の言葉が漏れこぼれるようにハルゼーの口から出た。

(そうだ。これしかない)ブローニングも続いた。

「キル・ザ・ジャップ!」

「キル・ザ・ジャーップ!」作戦参謀が唱える。

「キル・キル・キル・ザ・ジャップ!」大音声が艦橋に満たされる。異様な興奮が

『エセックス』の艦橋にあった。

しかし、第一六任務部隊の悪夢はまだ終わっていないことを、アメリカ軍は改めて知る。

上空を苦しめていた天候不良が、海面近くを猛スピードで進んでいたLCAC隊を責め始めていた。全長三〇・二五メートル、全幅八メートルの艇体を最大速力五四ノットで運べるLCACは、それゆえに軽量であることから風や波に弱いという欠点を抱えている。もともと輸送艇なのだから、戦闘艇としての基本的能力に乏《とぼ》しいのはしかたないのだ。

「隊長。これ以上海面が荒れ出したら攻撃は少し辛いかもしれませんし、『快天』の回収も難しくなります」弱音を吐いたのは、LCAC隊一号艇操縦員高木和夫一等機関兵曹だ。

「うむ……」迷っているだけに、LCAC隊指揮官安藤信吾《しんご》機関大尉の声にも淀みがある。

すでに無線傍受によって味方航空攻撃部隊が敵の主戦級空母一隻を撃沈したという情報を得ているだけに、LCAC隊としても残るもう一隻の主戦級空母に引導を渡してやると、さっきまで意気込んでいたのだが……。

この時点で敵を攻撃できないわけではない。母艦『あきつ』との連携探索によって敵の駆逐艦及び小型空母を発見しており、攻撃を仕掛けようと思えばできる。前《さき》の戦いでもLCAC隊と『快天』は敵の駆逐艦と空母を葬り去っているが、本来『快天』は、敵の主戦級空母でも十分に叩く能力を持っているのだ。そのことは、べつだん高木をはじめLCACの隊員や『快天』搭乗員たちが声高《こわだか》に主張しなくとも『大和』航空戦隊では周知の事実なのだが、高木たちはそれを現実の形として証明したかったのである。

「しかたあるまいな。これ以上主戦級空母を求めておれば、それこそ今日の戦果なしという結果になりかねん。それでは出撃した意味もない。ここは太平洋に席巻する空飛ぶ魚雷の威力を再び見せておこう。榎波少尉。搭乗準備だ」

「はっ」

それまで艦橋の隅でひっそりと英気を養い、集中に努めていた『大和』航空戦隊『快天』操縦員榎波一友少尉が甲板に飛び出して行った。

「通信員。二号艇と三号艇にも連絡」高木が雑念を振り払うように、命じた。

「『快天』一号、搭乗、完了しました」報告したのは、インカムによって『快天』の搭乗席との連絡を取っている恩田《おんだ》卓《たかし》上等兵だ。

「『快天』二号、『快天』三号、搭乗完了」

すでに三機の『快天』には目標が定められている。『快天』一号は小型空母、二号は先ほどとらえたばかりの軽巡洋艦、三号は小型空母の後方に位置する駆逐艦であった。

超性能兵器開発研究所が中心となって開発した超兵器、有人飛行魚雷『快天』は、LCACの飛行甲板に設置された発射台からロケット推進によって飛翔し、搭乗員の操縦によって敵艦を撃破する未曾有の兵器である。弾頭に九〇〇キロの炸薬をつめた『快天』の全長は一二メートルで、魚雷に短い翼を装着したような機体だ。機体後部には着脱式の操縦席があり、最大速度八〇〇キロの高速を駆使した操縦員が低空で敵艦の一キロから一・五キロ程度まで恐怖の機体を導いてゆく。

低空と高速は敵からの発見を遅らせ、発見したときにはほとんどと言っていいほど回避は不可能であった。それに、アメリカ軍は『快天』自体の正体をまだ摑んでいないため、発見したとしても回避作業さえ行なわない場合が多く、現時点では故障や操縦ミスさえなければ『快天』は百発百中の超高効率兵器だったのだ。

LCACの甲板に置かれた発射台にある『快天』の後部から、オレンジ色の炎が一気に噴き出す。

同時に爆発のような破裂音がし、『快天』がゆっくりと、そして一気に超高速で天空に放たれた。

三機の『快天』が闇色の雲と激しい風の吹く空間を切り裂くように飛び、やがて機首を下げるや獲物を求めて突進していった。


新しく太平洋艦隊任務部隊に配備されたカサブランカ級護衛空母は、アメリカ海軍が進めてきた護衛空母構想の一つの答えといえるクラスであった。

安くて、早く造れて、そのわりには使える。これがアメリカ海軍が護衛空母に求めた狙いだ。輸送船団を護衛する航空機を搭載する任務、言い換えれば走る格納庫という位置づけである。だから、はじめから戦闘艦としての戦闘能力や速力、頑強さは計算に入っていなかった。従って、艦隊本体と一緒に行動するというより、艦隊からは離れたポイントに配置されていた。

結局はそれが小型空母とその護衛艦を、ＬＣＡＣ隊との遭遇に導く原因とも言えた。ＬＣＡＣ隊も正面から敵艦隊と戦うのではなく、隠密理に敵に接近して背後や撤退中のスキを狙う作戦に従事していたからだ。

ＬＣＡＣから飛翔して数分、榎波の操る『快天』一号のレーダーにははっきりと敵の小型空母の姿がある。もう敵を外す心配はないから、操縦席もろともここで『快天』本体から着脱しても問題はないが、榎波は着脱装置のスイッチには目もくれない。

「必ず撃沈する。俺自身がそれを確信しない限り、俺は最後まで『快天』を操縦していくんだ」

新しい兵器は常にそうだが、心地よい喝采もあり、無責任な中傷もある。

本当に優れた兵器ならば必ず正当な評価を受けるものだから焦らずに待てばいいのだが、若さはいつだって性急に結果を求めた。榎波もその迷路に惑わされていた。停戦中、友人に会ったとき、「『快天』などは、正規の兵器から見ればしょせん下手物《げてもの》兵器に過ぎない。少し成果を上げたようだが、やがては付け焼き刃の刃がこぼれる」という噂があると聞かされた。

普段の榎波は、直情的な男ではないが、『快天』に入れ込んでいるだけに、この言葉が許せないと感じた。

「その噂の出所はどこだ⁉」いつになく気色ばんだ榎波の対応に友人は少したじろぎ、「いや。出所はよくわからんし、あくまで噂だぞ」しばらく沈黙して瞑目していた榎波は、目を開いて言った。

「俺が証明してやる。『快天』が下手物兵器などではないことを……」

燃えるような榎波の瞳に、友人は圧倒されて息を飲んだ。

自分で勝手に決めた使命ではあるが、榎波は決して失敗ができなかったのである。

「今だ！」榎波が着脱装置のスイッチを入れた。ボンッムと装置の火薬が炸裂し、操縦席が後方に激しくはじき飛ばされる。操縦席が外れるなり『快天』の重量が減少され、速度が上がった。

ザザザァァ――――ンという水を打つ音とともに、操縦席がほとんど叩きつけられる形で着水した。先行きはもう少し柔らかに着水できるように検討されている。現在の状況では柔な操縦員では失神しかねない強烈さだ。

一方、榎波を弾き飛ばした『快天』の艇体は、五〇ノット強のスピードに乗って敵艦目がけてまっしぐらに向かって行った。

そして……。

ズガガガ――――ンと右舷に起きた突然の爆発に、新造カサブランカ級護衛空母『コレヒドール』乗組員たちはかなり困惑した。爆発の原因がわからなかったからだ。

これが敵の攻撃だと考えた者は皆無《ゼロ》だった。太平洋艦隊司令部は、日本軍が開発したらしい謎の兵器について、その詳細が判明するまではと発表を控えていたからである。訳もわからない兵器の存在によって、兵たちが混乱することを恐れたのだ。

艦長をはじめとした一部の者には情報が伝えられていたが、伝えるほうがもともと認識できていないのだ。聞くほうが具体的に理解できるはずはなかった。

『コレヒドール』の艦長や先任参謀も、例外ではない。

彼らはこれを事故かなにかと、最初考えた。しかし、事故にしては致命的だった。爆発の起きた舷側の壁が裂けて激しい浸水が始まり、復旧は不可能という報告が入ったのである。

「事故の原因を作った奴は、軍法会議もんだぞ！　必ず見つけ出して責任を追及してやる」

若い中佐の艦長は、怒りで目を充血させていた。

不可思議な連絡が届いたのはそのときだ。同級艦の僚艦護衛空母『ミッション・ベイ』と護衛空母分隊の護衛艦である軽巡『アトランタ』でも、『コレヒドール』と同じような爆発が起きたというのだ。偶然というにはあまりに偶然過ぎる事態に、先任参謀が思い出した。

「艦長。も、もしやこれは、情報部の言っていた日本軍の秘密兵器ではないでしょうか」

「君もそう思うか。今、俺もそれを考えていたんだが」

「海面上を飛んでくる魚雷……」

「もしそれが事実なら、現在起きている状況をうまく説明できる……。というより、そうでも考えなければこの事態を説明できん」艦長の言葉が震えている。

もし事実なら、現在のところそれを防ぐ手立てはない。ほとんど無音で迫ってくる酸素魚雷でさえ、その存在は艦に接近してくるまでわからないのだ。それが飛んでくるのだとしたら、発見は即直撃ということになる。

「艦長。浸水が激しく本艦の沈没は免《まぬが》れません。総員退去をお願いします」

「『ミッション・ベイ』と『アトランタ』の状況は入っているか」

時間がないことはわかっていたが、艦長は聞かずにいられなかった。

「『ミッション・ベイ』は同じような状況のようですが、『アトランタ』は沈没は避けられそうだということです。もっとも、このまま戦線に居残るのは難しそうですが」

「わかった」

「あれほど守護を固めていた護衛空母を、こうもあっけなく失うのか」

第一六任務部隊指揮官ハルゼー中将が、肩を落とした。「キル・ザ・ジャップ」の合唱で戦意の昂揚がなったはずの第一六任務部隊司令部は、再び冷凍庫の中のような冷気に包まれた。

「しかも、提督。敵は例の秘密兵器を使った模様だという報告です」

ブローニング参謀長の声も、怒りと屈辱と、そして落胆で震えていた。

「これ以上この海域にとどまるのは危険。そういうことだな、参謀長」

「間違いなく。しかも、撤退そのものもそう楽だとは思えません。戦力が減少しておりますし、手負いの艦も何艦かおりますから……」

「わかっている」ハルゼー中将の肩がなお落ちた。

「索敵機から報告。敵艦隊は、撤退を始めたようです」

「深追いはせんほうがいいな、参謀長」

「ええ。これ以上追うとアメリカ陸軍航空部隊の縄張りに接触しますからね。艦隊攻撃はさほどうまくない陸軍航空部隊ですが、窮鼠《きゅうそ》猫を噛むのたとえもありますから」神が冷静に言った。

「勝って兜《かぶと》の緒《お》を締めよ、という言葉もあるし、近藤閣下は人格者ではあるが、よそ者が自分の庭を荒らし回るのはやはり気分が悪いだろうよ」

千崎が彼らしくない殊勝な言葉を吐いたので、神以外の司令部員は苦笑した。

「正規空母一、小型空母二、撃沈。十分とは言えませんが、太平洋艦隊もしばらくはミッドウエーにちょっかいは出しにくいでしょうね」神は相変わらず冷静だ。

「よし。LCAC隊を収容し次第、こちらもミッドウエー島沖まで戻るぜ」

命じると、千崎があくびをした。この状況であくびができるという豪放さも千崎らしいが、それだけ疲れているのだろうと神は分析した。

「司令官。少しお休みになったらどうですか。撤退作業なら私たちでも行なえますから」

「うん。そうさせてもらおうか」千崎が素直に言って、長官室へと歩いていった。

第一六任務部隊敗走中の報告に、太平洋艦隊司令長官ニミッツ大将は、これ以上ないくらい深いため息をついた。

ハルゼー中将を中心とした実戦部隊指揮官の一部が、自分を慎重派あるいは小心者と考えていることを、ニミッツは知っている。誤った評価だとニミッツ自身は思っているし、自分がそう単純な人間だとも思っていない。

しかし、ハルゼーたちのようなタイプの人間には他人を理解するという寛容さが足らず、一度貼ったレッテルを外すことが苦手だ。

ニミッツは一度、艦隊司令部内に自分の理解者を増やし、彼らを孤立化させることで圧倒させる策に出たことがあった。しかしニミッツは、その策に誤りがあることをすぐに気づいた。いや、はじめから気づいてはいた。ニミッツにたやすく懐柔されるような者たちは、軍人としての能力が低いのだ。そして彼らの程度があまりにも低すぎることに、ニミッツは呆《あき》れた。背に腹は代えられず、ニミッツはハルゼーたちの徴用を決断した。扱いにくい者たちではあるが、能力があるのは彼らのほうだった。しかし彼らの扱いにくさは相変わらずで、ニミッツが胃痛から解放されることはない。停戦を機会にニミッツはハルゼーたちの更迭を考えた。人心を一新することで局面を打開しようとしたのだ。

ところが意外にも、海軍の上層部からの異論が多かった。新しい海軍作戦部長（合衆国艦隊司令長官兼任）アーネスト・J・キング大将もその一人だ。

「反対には二つの理由がある。一つは後任に足る人物が見つからないこと。もう一つはハルゼーは有能であること」キングの言葉は簡潔だが、それだけに彼の強い意志が感じられた。

それに、増強策の不備がハルゼーたちの苦戦の原因であり、彼らだけを責めるのはいかがなものかという意見もあったのだ。その点はニミッツも理解していた。後《ご》手《て》後《ご》手《て》の増強策が、アメリカ太平洋艦隊自身を苦しめている要因なのは事実だからである。

しばらく悩んだ末、ニミッツは更迭策を見送った。だが、またしても敗走。

「結果が出ないな」

葉巻の吸いすぎでざらつく舌で、ニミッツは唇を舐めた。

「しかも、頼みの増強も相変わらずの後手後手だしな」

手が葉巻に伸びる。気づいて、指先が止まった。煙草が健康を害するという意見もあり、近頃は喫煙を制限しようと思っているのだが、結局はまったくうまくいっていなかった。もちろん煙草の煙がニミッツに良いアイデアを提供してくれるとは、思っていないのだが……。

「ふむ」

第二艦隊旗艦空母『翔鶴』の艦橋で、司令長官の近藤信竹中将は目を細めた。

「遊軍的艦隊という性格上、『大和』航空戦隊が勝手に動き回ることをとやかく言うのは無駄なのでしょうが、そこにもやはり仁義というものがあるように思われます」

近藤を尊敬しているだけに、第二艦隊参謀長白石万隆少将の声音には怨みがましい色がある。機会さえあり許されるなら、自分たちにも『大和』航空戦隊がやったことなどできるという自負も、白石にはあった。

「いいじゃないか。俺たちの任務はミッドウエー基地の守護だ。それに、『大和』航空戦隊がいつも君の言うように仁義を切っていたら、それは敵に知られる可能性が高くなって、隠密行動はとれないということになるじゃないか。そうだろ」相変わらず近藤は穏やかだ。

「そ、それはそうでありますが……」

「君の気持ちはありがたく受け取っておく。しかし、連合艦隊司令長官のときと同じだ。天が私を求めたときに、私は動く。それ以上でもないし、それ以下でもない。そういうことだ」

「わ、わかりました、長官。余計なことを申し上げました」白石が頭を下げた。

「うん」

近藤がうなずいたとき、「『大和』航空戦隊より暗電。健闘を祈る。以上です」

「またどこぞに動くつもりか、それとも陽動作戦か。よし。こちらからも健闘を祈ると打電してくれ」言って、近藤は首から下がっている双眼鏡を取ると北太平洋の荒い波を見つめた。

(千崎……今度のこと、俺もとやかく言うつもりはないが、羨ましいぞ。それが本音だ。俺にはできないとわかっているが、お前のその自由さが憎らしくもある)

わずかな吐息が漏れ、近藤はあわてて口元を締めた。

(せめて、ニミッツよ。俺の艦隊に、あんたの艦隊をぶつけてきてくれ。俺だって、守るより戦うほうが得意なんだからな……フフッ、これも未練か)

近藤は、そんな自分を恥じるように瞳に力を込めた。

第四章　血潮を噴くソロモン

「攻撃部隊発進準備完了」

「よし。出撃しよう」

太平洋艦隊第一七任務部隊指揮官スプルーアンス少将の一見穏やかな声が、旗艦エセックス級空母『ヨークタウンⅡ』の艦橋に流れた。だが、聞く者が聞けば、スプルーアンスの声には尋常よりも強い意志が込められていたことがわかった。

僚友ハルゼーの第一六任務部隊が『大和』航空戦隊に手酷い敗北を喫してから三日目の未明、スプルーアンスはハワイの艦隊司令部には相談せずに、ガダルカナル島の日本軍航空基地の空襲を決断した。たとえ相談しても、許可が出される可能性が低かったからである。

この出撃は当然命令違反であるから、後のち問題になる可能性は高かったが、結果さえ出せば多少は情状酌量の余地もあるだろう。冷徹で緻密な計算ができるスプルーアンス提督らしい読みであった。

スプルーアンスが出撃させた航空基地攻撃部隊は、旗艦『ヨークタウンⅡ』と新たに編入された新造軽空母『インデペンデンス』に搭載されたグラマンF6F『ヘルキャット』艦上戦闘機二四機とグラマンTBF『アベンジャー』艦上攻撃機三二機、それにカーチスSB2C『ヘルダイバー』艦上爆撃機二八機の計八四機である。

新編成の第一七任務部隊は、前出の二空母の他にカサブランカ級新造護衛空母『カサブランカ』『リスカムベイ』『アンツィオ』に、日本海軍の真珠湾奇襲で破損した二戦艦が大改装を経て参加していた。ネバダ級戦艦のネームシップ『ネバダ』とペンシルヴァニア級戦艦のこれまたネームシップ『ペンシルヴァニア』がそれである。それに加え、ニューオーリンズ級重巡『アストリア』、ノーザンプトン級重巡『チェスター』『シカゴ』、ポートランド級重巡『ポートランド』、軽巡『フェニックス』と『アンダーソン』をはじめとする九隻の駆逐艦であった。

第一七任務部隊攻撃部隊の指揮を執るのは、艦攻部隊の隊長も兼任するバリー・フォーサイス大佐だった。彼は「金髪の雷撃マスター」というニックネームを持っている。尊敬を込めたこのニック・ネームで彼が称されるのは、魚雷の開発に遅れ、能力の劣る魚雷を使わざるを得ないアメリカ海軍にあって、魚雷そのものや雷撃法などについてたゆまず研究し、技術の習熟に努めてきたからだ。フォーサイスは熟練した職人であると同時に優れた理論家であり、そして偉大な教師でもあったのである。

　しかしこの日は陸上攻撃とあって、フォーサイス大佐の搭乗する『アベンジャー』艦上攻撃機の機体には、魚雷の代わりに九〇〇キロ爆弾が詰め込まれていた。

　ダグラスTBD『デバステーター』の後継艦上攻撃機として登場し、現在は主力艦上攻撃の座にある『アベンジャー』は、攻撃機としての能力に関してはとりたてて見るべきものはないものの、他のグラマン社製の攻撃機がそうであるように頑丈さには秀でていた。また、これまでの艦攻が魚雷や爆弾を機体に吊り下げる方式をとっていたのに対し、『アベンジャー』はそれらを機体の中に格納する方式をとっている。詰め込むと記したのは、そういう意味である。

　フォーサイス大佐も『アベンジャー』を認める一人である。

「欲を言えばいろいろあるだろうが、愚痴や文句を言っても性能が上がるわけじゃねえんだからよ。欠点を技術でカバーし、長所をうまく利用するんだ」と、フォーサイスらしい説明を部下たちにしていた。

　フォーサイスのこのような哲学は、部下の掌握術にも徹底されている。彼は部下の欠点を指摘はしたが、必要以上に責めることはなく、長所を見つけ、それを褒め、自信を持たせ、意欲を燃やさせることに努めた。「金髪の雷撃マスター」には、それらすべての意味が込められていたのである。

この日、フォーサイス部隊が母艦を後にしたのはガダルカナル島の南西三〇〇マイル、アメリカ海軍の攻撃機の航続距離を考えるとギリギリの距離であった。

むろん、敵に発見された場合に艦隊の安全を考えて採った措置だが、フォーサイスのリーダーシップがなければスプルーアンス提督も二の足を踏んだかもしれない。

「ジム。ここから針路は東だ」

フォーサイスの命令に、パイロットのジム・グレイ一等兵が操縦桿を傾けた。

『アベンジャー』のライトR―2600―8サイクロン空冷星型複列一四気筒一七〇〇馬力のエンジンが、全備重量七八八〇キロの機体を滑らせた。


停戦がガダルカナル航空基地の充実にプラスに働いたのは、事実だ。特に海軍航空部隊の陸上攻撃部隊には、一式陸攻を主力に新たに常時四〇機の攻撃機が準備されていた。

だが、いいことばかりではないのも事実であった。戦力増強に格納庫の建設が間に合わず、半分ほどの一式陸攻が滑走路の端にむき出しに置かれたのである。

その上に、基地司令部にも油断があったかもしれない。アメリカ艦隊の存在を予測した索敵に手を抜いたわけではないが、この日まで確実な情報を基地司令部は掴んでおらず、敵艦隊がいたとしても発見が困難なほどの小戦力ではないかという意見が出始めていたのである。だから「敵機影発見！」のレーダー所からの報告にも、勝手にアメリカ陸軍航空部隊の攻撃だと決めてしまったのだ。

この地域のアメリカ陸軍攻撃部隊の航空戦力は貧弱で、時折りある空襲もボーイングB17『フライング・フォートレス』重爆撃機やその後継機と言われるコンソリデーテッドB24『リベレーター』などの高度水平爆撃機が主力で、命中率も悪く被害もそう大きいものではなかった。

それでも基地司令は、一二機の『零戦』を迎撃部隊として出撃させた。

悲劇が起きるまで、そう長い時間を必要としなかった。余裕を持って敵部隊に接近した『零戦』の搭乗員は、それがアメリカ陸軍の見慣れた攻撃ではないことに気づいたが、先入観とは恐ろしいもので、それがアメリカ海軍最強の艦上戦闘機『ヘルキャット』とはすぐに気づかず、陸軍の新鋭機かと錯覚したのである。とはいえ、新鋭機と勘違いしたくらいだから、当然これまでの敵機よりは性能上がっていると考えてそれなりの警戒はした。

だが、『ヘルキャット』の能力は彼らの警戒をはるかに超えていたのである。レーダーによって日本軍機を確認していた『ヘルキャット』隊は、日本軍迎撃部隊の視認前に上昇し、遭遇時に『ヘルキャット』隊は『零戦』部隊の八〇〇メートル上にいた。

「GO!」という『ヘルキャット』隊長の合図をきっかけに、まず一二機の『ヘルキャット』が急降下に入った。

『零戦』隊が自らの危機に気づいたのは、『ヘルキャット』隊の一機が上方からの一撃を加えたときであった。

ドガガガガガガガガガッ!

主翼左右に三挺ずつの合計六挺の一二・七ミリ機銃が一気に火を噴き、防御の薄い『零戦』の機体を打ち抜いた。砕かれた『零戦』は、ブワッと火球と化した後に炸裂した。

『零戦』隊が、自分たちの敵が陸軍ではなく海軍の攻撃部隊であると知ったのは、その攻撃方法からだった。「ヒット・エンド・ラン」と呼ばれるこの特色ある攻撃方法は、アメリカ海軍艦戦の得意技だったのである。

『零戦』隊はあわてて散開した。ある者は旋回し、別の者は急降下に入り、また他のものは斜めに愛機を滑らせた。しかし、後手に回った状況を一気にひっくり返すことは、操縦員としては若手が多かったこの日の迎撃部隊には至難の業であった。

ガガガガガガガガッ！

かろうじて急降下攻撃の難を逃がれた『零戦』の一機が、反転するなり逃げてゆく『ヘルキャット』の背後にしがみついて七・七ミリ機銃を叩き込む。

命中はした。しかし、射程距離ギリギリだったことと威力に乏《とぼ》しいために、『ヘルキャット』の重防御が七・七ミリ機銃の攻撃を無力化した。

しかも、『零戦』操縦士は背後の気配に気づき、凍りついた。いつ来たのだろうか、背後に『ヘルキャット』のごつい機体が張りついていたのである。これは前衛の一二機のあとから降下した後衛部隊であった。

ドガガガガガガッ！

呵責《かしやく》ない一二・七ミリ機銃弾が、哀れな『零戦』を粉々に引き裂いた。

「隊長。見えました。ガダルカナル航空基地です」パイロットのグレイが興奮気味に叫んだ。

「ああ。見えている。だが、油断するな。迎撃部隊の一陣は『ヘルキャット』隊がお相手をしていてくれているが、敵も馬鹿じゃないんだ、第二陣を出撃させてくるぞ」

中央の席にいるフォーサイス大佐が落ち着いて指摘した。フォーサイス大佐の読みは当たっていたが、敵が海軍航空部隊だと知った日本軍航空基地司令部の対応はあわてたものになった。アメリカ海軍攻撃部隊が、水平爆撃などという甘い攻撃方法を採るはずはなかったからだ。

基地指令は迎撃部隊の第二陣を送る前に、まずむき出しになっていた一式陸攻を退避のために離陸させた。それを済ませた後の出撃が、ここでもまた迎撃部隊を後手に回らせた。狂い出した歯車の刻みは、日本軍航空基地を確実に悪夢に導き込んでいった。

ズドドドドンッ！

天空にはっきりと姿を見せた敵機に、基地部隊の対空砲火が始まった。その砲銃弾をかいくぐるようにして降下した数機の『ヘルダイバー』が、急降下爆撃を敢行した。

「動かない敵を外すほど、俺たちゃ下手くそじゃないんだよ」

『ヘルダイバー』のパイロットが、ほくそ笑んで爆弾投下スイッチを引いた。

ヒュゥ―――ン。ドガァ―――――――――ンッ！

『ヘルダイバー』の放った五〇〇ポンド爆弾が、掩体《えんたい》への収納が間に合わず放置されていた旧型の偵察機九八式陸上偵察機を粉砕した。続いて滑走路横の機銃座が粉砕された。

「くそったれが！」

第二陣迎撃部隊の『零戦』が、爆撃に移ろうとしていた『アベンジャー』の背後に付いて二〇ミリ機関砲弾を叩き込んだ。

ドドドドドドッという重い炸裂音とともに、二〇ミリ砲弾が火箭《かせん》を引いて『アベンジャー』の機体に吸い込まれていく。

さすがのアメリカ海軍機も、二〇ミリ砲弾をまともにくらったら済むはずはない。

グワァァ―――ン！　裂かれた『アベンジャー』の機体が、回転しながら落下する。

しかし、ここでも狂った歯車は元に戻らなかった。落下した『アベンジャー』が宿舎の屋根に激突し、宿舎が炎上を始めたのだ。

業火《ごうか》に焼かれた兵たちが宿舎から絶叫しながら走り出し、煙に巻かれた将校たちがよろめきながら出てくるや、彼らは突然朽ち木のように崩れ落ちた。消火班と数人の元気な者たちがバケツリレーで消火をするものの、それはほとんど効果を上げていなかった。

「壊せ！　類焼を防ぐためにはそれしかない！」悲痛な声が基地に響いた。

十分な成果を確認したフォーサイス大佐が地獄の基地上空を後にしたのは、攻撃開始からわずかに二五分後だった。

結局この日、日本軍航空基地は、空戦を含めると艦戦一九機、偵察機一、陸攻三、艦攻四機を失い、修理の必要な航空機は数十機に及んだ。もちろん被害は航空機だけではなく、宿舎の半焼、対空砲火陣の破壊、滑走路の一部使用不可という一方的な被害を受けたのであった。

これに対してフォーサイス隊の被害は、艦戦一機、艦攻二機の撃墜にとどまったのである。

わずかな油断や思い込みがいかに大きな悲劇を生み出すかという典型的な事例として、この日の事件は日本海軍に永く語られることになるのだが、それは後の話だ。

「くそっ！」

ガダルカナル航空基地が敵艦隊に襲撃されたという連絡を受けた第三艦隊司令長

官小沢治三郎中将は、思わず拳でテーブルを叩いた。

ミッドウエーからこの方面に転戦していた第三艦隊は、このとき補給のためにラバウル港に入港していた。

もっとも、このときの第三艦隊は通常の戦力ではない。空母『飛龍《ひりゅう》』『隼鷹《じゅんよう》』を主力とする第二航空戦隊を、改装工事のために横須賀に戻していたのである。

当然、戦力は低下していたが、旗艦空母『赤城』と『加賀』を擁する第一航空戦隊にはミッドウエー海戦やインド洋作戦を経験したベテラン将兵が揃っており、戦力面での不安を小沢中将は抱いていなかった。

小沢は補給を中止させて猛スピードでガダルカナルに急がせたが、第三艦隊が見たのは蹂躙《じゅうりん》されたガダルカナル航空基地だけであった。ガダルカナル沖に到着したのは、第一七任務部隊がはるか珊瑚海南方に消えた後であった。

「また来るな」旗艦空母『赤城』の艦橋で、憤然とした様子で小沢が言った。

「可能性は高いですね」応じたのは草鹿《くさか》龍之介《りゅうのすけ》参謀長である。やや小沢をもてあまし気味の草鹿だが、根が誠実な男だけに転任を願い出ることもなくここまでついてきていた。

「油断だろうな、俺も含めて」

小沢が弱気な態度を見せるのは近頃なかったことなので、草鹿は訝《いぶか》しげに小沢を見た。そして、強気な男がこういう発言をしたことによって変に不安を感じてしまう自分自身に、草鹿は腹で苦笑した。

「残念ながらそうかもしれません。しかし戦いが終わったわけではありませんよ、長官。挽回の機会は十分にありますし」だから、これまた珍しく草鹿は小沢を慰める言葉を口にした。

「そうだよな。よし。この怨みを、アメ公には二倍にも三倍にもして返してやる。参謀長もそのつもりでいてくれ。ともあれ索敵の強化から始めよう」

草鹿の言葉に気をよくしたのか、小沢は早い立ち直りを見せて次々と命令を飛ばした。

(まあ、こう元気になられると、それはそれで困ったことにはなるな)

腹の中ではうんざりとした草鹿だが、口では「承知しました」とうなずいた。

巨艦に切り裂かれた波が白い飛沫になって狂ったように乱れ舞い、海鳥の群れが疾駆する巨軀《きょく》を優雅に避けて飛んだ。

「繰り返しになるが、ぬかったよなあ」

超戦闘空母『大和』の艦橋で、千崎薫中将がこの日何度めかの同じ言葉を吐いた。

ガダルカナル航空基地が、アメリカ艦隊の攻撃部隊に襲われて大きな被害を受けたという情報が入ったのは早朝で、すでに四時間ほどが過ぎているのだが、千崎はよほど口惜しかったようだ。

「しかし、司令官。神参謀長も言っていた通り、いかな我が戦隊でもミッドウエーとソロモンに同時に出撃はできんのですから」さばさばと言ったのは艦長庄司丈一郎《しょうじじょういちろう》大佐である。

参謀長神重徳大佐がいないのは、例によって未来輸送戦艦『あきつ』に行っているからだ。

「第三艦隊はなにをしてたんですかね。予想はできていたはずですよ。それなのにみすみす攻撃を受けるなんて、たるんでいたんじゃありませんかね」不満を隠そうともせずに先任参謀大鳥栄助《えいすけ》中佐が言う。

「油断は間違いないかもしれませんね」庄司艦長が、大鳥に同調するように言った。

「ううん。今回ばかりは小沢さんもしくじったようだな」千崎も小沢をかばうことを諦めたように、うなずいた。

そのとき、上空でバタバタバタバタという特徴あるエンジン音が響いた。

「お戻りですな」大鳥が言って艦橋の窓辺に寄り、音のするほうを見た。ヘリコプターが『大和』の後甲板に向かっていた。初めて見たときは、狐につままれたような気がしたものだ。

神が『あきつ』副長で未来人の志藤雅臣少佐をともなって艦橋に入ってきたのは、一五分後である。

「司令官。我々もソロモンに向かいましょう」入ってくるなり、神がきっぱりと言った。

「小沢さんの第三艦隊だけでは無理だってことかい、参謀長」千崎が怪訝《けげん》そうに神を見る。

「コンピュータのシミュレーションの結果、そう結論しました」

「シミー、なんだ、そりゃ？」

千崎が今度は困惑の表情だ。コンピュータがどういうものかまだ判然としていないのに、その上新しい単語が出てきたのだ。千崎の困惑も当然だろう。

「志藤少佐。君から説明して下さい。私ではまだ心許ないと思い、わざわざ来てもらいました」

神が相変わらず志藤に対しては上官らしからぬ丁寧な言葉を使った。この時代においては、一応地位は上だが、様々な未来知識や技術においては神にとって志藤は師だったのである。

「わかりました」

志藤が、神の丁寧な言葉にちょっとくすぐったそうな笑みを浮かべてから、話し出した。

「シミュレーションとは、直訳すれば模擬実験というような意味です。帝国海軍でも作戦実施の前には模型などを使った図上演習を行ないますが、あれは人間の持つデータ、つまり諸元によって作戦がどのように実施されるかを確かめたり試したりするものです。しかしコンピュータによるシミュレーションの場合は模擬演習とでも言えばいいのでしょうか、様々なデータ、すなわち情報をコンピュータに入力してコンピュータに模擬演習の状況を計算させるのです。

たとえば、今回ガダルカナル航空基地を攻撃したと思われる第一七任務部隊の戦力、指揮官であるスプルーアンス少将の性格、作戦の傾向などのデータ、逆に第三艦隊の戦力や小沢中将の性格、作戦傾向などのデータ、そしてガダルカナル航空基地のデータ、アメリカ陸軍のデータなどなど、現在集めることが可能なあらゆる方面のデータを入力して計算した結果、第三艦隊単独だとやや不安だという結論が出たのです。特にアメリカ陸軍の動きが大きく影響しそうだと、シミュレーションの結果は示しています。ただしお断わりしておきたいのは、集めることができたデータにはまだ限りがありますし、データの古さなども影響しますので、確率としては六割程度とお考えいただいたほうがいいと思います」

「私はそれで十分だと判断しました。というのは、『あきつ』のコンピュータに囲碁を遊べるものが入っておるので試しにやってみたのですが、上級者を相手にする段階になると私ではまったく相手になりませんでした。さほどにコンピュータという奴は小賢《こざか》しくも正確です。それが六割なら信じるに足ると考えたのです」神が冷静な顔で言った。

千崎は、うなずいた。志藤や神の言っている意味は、千崎にもどうにかわかる。しかしその千崎にも、諸元ならともかくデータがどうのこうのとか、コンピュータが囲碁をやるなどという話になると、皆目検討もつかずお手上げだった。

囲碁は嫌いでないだけにそのことはあとで神に聞くとしても、他のことは詳細を聞こうとも思わなかった。ただ、それらデータをこれまで志藤が集めてきていたということに、千崎は改めて未来人という存在に驚きを感じていた。

千崎がそれを言うと、志藤は照れたように笑った。

「もちろん私がすべて集めたわけではありません。将校や兵の中にコンピュータに興味を示した人間が結構いましてね、彼らに対して私の知る範囲だけを話してきたのですが、人間というのはすごいものです。彼らは私が与えた基礎中の基礎を土台にして、彼らなりにコンピュータを使い始めているのですから。データを集めたりシミュレーションのソフトを作り上げたのはもっぱら彼らでして、私は未来の知識やアイデアを示したに過ぎません。

もちろんまだコンピュータを完全に使いきっているという段階ではありませんが、案外その日は近いのではないかと、神参謀長とも話していたところです」

「私も嫌いではありませんので、志藤少佐にコンピュータを扱うイロハについて教えてもらっていますが、今、志藤少佐の言った連中とは悔しいけれども、すでに段階が違います」

負けず嫌いなだけに、神は子供のように悔しがって見せた。

「参謀長が歯が立たないとは、そいつはすごいな」千崎が、驚く。

「それはしかたがありませんよ、司令官。連中はそれこそ暇があれば『あきつ』のＣＩＣのコンピュータと格闘していますが、参謀長は限られた時間しかコンピュータの前に座れませんからね。もし同じだけの時間があれば、参謀長だって相当な腕になっているはずですよ」

志藤の言葉に、神が照れた顔を作った。これまで知らない神参謀長の一面を見たような気がして、千崎は妙に嬉しかった。

「ともあれ、結論はソロモン。そういうことだな、参謀長、志藤少佐」

「はい」神が代表するように応えた。

現在、『大和』航空戦隊はミッドウエー基地東方二〇〇カイリにあり、ソロモンまではおよそ三〇〇〇カイリはあるから、二〇ノットで飛ばしても一週間はかかる。

「それまで、敵さんが動くかどうか、そこまではコンピュータでもわからねえんだろ、参謀長」

「データが不足していますし、コンピュータは万能というわけではありません。もともと、コンピュータに入力するデータは人間のものですからね。大いに期待はしていますが、なにからなにまでコンピュータ、そうはいかないと思います」

「うん。だが、それを聞いて少し安心したぜ」

千崎中将がまじめな顔で言ったので、神と志藤が顔を見合わせて笑った。

志藤がいた時代でも、コンピュータは万能ではない。逆に、人間では絶対に起こさないような単純なミスを平気で行なうのもまたコンピュータという道具なのだ。

結局、道具を作り、道具を使うのは、人間なのだということなのだろう。

第三艦隊旗艦空母『赤城』の艦橋で、第三艦隊司令長官小沢治三郎中将が小雨に煙る海面を睨んでいた。

ソロモン諸島近辺を探索に走ること四日、第三艦隊はガダルカナル航空基地を攻撃したアメリカ艦隊の影も形も発見できないでいる。もちろん西太平洋の軍港やオーストラリアの港に入港している可能性が高いことは、小沢にもわかっている。司令部の幕僚たちにもそう思っている者が多い。

「西太平洋や珊瑚海を徘徊していることも否定できないだろう」と小沢は言い続けた。

司令長官の言葉は絶対だからはっきりと否定もできず、第三艦隊はまるで流浪の民のようにそれこそ徘徊していた。

「冒険をしてみるか」ミッドウエーにおける冒険によって散々な目にあったことを忘れたかのような小沢の言葉に、草鹿龍之介参謀長は思わず絶句した。それは他の幕僚も同様らしく不安な目を草鹿に向けてきた。

草鹿は周囲を落ち着かせるようにうなずいてから、「冒険とはどういうことでしようか、長官」と、聞いた。

「もしあの艦隊が逃げ込んでおるとすると、エスピリトゥ・サント島か、ニューカレドニア島のヌーメア軍港あたりが一番怪しいわけだよな」

「オーストラリアのブリスベーンあたりも考えられますが、あそこにはアメリカ海軍の仇敵《かたき》ともいえるマッカーサー陸軍大将がおりますから、長官のおっしゃった二カ所に比べると可能性は低かろうと思います」

「うん。ならばこっちから行ってみよう。ギリギリまで接近すれば、ひょっとするとチャンスと見て、のこのこと出てくるかもしれんだろう」

「そ、それはそうですが、文字通り敵にチャンスを与えることになりますよ、長官。それに、海軍だけでなくアメリカ陸軍航空部隊からの攻撃も考えられますし」

草鹿が必死に言う。アメリカにとってのチャンスは、まさに第三艦隊にとっては自殺行為としか言いようがないからだ。

「アメリカ野郎の陸軍航空部隊なんか、あまり心配せんでもいいだろう。連中の爆撃は命中率も悪いし、攻撃部隊の戦力も弱い」

「確かに我々を攻撃する分には長官のおっしゃる通りだとは思いますが、我々がガダルカナルを離れたと知られれば、アメリカ陸軍航空部隊はガダルカナル航空基地に攻撃を仕掛けてくるのではないでしょうか。あそこはまだ先日の被害の影響で戦力も大幅に落ちておりますから、敵の弱小戦力でも被害が増えかねません」草鹿を応援するように言ったのは航空参謀だ。

「そんな弱気では、戦争はできんぞ」小沢が不満そうに言う。

小沢がミッドウエーでの失敗を取り返そうとしているのは、草鹿にも他の幕僚たちにもよくわかっている。しかしここで小沢の言を入れたら、取り返すどころか失策の上に失策を重ねることになるのは火を見るよりも明らかだった。

「どうしてもいかんか」

自分以外の誰もが賛成ではないと知りつつも、小沢は未練たらしく繰り返した。

「長官。ここはどうかご自重下さい。ミッドウエーのときのように『大和』航空戦隊あたりが支援してくれるというのならともかく、我が艦隊単独では相当に難しいと思われます」

草鹿がとどめを刺すように、言葉に力を込めて説得した。

「冗談じゃねえぞ。また千崎に出張《でば》られたら目も当てられねえ」小沢が吐き出すように言う。

草鹿は『大和』航空戦隊の名を出したことを、後悔した。これまで小沢は、ミッドウエーで『大和』航空戦隊とその司令官千崎薫中将に手柄を横取りされたとはっきり言っていなかったが、言葉の端はしから考えて小沢がそう思っているらしいと草鹿は気づいていた。

「長官。索敵機がレンネル島南方に敵攻撃部隊を発見しました。大型爆撃機を含んでおりますから陸軍航空部隊と思われます。おそらくガダルカナル航空基地への空襲部隊と推察されます」

レンネル島は、第三艦隊が沖合にいるソロモン諸島の南端サン・クリストバル島から南西におよそ二〇〇キロにあった。第三艦隊はサン・クリストバル島東方に位置しているから、敵攻撃部隊との距離はおよそ三〇〇キロだった。

距離的には問題ない。

問題は天候だった。陸上基地であれば、この程度の風雨なら離陸はたやすくはないものの不可能ではない。しかし、空母となると話は別になる。なにしろ荒波によって母艦は激しく揺れているし、普通では必要のない風の計算も必要なのだ。ベテランならまだしも、腕のない操縦員にとっては、それこそ死にものぐるいの発艦になることが予想できた。

しかし、小沢にはそんな頓着はない。

「出撃だ！」声を張り上げ、命じた。その目は獲物を狙う鷹の目のように鋭く輝いていた。

草鹿が航空参謀を不安そうに見た。航空参謀は、しかたないでしょうと小さくうなずく。

空母は風に向かって走る。向かい風によって発艦機の揚力を増やすためだ。しかし、それにも限度があるのは当然だった。

ゴゴゴォ――――――ン。

風にあおられながら、不安定な姿勢で『赤城』と僚艦『加賀』の零式艦上戦闘機が風雨を切って発艦してゆく。

一六機の『零戦』部隊を率いるのは、『赤城』分隊長塩原裕一郎大尉だった。紳士然とした塩原はカメラいじりが趣味の寡黙なタイプであるが、狙った被写体のシャッターチャンスをいつまでも我慢して待てるねばり強い性格を持っていた。

彼の戦い方もそれで、決して無理をせず相手のスキをじっくりと狙うのである。世に言われる撃墜王のように派手な結果は残していないが、塩原に狙われたら地獄行きだと、頼もしく言う戦友も多かった。

そういう男だけに、内心ではこの日の出撃を危ぶんでいた。特に『赤城』隊にいる二名の操縦員に、不安を感じていた。出撃回数はそこそこだが、これほどの荒天時の出撃はほぼ初体験だったからだ。むろん経験がすべてではない。操縦員としてのセンスに恵まれていれば、ときには経験以上の腕を見せる者もいるが、当然逆の場合もある。

塩原が二人に不安を感じるのは、その面もあった。操縦員としての資質に欠けているというほどではないが、この二人、決して資質に恵まれたほうではなかったのだ。

「だが、ここに至れば考えてもしかたないか」塩原が操縦席でつぶやくように言った。

その日、アメリカ艦隊が入港している可能性ありと第三艦隊司令部が推測したエスピリトゥ・サント島の陸軍航空基地から出撃したのは、二四機のカーチスP40『ウォーホーク』に守られた二機のボーイングB17『フライング・フォートレス』と六機のコンソリデーテッドB24『リベレーター』であった。

援護機の『ウォーホーク』戦闘機は名門航空機製造会社カーチスによって生み出された戦闘機で性能的には凡機という評価を与えられていたが、頑丈さと実用性が評価されてアメリカ陸軍が使用する以外に外国への供与も行なわれていた。しかし旧式は否めず、後継機の投入が始まれば前戦から退くことがすでに決まっていた。

それは爆撃機も同じで、今、風と雨をものともせずに順調な飛行を続ける二種類の爆撃機のうち『フライング・フォートレス』はすでに退くことが決まっており、この後、前線の主力には『リベレーター』がなることになっていた。

『リベレーター』は、全幅三三・五メートル、全長二〇・五メートル、全高五・五メートルの四発の重爆撃機で、最高速度は四六七キロ、航続距離は三三八〇キロである。兵装は一二・七ミリ機銃一〇挺。最大五八〇〇キロの爆弾を積載することができ、乗組員は一〇人だった。


アメリカ陸軍攻撃部隊の接近にガダルカナル航空基地が気づいたのは、やや風が収まって復旧作業の再開を司令部が検討しているときだった。

「くそっ!」基地司令が呻《うめ》く。迎撃自体できないわけではない。いの一番に滑走路は復旧させてあったし、稼働できる戦闘機も三〇機程度はある。が、基地司令にしてみれば、せっかくの復旧が元の木阿弥《もくあみ》になるのがもったいなくもあり悔しいのだ。

それでもすぐに一二機の『零戦』を迎撃させ、対空戦を命じた。

敵海軍の『ヘルキャット』には勝算を失いつつある『零戦』だが、陸軍の『ウォーホーク』ならば話は違う。数は倍だが、互角以上の相手ができるのである。

「来たな」『ウォーホーク』隊の指揮官が言ったのは、爆撃のために爆撃機部隊が高度を落としたときだった。

一二機の『零戦』が一気に『ウォーホーク』に襲いかかった。

ダダダダダダダダダッと、七・七ミリ機銃が『ウォーホーク』の頑丈な機体に吸い込まれる。しかし頑丈が売りの『ウォーホーク』はなかなか落ちない。

そのとき『零戦』は背後に気配を感じ、即座に機体を滑らせた。思った通りだった。『ウォーホーク』の一機が『零戦』の背後を突こうとフルスピードで接近していたのだ。

『零戦』の操縦士が、愛機を旋回させる。逆に敵の背後を突こうとしたのである。

ところが次の瞬間、『零戦』の操縦士は息を飲んだ。一機だと思っていた敵が、二機だったのだ。二機の『ウォーホーク』が見事に一列に並んでいたために、『零戦』の操縦士はそれに気づかなかったのである。憎いほどの連係プレーだ。

このまま旋回すれば二機の間に入ってしまうと思った『零戦』の操縦士は、旋回を中止するために操縦桿を倒した。その急激な運動に、柔《やわ》な『零戦』の機体ががたつく。しかし今はそれに気を遣っている暇はない。

『零戦』の狙いを見抜いた二機の『ウォーホーク』が、逃がすものかと急上昇する。

『零戦』が右に滑る。その瞬間、後方にいた『ウォーホーク』の六挺の一二・二ミリ機銃が吼えた。

ズガガガガガガガッと、火の玉の列が『零戦』の主翼をかするように飛んでいく。

『零戦』の操縦士があわてて方向を変える。だが……。

ズガガガガガガガッ！　『零戦』の動きを予測して回り込んでいたもう一機の『ウォーホーク』の機銃弾が、『零戦』の機体を直撃していた。

グワァァ――――――――ン！

『零戦』は一瞬にして火の球になって炸裂した。友軍機の撃墜を目《ま》の当たりにした『零戦』が、フルスロットルで飛翔する。

『ウォーホーク』も安心してはいなかったのだろうが、わずかにスキができたのかもしれない。別の獲物を探すべく僚機に合図を送ろうとして凍り付いた。僚機の腹を目がけ、急上昇してくる『零戦』が目に入ったからだ。

「下だっ！」パイロットが絶叫した。が、遅かった。ズドドドドドドッと『零戦』の重火砲二〇ミリ機関砲が火を噴き、砲弾が『ウォーホーク』の腹に叩き込まれた。頑丈が売りの『ウォーホーク』だが、二〇ミリ機関砲弾の前にはひとたまりもない。腹が裂けるように機体を割ると、ゴガァァ――――――ンと大爆発を起こした。

しかし、先ほどから見事な連係プレーを見せていた『ウォーホーク』部隊の援護が功を奏し、アメリカ陸軍攻撃部隊の爆撃が始まった。

ヒュ――――――ン。ヒュ――――――ン。ヒュ――――――ン。

陸軍爆撃機の行なう水平爆撃は、海軍機ほどの命中率には欠ける。だが、その代わり爆弾の量が違うのだ。

ドガガガ――――――ン！　ズドドド――――――――――ン！

降り注いだ爆弾が、復旧作業中のガダルカナル航空基地に炸裂する。

ドドドドドドッ！　バリバリバリッ！

ガダルカナル航空基地の対空砲火も始まったが、雨と風で視界が悪いために命中弾が出ない。

「くそっ！　隊長。始まってますよ」

『赤城』分隊長塩原の編隊無線に、二番機からの声が飛び込んできた。もっとも、相変わらず『零戦』の編隊無線の調子は悪く、その後もなにかを言ったらしいが塩原の耳には届かなかった。

塩原は無線には応えず翼をバンクさせて、攻撃を命じた。

塩原隊の参加はちょうど『ウォーホーク』隊の背後からの攻撃になり、『ウォーホーク』隊をあわてさせた。数で圧倒できなくなったことも『ウォーホーク』の焦りを誘った。人間の焦りという性癖が、それまで見事すぎるくらいだった連係プレーにひびを入れたのであった。


アメリカ陸軍航空部隊の偵察機が第三艦隊を発見したのは、第三艦隊の攻撃部隊が出撃して一五分後だった。連絡を受けた太平洋艦隊第一七任務部隊指揮官レイモンド・A・スプルーアンス少将は、海図に目を落とした。

このとき第一七任務部隊は、エスピリトゥ・サント島の北東にあるバンクス諸島沖合にいた。日本艦隊まではおよそ四〇〇マイル。航空戦を仕掛けるには、航続距離が短いアメリカ海軍の攻撃機には無理な距離だった。

「三〇〇マイルぐらいなら少しは無理ができるんだが」スプルーアンスが迷うように言った。

この日、陸軍航空部隊がガダルカナル島を爆撃するという情報をスプルーアンスは知らなかった。もし知っていればそれと協力するためにもっとガダルカナル島に接近していたはずであり、そうなれば日本艦隊を叩けていたかもしれないと、スプルーアンスは陸軍に腹を立てた。

しかし、陸軍には陸軍の言い分もあったに違いない。なぜなら、先日の第一七任務部隊のガダルカナル航空基地攻撃を陸軍は知らされていなかったのである。言ってみれば海軍の怒りも陸軍の嘲《あざけ》りも五十歩百歩なのだが、こじれた関係がそれを見えなくしていたのである。

当然、建前上は陸海軍は互いに協力して戦争を遂行するようにはなっているし、まったく協力をしていないわけではないのだが、実際は先日やこの日のように得がたいチャンスを失ったことは一度や二度のことではなかった。

そのことを、アメリカ太平洋艦隊司令長官と太平洋方面総司令官を兼務するチェスター・W・ニミッツ大将は、十分に承知している。

事実、南西太平洋方面司令官でこの方面の陸軍を束ねるダグラス・マッカーサー陸軍大将と共同歩調をとろうと、スプルーアンスの部隊をマッカーサーの麾下《きか》に入れるという奇策まで採用したが、結局は失敗に終わり、互いの不信感を深める結果になった。

「自分にも足らぬ部分があったことは、認めよう」ニミッツは、腹心の幕僚にそう言ったことがある。「だが、マッカーサーは足らな過ぎる」と続けた。

マッカーサーの悪評は、太平洋艦隊司令長官に着く前からニミッツは聞いている。

マッカーサーの失脚を願うのは、海軍だけではなく陸軍内にもいるとニミッツは聞いていた。

ジョージ・C・マーシャル陸軍参謀総長はその代表だという。彼はその能力をマッカーサーに嫉《ねた》まれ、マッカーサーが上司であった時代、出世の道を塞がれていたという。

だが、これほどまで多くの人にうとまれながらも、マッカーサーは依然として確たる地位にいる。それは彼が最高の弁舌家だからだ。

マッカーサーの巧みな弁舌は、真実を知らない国民や政治家などに十分すぎるほどの人気を保っているのだ。マッカーサーの敵対者たちが彼を「ペテン師」「詐欺師」と呼ぶのはそれゆえだが、彼のメッキはまだ剝がれておらず、ここ当分は剝がれそうになかった。

「君ならどうするね、アーノルド」

海図から目も上げず、スプルーアンスがキャプラン参謀長に聞いた。

「敵艦隊は北上しています。追ったとしても距離を縮めるのは難しそうですし、こちらの補給の問題もありますから、今回は見送ってヌーメア港に戻るのが常道だと思います」

キャプランの答えは、彼自身が言う通り常識的なものだった。

「なるほど」スプルーアンスはうなずいたが、キャプランの意見に対して感想も述べない。しかしそれはスプルーアンスがキャプランを無視しているわけではない。それがスプルーアンスの確認作業なのだ。

「無茶かな」依然として海図を見ながら、スプルーアンスがつぶやいた。

「敵の北上を止める方法が一つあるんだ。それは敵にこちらの存在を知らせればいい。おそらく連中は我々を血眼《ちまなこ》になって探しているはずだ。ここにこちらがいると知れば転舵《てんだ》するはずだ。ただし、攻撃機の航続距離はあっちのほうが長い。下手をすると、こちらが攻撃ができない距離から攻撃を受けるかもしれない……やはり、無茶か……」

スプルーアンスが腕を組んだとき、「提督。日本艦隊が北上の速度を上げた模様です」

「そうか。出直せということか。よし。針路をヌーメアに向けろ。そのうちどうせ日本艦隊とは正面からぶつからなければならんし、なにより連中はそこにいてくれるんだからな」

スプルーアンスが不敵に笑った。

第三艦隊の援軍によってガダルカナル攻撃を中途半端なまま終わったアメリカ陸軍攻撃部隊は、計画を変更して撤退に入った。

また、強い風がアメリカ陸軍攻撃部隊の爆撃機の攻撃に影響し、投下した爆弾の数に比すると命中弾が多くなかったことも、ガダルカナル航空基地の被害を最小限に止めた要因となった。

報告を受けた小沢中将は、久し振りに会心の笑みを浮かべた。

が、二時間後には小沢の顔から笑みが消える。

西太平洋の海底に潜んでいた潜水艦から、アメリカ艦隊のものらしきスクリュー音を捉えたという報告が入ったからだ。

「四〇〇カイリなら、少し近づけば叩けたじゃないか」

小沢の怒りはそれだけではなかった。港に戻っているという司令部幕僚たちの推測が外れ、自分の推量が当たっていたという事実が小沢を激怒させていたのである。

「見ろ！　もう少し接近していれば、この艦隊を見つけられたかもしれないじゃないか！」

小沢は誰彼なく当たり散らしたが、一番大きな被害を受けたのは当然のことながら草鹿参謀長だった。草鹿は沈黙するしかなかった。

そしてこのときのことが、のちに第三艦隊の命運を決する鍵となったのである――。


ソロモンに向け西太平洋を南下中の『大和』航空戦隊に、連合艦隊司令部から暗電が届いた。

「トラック泊地へ入港のこと」暗電はそう命じていた。

「遠回りだな。どうする、参謀長」

『大和』航空戦隊司令官千崎薫中将が、顔をしかめる。一刻も早くソロモンに転戦したいというのが、千崎の思いだ。

「……急がば回れかもしれません」

「うん。ああ、もしかすると」

「ええ。古賀司令長官にだけは、我が艦隊の今後の行動予定を報告してあります。その古賀長官が行けと命じるなら、それだけの意味があるはずです」

「だから、あれだと」

千崎の瞳に力がこもった。

「間違いないと思います」

「ならば、遠回りする意味もあるな」

「はい」

「よし。違ったら、古賀長官のところに怒鳴り込んでやるぜ」

「お供しますよ」神重徳参謀長が楽しそうに言った。

ソロモンへのコースを戻る形で『大和』航空戦隊が日本海軍の太平洋における最重要泊地の一つであるトラック泊地に入港したのは、二日後のことであった。

トラック泊地のあるトラック諸島は、直径およそ三〇カイリに及ぶ大環礁が中心である。

大環礁の内海には大小の島が点在し、日本軍はこの島々に基地、飛行場、砲台、病院、娯楽施設などの様々な施設を設営し、トラック泊地としたのだ。

島々の中でも七曜《しちよう》諸島と四季諸島がメインで、日本軍の設営した施設はほぼこれらの島々にあった。

四季諸島の中の一つ夏島には、この海域を担当する第四艦隊司令長官の宿舎があった。

もっとも、長官の執務自体は、夏島の沖合に係留されている第四艦隊旗艦であり練習巡洋艦『鹿島』の長官公室で執られていた。このときの第四艦隊司令長官は、鮫島具重《さめじまともしげ》中将である。

入港が夜間であったことと千崎と鮫島が海兵の同期であったことから、会いたいということで、その夜、千崎は神をともなって夏島の長官宿舎を訪れていた。

明治の元勲岩倉具視を祖父に持つ鮫島はまさに名門の士だが、酒が好きなさばけた人物で千崎とは気が合い、「ちょっとした悪さもしたものさ」と酒宴では怪気炎を上げたほどである。

それを知っている千崎は、まだ酒が入る前に鮫島に聞いた。

「俺たちがここに呼びつけられた理由を、貴様、知っているのだろうな」

「なんだ。聞いてないのか」鮫島が驚くように聞き返した。

「推測はしている」

「艦戦だ。新型艦戦が八機、内地から届いておる。お前に渡すためにだ」

「やはり、そうか」千崎の顔が喜びで崩れた。

「『天戦』、という名だそうだ」

「見たのか、実物を？」

「チラリとだ。良さそうだとは思ったが、お前も知っての通り俺は航空機に弱い。だから聞いてくれるなよ、どうすごいかなんぞとな。ただし、『零戦』をはるかにしのぐと聞いた。だからすごいってことぐらいはわかるがな」

もし普通の艦隊指揮官であったなら、それは非常識すぎますと神でなくとも言ったろう。

だが、鮫島という人物は不思議な男だった。これが育ちだろうか、鮫島ならしょうがないかと思わせてしまうものをこの男は持っていた。

それに、航空機について詳しくないというのは事実だが、先ほどとぼけたようになにも知らないわけではなく、後にあの言葉が鮫島一流のおとぼけだと知った神は人ごとながら、「ホッとしました」と千崎に告げている。

そして、新型艦戦『天戦』の話は、あっけなくここで終わった。

「明日になれば、わかる」鮫島は流すように言うと、手を叩いて酒宴の準備を始めさせた。そして、無礼講になったのである。

『大和』航空戦隊がトラック泊地をあわただしく出航したのは、二月初旬のことである。

「また雪か……」大日本帝国首相東条英機陸軍大将が、首相官邸の執務室の窓越し

に、昨日から続く牡丹雪を見つめながら言った。

東条にとって雪は、〈二・二六事件〉に直結する存在である。

一九三六（昭和一一）年二月二六日未明、雪が舞う中を皇道派若手将校がおよそ

一四〇〇人の兵を率いて「昭和維新」と声高《こわだか》に叫び、決起した。

世にいう〈二・二六事件〉である。

当時の陸軍には皇道派と官僚的な傾向が強い、いわゆる統制派の暗闘があったが、

精神論、観念的傾向の強い皇道派の旗色が悪くなりつつある状況だった。

それを押しとどめようとする皇道派若手将校のギリギリの選択だったのだろうが、

結果的に言えばこの決起が陸軍内の皇道派一掃のターニングポイントになったので

ある。首謀者一七名が死刑、六九名が有罪との判定が下され、ここに皇道派は壊滅

的打撃を受けたのであった。

統制派だった東条の力もこの事件によって加速し、ついには内閣総理大臣の座に、今いる。

「雪は確かに美しい。だが、それだけではないだろう。いや、それどころか雪は表面的な美しさによってその下のあらゆる醜悪を覆い隠してしまい、人を錯覚させるのだ。ただ、美しいと。人間もそれに似ている。表面的には、美しくとも、優しくとも、穏やかであっても、必ず裏がある。隠されているものがある。人間の正体とはそこにあり。それが真実と言うべきだろう」

コンコン。東条の哲学的な思いは、ノックによって寸断された。

従兵がドアを開くと、陸軍参謀総長杉山元大将と情報を担当する参謀本部第二部長有末精三《ありすえせいぞう》少将、そしてその部下らしき佐官の姿があった。

「そちらに」東条が、三人に部屋の入口近くにあるソファを示した。

「お電話でかいつまんでお話しした内容と重複することがありますが、ご容赦下さい」

座るとすぐに杉山は、東条に詫びた。

「気にしなくていいよ」東条は、杉山に軽く首を振った。

「では、聞きましょう。話は君が？」東条が細い鋭い目で佐官を見た。

「鹿本《かもと》大佐。欧州担当です」有末が紹介するように、言った。

「そう。始めてくれたまえ。鹿本大佐」

東条に促され、鹿本が話し出した。首相の前という緊張を隠すことができず、鹿本の声はうわずっており、時折りお国訛りまでが出て東条に指摘された。

鹿本の話はイギリスの情報部が摑みかけているものとほぼ同じ内容で、ドイツ第三帝国の政変の可能性についてであったが、同盟国だけにデティールはより詳しかった。

中心は、現在のドイツ第三帝国のナンバー2と目されるマルティン・ボルマン副総統や、海軍総司令官カール・デーニッツ元帥の動向からの類推だった。

「なるほど。そこから導き出される結論は、ヒトラーの死、あるいは重病による加療。そういうことだね、鹿本大佐」東条がズバリと言った。

「はい。そう考えて良いと思います。ただし、ヒトラーの死や暗殺の情報はこれまでにも何回か流されております。ヒトラー側からの偽情報だった場合もありますし、ヒトラーと敵対する勢力が流した場合もありますが」

「うん。それについては私も知っているよ。ヒトラーという男、偉大なカリスマ性を持ち、ドイツ国民を見事なまでに引きつけたことは驚くべき力だが、少しエキセントリックな傾向があり、どうも策謀がお好きなようだな」

同じように東条も策謀家と見られているが、東条の採る策はヒトラーに比べれば単純で、結論に至る道筋も早い。

「結論を一刻も早く欲しい。それによっては、この戦争をすべての面から見直す必要があるからね。もちろん太平洋もそうだが、大陸に大きな影響を与えることになる。たとえヒトラーが死んだとしてもそれだけで一気にドイツ第三帝国が瓦解するとは思えないが、ソ連はずいぶんと安心するだろうね」東条が、そこで言葉を切った。

「そこですよ、総理。関東軍の一部には、ソ連極東赤軍が国境を破って満州に攻め込む可能性が大だと言う者もいる。そこにヒトラー情報との関係がありはしないかと、私は案じているんです」やっと自分の出番が回ってきたとでも思ったのか、杉山が吐き出すように言った。

「その点は先ほども申し上げた通り、ドイツが一気に瓦解でもすれば可能性がないとは言いませんが、ヒトラーの死、それだけですぐにソ連が動くとは思えません。ただし、警戒は強める必要はあるかもしれませんね。関東軍は柔な軍隊ではありませんが、少し大陸から兵を引き揚げ過ぎたかもしれません」

「私も同感です、総理。ソ連という国もドイツとはまた別の意味で情報を錯綜させるのが好きですが、現在収集されつつあるソ連情報には、これまでとは少し違う香りがあると、私は感じているのです」

「小東条」というあだ名もある有末が、酷薄さの滲む顔をまっすぐに東条に向けて言った。

「君がそう感じるなら、無視はできないな」

自分とよく似た性格であることを承知しているだけに、東条は有末を買っていた。しかしそれだけに欠点もよく見えている。切れすぎる頭がときとして自分を切り裂くことがあることをいずれ話す必要があるかもしれないと、うなずきながら考えていた。

参謀本部の三人が去った後、東条はしばらく自分の椅子で身じろぎもしなかった。戦争が混迷への道に潜り込んで行くような気がして、東条も困惑をもてあましていたのである。

戦況の詳細を知りたいと、呉の病院に入院加療中の前連合艦隊司令長官山本五十六大将は、猛烈に思う。一時期は自分をすでに海軍軍人としては用無しとまで思っていた山本にすれば、ずいぶん変わってきたものである。

今でも現役復帰などということは考えていない。そんなことはできるはずはないと思っているが、少しぐらいならなにかできるのではないかとは思い始めているのだ。

「治りたい。治ってなにかしたい」という強い意志と、「もう俺は駄目だ。俺の人生は終わった」という後ろ向きの心を比べれば、もちろん前者のほうが回復が早いのは当然のことである。

東洋医学には「気」という概念があって、気は精神と肉体を支配していると学問上は考えられている。病気とは、気が衰えるために起こる現象の一つだと、教えているのだ。その考えでいけば、精神の病気はもとより肉体的な障害さえ気によって治すことが可能だという。

担当医も無条件でこの概念を信じているわけではない。切り傷や骨折で痛む者に、気で治せと言ってもそれはしょせん無理な注文だ。痛みの中和や傷《いた》んだ部所の快復には西洋医学を使うしかないのは当然であり、担当医もそれが正しい医療だと思っている。しかし医師は、精神力を大きな加療の方法と見る東洋医学を、補助的なものとして重要視していたのである。

「山本閣下。そろそろ退院をお考えになってもよろしいかと思います。もしお望みでしたら、閣下の郷里の近くにでも最適な施設をお探しいたしますが」

ベッドに半身を起こして読書をしていた山本に、担当医が言った。

「あ、りがとう。私もはじめ、そう、考えて、いたのだが……どうも、呉から離れたくないいん、だよ。ここにいれば、鎮守府からの情報も聞ける。郷里に帰ったら、なにも耳に入って、来ないし、穏やかすぎて、多分、ボケてしまいそうだ。いかんかな」ゆっくりとだが、確実に山本は応えた。

「もちろんかまいません。閣下がそうしたいとおっしゃるなら、この部屋を艦隊司令部にしていただいてもいっこうにかまいません」

担当医の軽い冗談に、山本はまだ痺れが残る唇を緩めた。

「司令部は、無理にしても、艦の談話室、ぐらいにはしたいな。そうなると、少し騒々しくなるが、そのときは別の場所に、移るよ。俺の部下たちには、結構、そういう者が多くてな」

誰を思い浮かべたのか、山本が苦笑した。

「承知いたしました。なにか欲しいものがあれば、ご遠慮なく看護婦にお申し付け下さい」

「ありが、とう。みな親切、だから、十分なことをして、もらっている。まあ、願わくば、元の体と、頭が欲しいが、それは、無い物、ねだりだからな」

「ああ、その点なのですが。先日、米内閣下がいらしたときにうかがったのですが、そしてちょっと私は信じにくいのですが……『大和』航空戦隊には未来から来たという佐官がいると聞きました」

「うん。それは事実だ。海軍にも、それを信じる者と、疑う、者がいる。だが、本人に会い、そして、彼の乗ってきた、輸送艦、を見れば、いやでも信じざるを、得ないよ……」

「閣下も事実だと……」担当医は、依然として怪訝《けげん》な表情である。

「それが、どう、したのかね」

「あ、はい。もしそれが事実だとしたら、彼は未来の医療についてもなにか知っているのではないかと思ったのです。それを今の医療に役立てられないかと」

「なる、ほど。医者らしい、目のつけどころ、だな。だが、無理じゃ、ないかな。その男は、未来の軍組織である『自衛隊』の、船乗りだ。聞いたことは、ないが、医術を、どこまで知っているか、私にも、わからない。だが、今度、呉に戻って、来たときに、呼んでみよう。君から、直接、聞けばいい。案外、いい話が、聞けるかもしれないから、な」

「お願いいたします、閣下。そう大きな期待はできないようですが、それは別としても、未来から来たという人間に会うということは、真実を医療という側面から知ろうと考えている私にとっても、尽きぬ興味ですから」

担当医が期待に目をきらきらさせながら、病室を出ていった。

「未来の、医療か……そういう面から、志藤少佐を、見たことがなかったな。だろうな。軍医ならともかく、今でいう、航海長に近い、任務だったという、船務長の志藤には、無理な、注文だろう、さ」

読みかけの本を閉じ、山本は体をベッドに沈めた。

ずいぶん長い時間話をしたような気がして体には疲労があったが、脳細胞に疲れはなかった。

山本の、自分にもまだなにかできそうだという思いが強まった。

第五章　ソロモンに燃ゆ

ニューカレドニア島のヌーメア軍港を出撃した太平洋艦隊第一七任務部隊は、ニューヘブリデス諸島を経由してエスピリトゥ・サント島沖を北上していた。

太平洋はこの数日穏やかで、航走は順調だった。

「提督。敵潜水艦、発見です」

「距離は？」第一七任務部隊指揮官スプルーアンス少将が、静かに言った。

「先頭の駆逐艦から四キロです」

「やれるな」

「もちろんです」参謀長キャプラン中佐の声は、弾んでいた。

日本海軍の潜水艦狩りを命じられたのは、バグレイ級駆逐艦四番艦の『マグフォード』と六番艦の『ヘンリイ』である。基準排水量一五〇〇トン、最高速力三七ノット、兵装は一二・七センチ連装砲四基八門、五三・三センチ四連装魚雷発射管三基一二門、爆雷投下軌条二条のバグレイ級駆逐艦は、四連装魚雷発射管が特色であった。

アメリカ海軍のソナーは急速に進化しつつあったが、まだ完全とは言えずエンジンを止めた伊一六九潜水艦を見失った。『マグフォード』艦長トーマス少佐は『ヘンリイ』に連絡を取ったが、『ヘンリイ』もまた見失っていた。

「近くにいることは間違いないんだ」

トーマス艦長が、苛立《いらだ》ちを隠しもせずに地団駄を踏んだ。決戦のプロローグを飾る野心を持っていただけに、トーマス艦長の苛立ちは強かった。

「どうするんだ？」との『ヘンリイ』からの問いに、トーマス艦長は敵潜水艦が隠れているだろう海底に爆雷攻撃を仕掛ける決心をした。

艦尾に装備された爆雷投下軌条を、樽型の爆雷が次々と海底に向かって投下されてゆく。やがて海底で、ズズズ――――ンという鈍い炸裂音が続いて起こった。

アメリカ海軍駆逐艦の接近に、伊一六九潜水艦長猪原金治《いのはらきんじ》少佐はエンジンを止めさせると息をひそめた。炸裂音の大きさから敵の落とす爆雷がそう近くはないとわかっていたが、それでも猪原潜水艦長をはじめとする伊一六九の乗務員の体中には冷や汗が噴き出している。

海底を縦横に走るのだから、相当に丈夫に作られていると思われがちな潜水艦だが、確かに水圧に対してはそれなりの強度を保つように設計されているものの、敵の攻撃に対しては水上艦と比較すると柔である。爆雷の直撃は当然として、近接の爆発でもひとたまりもないであろう。

また、激しい振動などで艦体内の器物などが破損して被害を受けることがあり、特に水中推進用の蓄電池に使われている液が混合すると有毒ガスが発生するため、潜水艦乗りを恐れさせていた。

ズズズ――――――ン！

何発目かの爆雷の爆発で、伊一六九の艦体が軋《きし》んだ。恐怖が全乗組員の背筋を走る。

その一発が一番近く、後は遠のいていった。しかし、伊一六九の乗組員から恐怖はまだ去らない。敵は二艦、今の爆雷はおそらく一艦目で、次に二艦目の攻撃が始まるはずである。

だが幸いだったのは、二艦目は一艦目よりも離れた場所に伊一六九がいると判断したために、爆雷は遠のくばかりであった。

　手応えがないことを一番知っているのは、トーマス艦長自身だった。逃げ出す気配がなかったのだから、この海底に潜んでいることはわかっているのだ。しかし、いつまでもこの付近を徘徊しているわけにはいかなかったし、『マグフォード』は手持ちの爆雷を撃ち果たしていた。意気込みが大きかった分、トーマス艦長の消沈ぶりも大きかった。

「敵潜水艦、撃沈できず」の報告に、スプルーアンス少将はわずかに眉を動かしただけで、駆逐艦艦長たちへの叱責さえなかった。

　スプルーアンスには、本命は別にいるのだという気持ちが強かったし、まだ若くて実戦経験が豊富とは言えない艦長たちにはいい勉強になっただろうという思いもあった。

　グォオオオオオ――――ンという一八九〇馬力の新型強力エンジンの轟音《ごうおん》を頼もしげに唸《うな》らせて、『大和』飛行隊分隊長室町昌晴少佐は新鋭艦上戦闘機『天戦』の性能に酔いしれていた。

『大和』航空戦隊に搭載された『天戦』は八機。『大和』飛行隊は四機で一小隊の編制に変えていたから、二小隊の『大和』天戦部隊が誕生したのである。

『天戦』を与えられたのは、艦戦部隊指揮官の室町の小隊と艦戦部隊副隊長矢那信《やなのぶ》広《ひろ》大尉の小隊だったが、当初は違った。

室町と矢那ははじめから決まっていたが、新型艦戦を腕の未熟な者に使わせるのはどうかという意見があり、ベテラン操縦員を室町と矢那につけ、新しい『天戦』小隊を組織する案があった。

室町と矢那も、連係攻撃の点から言えば新たな編制に問題が残るとは思ったものの、操縦技術の面からすればしかたないとしていたが、それが杞憂であると試乗でわかった。

『天戦』は『零戦』をはるかにしのぐ能力を持っていながら、操縦の癖というか香りというべきものが、『零戦』と数多く共通しており、これならばなにもベテランでなくともすぐに慣れる、と室町、矢那ともに確信したのだ。

であれば無理に編制し直す必要はあるまいと司令部からの許可も出て、現在の編制になったのである。

後で聞けば、『天戦』の開発には『零戦』を開発した技術者が参加しており、彼が『天戦』と『零戦』を能力以外はなるべく変わらないように苦心したのだと知らされた。

室町が、旋回に入る。左右と後方にいた部下機が、続く。滑らかな動きは『零戦』に似ているが、速力が違い、力強さはまるっきり別物だった。

旋回を終え、次は急降下だ。速度は六〇〇キロを超えているのに、機体にはほとんど振動がない。『零戦』ならすでに空中分解しているかもしれない。しかし、それも当然だろう。『天戦』の最高速度は七二三キロなのだ。六〇〇キロ超えで振動するなど有り得ないのだ。

「これで逃がさないぜ」

F4F『ワイルドキャット』にさえ急降下で振り切られた経験を持つ者たちにとって、『天戦』のスピードと丈夫さはなにものにも代え難いくらいありがたいと感じた。

低空飛行に入って着艦を目指す『天戦』部隊を見た千崎中将が、ふてぶてしく笑った。

「鬼に金棒だな。あいつらの腕は、能力が上のF6F『ヘルキャット』に対してもどうにか互角に戦ってきた。その上に『天戦』だからな」

「問題は数ですよね。新型機というやつは、実戦に出て初めて不都合がわかったり意外な故障を起こします。その補用機がどうしても欲しいですね」あくまで冷静な神参謀長が、上空を見つめながら言った。

「高いらしいな」

「『零戦』より、二万円高だそうです」

「大きな障害だ」

「しかし、数多く作れば価格は下がります。上層部がどう判断するかですね。まだ今でも『大和』は戦艦にすべきだったなどという戯《ざ》れ言《ごと》を言う人もいますから」

「まったくだぜ。今度の戦争で、戦艦が敵の軍艦に砲弾を撃ち込んだことなどほんのわずかに過ぎんのだ。当然だよな。航空戦での互いの距離は数百カイリだ。どれほど強力な砲弾でも、数百カイリの射程距離を持つ砲などありえん。よしんば造るとすれば、それを搭載する艦は数十万トンになる。となりゃ建造費はいくらになるか想像もつかねえぜ。おそらく数千機の『天戦』が造れる額だろうな」

「まったくですね」神がうなずいたとき、『天戦』の着艦が始まった。

二人の目は、いつまでも『天戦』に吸い寄せられていた。

日本軍航空機搭乗員は、夜目が利く。これは陸海軍航空兵共通の誇りの一つだった。事実、開戦当初、日本海軍はいくつかの夜襲に成功し、それを証明した。

しかし、時代は変わるのである。開戦の頃はさほどの性能を持っていなかったレーダーが、その夜目を無効にしつつあった。

それでもまだ、頑強にレーダーを信用しない者たちもいる。しかたがない面があることも事実だ。日本軍が開発したレーダーは、故障が多く、かさばり、信頼性に欠けたからだ。

「こんなモノに頼っていたら、危なくていけない」レーダー懐疑派は、そう言う。

捉えていたはずの敵の姿が突然捉えられなくなれば、焦るのは当然だ。

「だから、人間の目のほうが信じられる」懐疑派のもっともな意見だ。

「しかし、人間の目が必ずしも当てになるとは限らない。病気のときや天候に左右されるのが、人間の目だ。そこへ行くと、機械は性能さえ上げればそういった紛《まぎ》れが少ない。要は、優れたレーダーを造ることだ」推進派のこういう意見も、もっともであった。

「問題は技術だよ」

第三艦隊旗艦空母『赤城』の艦橋で、レーダー懐疑派の作戦参謀と推進派の航空参謀の論争を聞いていた草鹿龍之介参謀長が、言った。草鹿も、未来輸送艦『あきつ』のレーダーがとてつもない性能であることは知っている。同時に、そういう見本がありながら現在の技術ではそれが造れないことも聞いていた。

「そして、金だよな」やや肩を落とし加減に、草鹿が続けた。

戦争を始めて一年余。占領した地域から資源供給はあるが、戦争という一大事はその程度では間に合わず、戦費も増大している。そんな中で優秀な兵器を造ることは、やはり難しい。

「だから、当面は両方を併用するしかないさ」草鹿の結論は、これだった。

「いかがですか、長官」

草鹿が、それまで黙っていた第三艦隊司令長官小沢治三郎中将を見た。

「まあ、そんなところだろうな。が、まあ、それほど優秀なレーダーができる前にアメリカを叩いてしまえばすむことだ。簡単なことだよ」

小沢の言葉に、草鹿は愕然《がくぜん》とする。アメリカはそれほど弱くない。いつから小沢はこれほど強気一辺倒になったのだろうかと草鹿は思い、その思いは〈マレー沖海戦〉に突き当たる。

小沢の指揮で、不沈戦艦とまで言われたイギリス東洋艦隊の戦艦『プリンス・オブ・ウェールズ』と精鋭巡洋戦艦『レパルス』を撃沈させた海戦だ。あれで小沢の評価は一気に上がった。

それはいい。見事な指揮だったし、見事な戦果であることも認められる。

しかしそれは戦争の一部分に過ぎない。成功はごろごろ転がってはいないのだ。

草鹿は、なにも無駄に慎重になれとは言わないが、強気だけで勝てるほど戦争は甘くないと思っている。

小沢はそれを忘れているのだ。本来有能な提督だけに、草鹿はそれを惜しんだ。

「長官。索敵機から敵艦隊発見の報です」

「いたか！」

草鹿の思いと裏腹に、艦橋に緊張が走る。しかしすぐに異変が起きた。

「連絡が途絶えました」

まだ索敵機は、敵艦隊の規模も、方向も、距離も連絡してきていない。

（今夜は闇空、レーダーだ）草鹿は直感した。（アメリカのレーダーは、日本のものより優秀だ。それに捕捉され、おそらく索敵機は撃墜されたのだ）

「三号索敵機はどの方面に展開しているのだ？」

「ソロモン諸島南方です。経過時間から類推するとサン・クリストバル島南東と思われますが、確証はありません」

「近くの索敵機は？」

「四号索敵機ですが、おそらくは二〇〇カイリは離れています」

「よし。三号索敵機と同じコースに新たに索敵機を飛ばし、本隊はサン・クリストバル島付近に転針せよ！」

「はい」

「参謀長。攻撃部隊の準備だ。いつでも飛び立てるようにな」

小沢が矢継ぎ早に命令を飛ばし、『赤城』の艦橋は喧噪に満ちた。


旗艦空母『ヨークタウンⅡ』のレーダーでとらえた敵の索敵機を撃墜はしたものの、その一方で第一七任務部隊の偵察機は日本艦隊を発見することはできずにいた。

「まあ、近くに敵の艦隊がいることがわかっただけでもよしとしよう」

幕僚たちの焦りを抑えるように、第一七任務部隊指揮官スプルーアンス少将が、言った。

「発見は時間の問題です」キャプラン参謀長が補足するように続けた。

二〇分が瞬《またた》く間に過ぎる。

「くそっ。敵に先に発見されなきゃいいが」

航空参謀が苛立ちを体一杯に示して、腕を振った。

誰の思いもそこにあることは想像できた。敵がいるのかいないのか、それがわからなければもう少し落ち着いた気持ちでいられるのだろうが、いるとわかっているのに発見できないことが彼らの焦燥を誘うのである。

それから五分後、「敵艦発見せり。本隊より北東二八〇マイル。空母二、戦艦二、巡洋艦四、駆逐艦一一から一二」

「参謀長。この間、見逃がしてやった艦隊だぞ」

「ええ。提督のお言葉通りになりましたね」キャプラン参謀長が珍しく不敵に笑った。

「攻撃部隊の準備はいいな」

「提督の命令を待つばかりです」

「よし。出撃せよ！」

「攻撃部隊、出撃せよ！」

キャプランの声が、スプルーアンスの言葉を木霊《こだま》のように繰り返した。

三号索敵機と同じコースを飛ぶことを命じられた八号索敵機の偵察員が、双眼鏡を目に当てて眼下に夜目を利かせているが、映る天空の星と白い波以外を彼の目は捉えられずにいた。

「見ろっ！」叫んだのは操縦員だ。

操縦員の示すほうに偵察員が双眼鏡を向けた。双眼鏡の中に、敵艦隊が飛び込んできた。

「いた。あれだ！　空母二、戦艦二、重巡三、駆逐艦四ないし五だ」

偵察員の発見を後部座席の通信員が暗電にして、母艦に送った。

「見つけました、長官。読み上げます。本隊より東南に二八〇カイリ……」

グォォ――――――ン！　グォ――――――ンと発艦は艦戦から始まった。

空母の発艦作業は、原則として重量の軽いものからである。一番重量がある艦攻が最後に発艦して、作業は終了する。いち早く発艦した艦戦部隊は最後の艦攻隊が発艦を終えるまで上空で待機し、揃ったのを確かめてから敵艦隊を目指すのだ。

闇空が出撃してゆく攻撃部隊の姿をいち早く隠したため、小沢たちは遠ざかるエンジンの爆音でそれを確かめた。

爆音がほとんど聞こえなくなると、誰かが大きな息を吐いた。

「まだ終わったわけではないぞ」と怒鳴りつけたい衝動に駆られたが、小沢中将はこらえた。実は、彼自身が危うくため息をもらしそうになったからである。

「対空砲火の準備はできているな、参謀長」

「できております」草鹿の返事に、小沢はうむと応えた。

今日は負けられないという気持ちが、小沢には強い。マレー沖の勝利で味わった称賛の声が、まだ耳に残っている。その自信を持って臨んだミッドウエーで惨めな結果を残し、本来は冷静なはずの小沢は思った以上に強い挫折感を感じた。

称賛を知らないときの小沢なら、「戦いは運否天賦《うんぷてんぷ》、いいときもあれば悪いときもあるものだ」と案外、割り切ったかもしれない。しかし、成功者にとって失敗は予想以上に強く感じられ、小沢は焦った。成功を摑もうとした。

それが悪かったのかもしれない。強気の策はことごとく裏目に出、小沢をより叩きのめした。

だが、いったん強気に出た小沢は引けなかった。自分でも愚かだと思わないこともなかったが、弱気に出る自分が惨めだったのだ。

(だから、今日は勝つ。称賛を浴びて自信満々の自分に戻る)小沢の思いは悲痛でさえあった。

「LCAC《エルキャック》隊を出撃させろ」敵艦隊発見と同時に、『大和』航空戦隊司令官千崎薫中将は命じた。

艦艇としては脅威の速力を持つエアークラフト艇だが、航空機には比べるべくもなく、いつも出撃は最初だった。

「『天戦』の初陣ですね」岩口京介航空参謀が千崎に歩み寄ってきて、興奮した面もちで言った。

「ふん。お前が興奮してもしかたないぜ」言ったのは菊池弘泰作戦参謀だ。

「わかっているが、抑えられんのだよ」岩口が固い顔を菊池に向けた。

「なら、お前自身が飛べばよかったんだ」

「無理言うな。艦攻ならどうにか飛ばせるが、艦戦は学生のときに悪戯《いたずら》気分で乗っただけなんだ。そんな俺が乗って事故でも起こしたら、洒落にもならんだろ」

「まあ、それはそうだが」菊池が苦笑した。

「いいコンビだな」神が、割って入る。

「今の戯れ言で、岩口、お前の余計な興奮が解けてるぞ」

「あっ」岩口が思わず声を上げた。

「わざとつっかかったんだろ、菊池」

「だって、みっともないでしょうが。航空参謀がガチガチになってちゃ笑われますよ、他の参謀に」

「う、うるせい。もう大丈夫だよ。まったく、余計なことをしやがって」

岩口の言葉はキツイが、穏やかな顔を見れば本気でないことがわかった。

「漫才は終わったか」これは千崎だ。

「司令官。漫才師ですか、俺たち」

「相当に下手くそのな」

「承知しました。もう少し練習しておきます」岩口が言って、菊池に笑いかけた。

菊池が急いで首を振る。

無駄な興奮や緊張を解いた余興の時間が終わると、別の緊張が艦橋に流れた。

「攻撃部隊、出撃！」緊張を破らんばかりの千崎の声が、轟《とどろ》いた。

「長官。敵攻撃部隊です」

「なに！　もう来たのか」小沢が舌打ちする。この時間に現われたということは、敵艦隊が自分たちを発見したのは自分たちより三〇分以上も早いはずだ。不安が、一瞬、小沢に走った。

「迎撃部隊を上げろ！」

　その不安を払うように、小沢が命じた。

「なんだと！」

「提督。別の日本艦隊がいます」

　冷静沈着な第一七任務部隊指揮官スプルーアンス少将も、さすがにあわてた。その可能性をまったく考えていなかったのだ。

「大型空母一、小型空母二、巡洋艦四、駆逐艦一〇です」

「あいつだ。『大和』だ」スプルーアンスがうめいた。

「しかし、提督。あの艦隊は先日、第一六任務部隊と戦ったばかりじゃありませんか」キャプラン参謀長が、顔を青ざめさせて言った。

「時間的には十分だ。しかもあの艦隊の機動力は頭抜《ずぬ》けている。それにしても、まさかもうここに現われるなんて考えてもいなかった。もうしばらくミッドウエーにいて、ハワイを脅かすと思っていたんだ」

　スプルーアンスが唇を噛んだ。下手をすると挟撃という状況になる。第三艦隊だけなら存分に戦えると思っていたが、『大和』航空戦隊に挟撃されるとなるとそんな余裕はない。かといって、逃げるのも簡単ではないだろう。スプルーアンス自身が言った通り、『大和』航空戦隊は恐るべき機動力を持っているからだ。

「少し考えさせてくれ」スプルーアンスは言って、椅子に深く座った。

ガガガガガガガッ！　ズドドドドドドッ！　ババババッ！

迎撃部隊をすり抜けた第一七任務部隊攻撃部隊の攻撃が始まるなり、第三艦隊の艦艇から対空砲火が噴き上った。

ドドドド――――――ンと『赤城』の後方で炸裂音がした。

「長官。『加賀』が魚雷を受けました！」

「被害の大きさは？」

「まだ入っていません」

『赤城』の僚艦『加賀』もまた、戦艦からの改装空母だ。行動をともにし、竣工時には『赤城』とよく似た構造をしていたために姉妹艦と受け取られたこともあるが、基本は違っている。『赤城』が天城型巡洋戦艦として建造が始められたのに対し、

『加賀』は長門型戦艦の三番艦としてすでに完成していたものを改装した空母だからである。

もっとも、姉妹艦を同型艦という意味ではなく、もっと広い意味で使うのならそれはそれでよいのかもしれないが。

ドドドド――――――ン！　二発目の炸裂音だ。

「また、『加賀』か！」

「はいっ！　先ほどの魚雷による影響はそう大きくなく、浸水はあるものの航行に問題はなしとのことですが、今の攻撃の影響はまだわかりません！」

「引き続き連絡をとれっ」

「はい」

「参謀長。『加賀』の護衛艦を増やしてくれ。丈夫な艦だから滅多なことではやられはせんと思うが、もしものことがあっては困る」

「戦艦『霧島』を行かせます」

「頼む」

高速戦艦『霧島』は本来ここにはいない第二航空戦隊を護衛する任があり、この日は遊軍的な任務を与えられていた。

だが、少し遅かった。二発目の魚雷を艦尾に受けて速力が四ノットにまで落ちた『加賀』は、敵艦爆から逃げる自由を奪われ、『霧島』が駆けつけたときには次々に受けた直撃弾のために飛行甲板を裂かれ、そこから炎と煙を噴き上げていたのである。

タンタンタンタンッ！　ドガガガガガガッ！

『加賀』を守るべく、『霧島』はすさまじいばかりの対空砲火を敵攻撃部隊に浴びせた。

しかし、『霧島』が到着して数分後、ブワァァ——ン！　ズゴゴォォ——ンという音を発した『加賀』は、紅蓮の炎を艦体から噴きだして炎上を始めたのである。

「『加賀』はいけないようです」草鹿の報告に、小沢はピクリと肩を動かした。

「そ、そうか。駄目か」

そのとき、グワァァ————ンと大音響が『赤城』の背後に聞こえた。

『加賀』の断末魔であることは、報告を受けなくとも二人にはわかった。

ガガガ――――ン！

第三艦隊攻撃部隊の援護機『零戦』の一〇機目が、グラマンF6F『ヘルキャット』に撃墜された。強力な迎撃部隊に押しまくられて、『零戦』部隊の苦戦が続いていた。

『零戦』部隊の苦戦は、その後に続く艦爆部隊、艦攻部隊の悲劇を意味している。敵迎撃部隊の攻撃を逃げ切って第一七任務部隊上空に到達した艦爆も、その多くが第一七任務部隊艦艇のすさまじい対空砲火の餌食になっていた。

そのときだ。天空の一角で、激しい炸裂が起きた。火球となった機体は、『ヘルキャット』に間違いなかった。

『ヘルキャット』隊は最初、その艦戦を『零戦』と勘違いした。大きさも姿もそう違っていないからだ。しかしすぐに、その艦戦が『零戦』とはまったく違う艦戦であることを思い知った。驚くべき速度で旋回しては、あっという間に『ヘルキャット』の背後を突く。

ズガガガガガガガガッ！

背後から、それも近距離から七・七ミリ機銃弾を叩き込まれて、あっという間に『ヘルキャット』は空中分解した。新参者の艦戦は、瞬く間に『ヘルキャット』隊の半数を叩き落としていた。

その圧倒的な強さは、『零戦』隊の操縦員たちの目をも圧倒した。だが、翼と機体には鮮やかな日の丸がある。それが目に焼きついた途端、『零戦』操縦員たちの闘志が戻った。

「敵の新しい艦戦だと？」

『ヘルキャット』隊の無線連絡に、スプルーアンスは思わず立ち上がった。

「『ヘルキャット』が、まるでベイビーのようにたやすく落とされているそうです」

通信士の顔が恐怖に歪んでいる。

「提督。敵の艦爆、艦攻部隊が押し寄せてきます。おそらく『大和』のほうです」

報告するキャプランの唇は、真っ青だ。

撤退が難しいと判断したスプルーアンスは、徹底抗戦を決断した。

無駄な感情論が嫌いなため、逃げることに合理的な意味があるならさっさと逃げることも厭《いと》わないのが、スプルーアンスという男だ。だからこの徹底抗戦も決して感情に左右されたものではなく、冷徹な分析から下したものである。

それが間違っていたと、後になってスプルーアンスは主張している。「ただ、あのときの『大和』航空戦隊は、私の予測をはるかに超える強さを持っていたのです。

そして、自信を持って申し上げるが、そのことを読み切ることができた指揮官は当時のアメリカ海軍にはいなかったでしょう」てらいもなくスプルーアンスが言ってのけたのは、ずっと後のことである。

ウィィ――――ン。

荒鷲の羽根をもって九九式艦爆が降下してゆく先は、第一七任務部隊の新参者、軽空母『インデペンデンス』だ。

クリーヴランド級軽巡洋艦からの改装空母で、兵装は一二・七センチ両用砲二門、四〇ミリ機銃一八挺、二〇ミリ機銃四六挺と、軽空母ながら対空戦力は十分であった。搭載機数も四五機あり、日本の同じクラスの小型空母に比べると多い。軽空母としては一級品と言っていい『インデペンデンス』ではあったが、この日の相手が悪すぎた。特に第三艦隊の援護に間に合わなかったと後悔を感じている『大和』航空戦隊の面々の闘志は、すさまじかった。

ガガガ――――ン！

初弾の二五〇キロ爆弾は『インデペンデンス』の艦首にある一二・五センチ両用砲を吹き飛ばした。

ガガガ――――ン！　ガガガガ――――――――ン！

二弾目、三弾目が呵責なく『インデペンデス』の飛行甲板を叩く。炎が噴き上げ、軽い『インデペンデンス』は激しく震えた。

四弾目が飛行甲板を貫通し、艦内で破裂した。消火班が走り、格納庫と弾薬庫に類焼するのを防ごうと必死に消火した。が、その努力も一瞬にして意味を失った。五弾目が、四弾目とほぼ同じ位置で艦内に飛び込んだのである。

ズワァァ――――――ン！

二五〇キロ爆弾に引きちぎられた消火班員の肉片が、熱された壁に張りついて煙になった。炎の勢いが更に強まり、消火班は後退するしかない。

とどめは魚雷攻撃だった。哀れな軽空母の身を救おうと第一七任務部隊の護衛艦が弾幕を作ったが、その弾幕を縫うように飛翔してきた九七式艦爆が、怒りの九一式魚雷を叩き込む。

ズドドドド――――――ンッ！

真っ赤な火柱と水柱が『インデペンデス』の艦首に噴き上がった。今や飛行甲板から紅蓮の炎と黒煙を噴き出している『インデペンデンス』は、ガクンと体を止めた。

その隙を待っていたかのように、一発目の魚雷が左舷に命中した。この一発が

『インデペンデンス』の最終的な運命を決めた。引き裂かれた舷側に海水が怒濤のように流れ込むや、哀れな『インデペンデンス』はくるりと回転して艦底を天空に向けた。

しかし、その姿勢でいたのもわずかの間だ。ゴゴゴゴッと波と泡を噴き出しながら、『インデペンデンス』が海底に没したのは反転からわずか一五秒後だった。

『インデペンデス』の最期を知らされたスプルーアンスは、本隊とは離れている護衛空母群に撤退を命じた。動く格納庫である護衛空母は、正式な滑走路にはなり得ない。その滑走路の一つである『インデペンデンス』がいない今、格納庫は必要ないとスプルーアンスは思ったのである。

異形の行列が、海面を滑って行く。

「今日こそは、隊長、大物をやらせてください」

LCAC一号艇の艦橋で、空飛ぶ魚雷である『快天』操縦員の榎波一友少尉がLCAC隊指揮官安藤信吾機関大尉に頭を下げた。

普段は寡黙な男の言葉だけに、安藤は驚いた顔をした。

「よせよ、榎波少尉。俺なんぞに頭を下げることはねえさ。お前に比べれば、俺たちは楽をしている人間だ。頭なんか下げられると恐縮しちまうよ」安藤が、頭を掻く。

「それに安心しな。今日は行くぜ。敵の旗艦を航空部隊が撃ち漏らしていたら攻撃しろということだからな。幸い、こっちの思い通り旗艦のエセックス級空母が残っていると、通信員が無線傍受でさっき確かめた。だから、俺たちの獲物はその旗艦というわけだ」

「ありがたい」榎波少尉が無骨な笑みを浮かべた。

「ただし、少尉。エセックス級は新造艦だから、これまでのようにはいかん可能性もある。命中場所によっては手傷は負わせられるかもしれんが、撃沈は難しいかもしれんぞ」

「その点ならご心配なく。二号艇、三号艇の同僚とも、アメリカ軍空母の研究をずいぶんしてきましたから。エセックス級の資料はまだありませんが、同じ国が造ったものです。まったく違うことはないと思いますので」

「なるほど。準備は万端ということだな」

「ええ。とにかく一線級の敵艦を撃沈し続けない限り、『快天』のすごさをなかなか理解してもらえないようですから」

「わかった。俺たちも根性を込めて、お前たちを運んでやる。そうだよな」

安藤の言葉に、「任せて下さい」「頑張りますよ」など言う声が艦橋に響いた。

「榎波少尉なら、大丈夫です」操縦員の高木和夫一等機関兵曹が、最後に言った。


『インデペンデンス』に続いて、第一七任務部隊は二隻の駆逐艦を失っていた。旗艦空母『ヨークタウンII』を狙った魚雷を、彼女らは身を挺して防いだのである。

同じ理由で、戦艦『ネバダ』が中破の被害を受けている。

（下手をすれば全滅する）と、スプルーアンスは本気で思っていた。『大和』航空戦隊にはそれだけの力があると、判断せざるを得なかったのだ。

ならば、被害は覚悟の上で少しでも戦力を維持したい。スプルーアンスの新しい結論は、これだった。

「撤退ですね」

「それも簡単なことではないよ、参謀長。しかし、ぐずぐずしていれば第一七任務部隊は壊滅する。それだけは避けねばならないからな」

スプルーアンスの言葉には力がないと、キャプラン参謀長は思った。

『加賀』の沈没と、攻撃部隊の手酷い打撃はさすがの小沢をも消沈させていた。その上に、またしても『大和』航空戦隊が現われてめざましい戦果を上げたことを知って、小沢は最後の自信さえもぐらつかせた。

「ですが、長官。『大和』航空戦隊に配属された新型艦戦の力は『ヘルキャット』をはるかに上回り、敵をさんざんに叩いたと言います。当然、近いうちに我が艦隊にも配属されるはずですし、我が艦隊には改装して戦力を上げて戻ってくる第二航空戦隊もまだあるのです。負けたと兜を脱ぐのは早いのではありませんか」

草鹿の言葉に小沢はわずかに自信を取り戻した。そして同時に、草鹿に感謝した。これまでの経緯から考えて、草鹿が自分にこういう言葉をかけてこようとは思いもしなかったのである。

不思議に感じたのは草鹿も同じだ。草鹿自身が、小沢に慰めの言葉を言っている自分が信じられなかったからだ。

(だが、これもまたいいだろう。考えてみれば、指揮官と参謀長は太鼓の皮のようなものだ。一方が響けば、他方も響く。それが自然というものなのだろう。ならば、逆らうまい。太鼓の響きに合わせて、小沢長官を泣かせるのもまた悪くないかもしれんからな)

ある意味では、このとき初めて小沢と草鹿は自分たちの役回りを本当に理解したのかもしれない。

「撤退しよう、参謀長。次の戦いのためにな」

「承知しました」草鹿が大きくうなずいた。

「目標、捕捉しました」

レーダー員の報告に安藤信吾機関大尉が力強くうなずいて、榎波少尉を見た。

榎波は敬礼をすると、艦橋を出ていった。

数分後、空飛ぶ魚雷『快天』がオレンジ色の炎を噴出して、天空に駆け上がった。

撤退に入ったスプルーアンスは、予測していた敵の第二次攻撃部隊がないことに軽い不審を抱いた。今、追い打ちをかければ、第一七任務部隊の被害は増大する。そんなチャンスをみすみす見逃がすほど、『大和』航空戦隊の司令官が甘い人物だとは思えないのだ。

「提督。なんだか嫌な予感がしますね」

キャプラン参謀長の言葉に、スプルーアンスが苦笑する。

短期間の臨時参謀長に、スプルーアンス少将は参謀長としての役割は期待していない。しかし、だからといってキャプランを無能だとか必要がないとは考えてはいない。キャプランはスプルーアンスが期待したことは十分に果たしているし、それに対しては満足もしていた。

しかし、こうして共に戦場に乗り込んで戦っているうちに、キャプランは参謀長としての役割も、わずかにだが会得し始めているのだ。

スプルーアンスの本当の参謀長であるドナルド・H・キャスター大佐とは比べることはできないが、キャプランにはキャプランなりの参謀長像があるのかもしれないとさえスプルーアンスは思った。

時速八〇〇キロの速度では、周囲はほとんど見えない。流れてゆく風のようなものだ。だから、『快天』の操縦席にいる榎波少尉が見るのは正面だけで、それ以外のときは操縦席の前部にはめ込まれているレーダーのモニターを覗いているだけである。薄いブラウンのモニターには、すでに目標であるエセックス級空母『ヨークタウンII』の姿が映っている。

「もう少し近づこう」榎波が自分に言い聞かす。

そしてほんの数秒後、決断。脱出装置のスイッチを、押す。

ブワンムッ！　火薬が炸裂し、操縦席が『快天』本体から吹き飛ばされる。

ザザザザッ。

操縦席がものすごいスピードで海面を滑り、やがて、停止した。その刹那《せつな》、『快天』本体が向かっていった先の闇の中に真っ赤な火柱が、一本、二本、三本、上がった。

ほぼ同時に、ガガガ――――――ン、グワガガガ――――――――ンッ、ドゥワワァァ――――ンッと耳をろうする轟音が、響き渡った。

炸裂音と激しい振動にスプルーアンスの体が床から浮き上がり、次の瞬間、床に叩きつけられていた。痛む体を庇《かば》いながら、スプルーアンスは艦橋の窓に辿り着き、外を見た。左舷に炎が上がっている。

「そうか。これがあったんだ。だから本隊は攻撃を控えたのかもしれん」

スプルーアンスは自分の迂闊《うかつ》さを呪った。これだけは言い訳はできないと、思った。二度目だからだ。

「機関室に火災発生」

「格納庫が破壊されました」絶望と同じ響きの報告が届く。

「弾薬庫に火が回りそうです」

「浸水です！　機関室に浸水が始まりました！」

ガガガッと艦体が軋《きし》む音がする。わずかに床が左に傾いた。艦体が傾きだしているのだろう。

ドワァンッ！

火柱が飛行甲板を突き破った。

「弾薬庫のようです」キャプランが右目を押さえながら、言う。押さえた指の間から、血が流れ出している。

「大丈夫か、参謀長！」スプルーアンスが悲痛な声を上げる。

「命には別状はないようです」

キャプランは笑おうとしたのだろうが、それは無理だった。

「同じだ。まったく同じだ。くそっ！　船医長。参謀長を見てやってくれ！」

激しい後悔がスプルーアンスを突き上げる。

しかし、自分のことにばかりかまけてはいられない。おそらく無理だとは思うが、少しでも可能性があるなら『ヨークタウンⅡ』を撃沈から救いたかったのだ。

戦艦『ペンシルヴァニア』の艦橋に、第一七任務部隊指揮官レイモンド・A・スプルーアンス少将は、いた。艦橋の窓から、大きく傾いて炎上する『ヨークタウンⅡ』が見える。スプルーアンスは、まるで自分が焼かれているような痛みを覚えた。

ゴゴゴ――――ンと、『ヨークタウンⅡ』の舷側から火柱が上がった。それが最期の呻《うめ》きだった。

はじめはゆっくりと沈み出していた。加速がついたのか、やがて沈む速度が上がった。そして、沈んだ。

「同じ悪夢を二回見た」スプルーアンスが、低くつぶやく。

誰も声を発しない。発せないのだ。それほどに、今のスプルーアンスは鬼気に迫っていた。

「私は、帰らない。ニミッツ長官がなんと言おうと、私はこの太平洋に残る。この悪夢の返礼を『大和』に加えない限り、私は帰れないのだ」

フラリと、スプルーアンスが揺れた。

「提督」

「手を出さないでくれ。私は私自身で立ち続けるつもりだよ。そして、この手で

『大和』を太平洋に叩き込んでやる！　待っていろよ、『大和』。私は帰らない。お前の墓場をこの太平洋に築くまで、私はここに、残る」そこまで言って、スプルーアンスは床に倒れ込んだ。手を出すなと言われていただけに、誰も動けなかった。

「ここまででしょう」船医長が言った。

「ほうっておくわけにはいきません」

船医長がしゃがみ込んで容態をうかがった。スプルーアンスは完全に失神状態だった。

「医務室へ」

船医長に言われた従兵がスプルーアンスを抱え上げ、医務室に向かった。

「鬼だな、今の提督は」しばらくは指揮を執ることになる第一七任務部隊の先任参謀が言った。

「私なら敵にしたくありませんね」これは『ペンシルヴァニア』の艦長だ。

雨が降り出した。細く、白い雨。

「涙かな」先任参謀が言ったが、答える者はなかった。

「総司令官。ヒトラーが死んだという噂はどうやら本当みたいです。となると、ソ連のドイツに対する優勢は確定です。そして、ドイツに勝ったとき、次にスターリンが狙うのは我が皇国、日本です。ですから、その前にソ連に攻め込むべきです」

関東軍参謀副長小酒井《こさかい》繁《しげる》少将が、関東軍総司令官梅津美治郎大将に迫るように言った。

「無茶な話だ。アメリカをどうする」梅津が言った。

「海軍にお任せなさい。むろん支援ぐらいはしますし、ソ連に勝った暁《あかつき》には全面的に協力します」小酒井が涼しい顔で言った。

「ソ連に勝てると、お前は本気でそう思っているのか。絶頂期のヒトラーでさえ、ソ連を屈服させることができなかったのだぞ。ところがこっちは、アメリカとの戦争まで抱えている。そんな日本がソ連に勝てるだと？　世迷《よま》いごと、絵空ごとの世界だな」

「それではどうしてもご協力がいただけないと……」

「当たり前だ。国を滅ぼすことに、俺は手を貸さん」

「お命をかけても、ですか」

「俺は軍人だぞ。いつだって命はかけている」

梅津が初めて、小酒井を睨んだ。

「わかりました」

小酒井が、去った。

梅津が電話に手を伸ばした。繋がるのに時間がかかっているのは、満州国内だからだ。

相手が出た。

「梅津です」

相手が少し息を飲んだ。

「あんたは、ソ連とも戦争を始めるつもりかい……東条さん」

——私にはその気はありませんよ。

「ならば、馬鹿者たちをどうにかしてくれ。連中は俺を殺してでもソ連と戦争がしたいらしい」

——……。あなたを殺させるわけにはいきません。

「俺は、いいよ。それで亡国を防げるなら、俺の命ぐらいくれてやる」

——それはいけません。

「ならば、どうにかしろ。できるのはあんただけのはずだ」

——……。もう少し待っていただけませんか。今すぐ過激に動けば、彼らを刺激するだけですから。

「……俺が死ぬ前にしてくれ。死ぬのはかまわんが、あいつらに殺されるのはごめん蒙《こうむ》る。それでは犬死にだからな」

梅津は、受話器を叩きつけるように置いた。

「闇だ。闇の中で国が動いている」

能面とあだ名される梅津の顔が歪んだ。まだ誰にも見せたことがない顔である。


「長官はご存じだったのですか？」

アメリカ合衆国艦隊司令長官兼海軍作戦部長アーネスト・J・キング大将が、フランク・ノックス海軍長官に言った。ノックスの執務室である。

「詳しいことは知らない。しかし、陸軍にそういうプロジェクトがあるということだけは、噂として知っていた」

「マンハッタン計画というらしいですね」

「そう、聞いている」

「原子爆弾を開発するプロジェクト」

「うむ。ドイツでも研究されているらしい」

「悪魔の爆弾と呼ばれているらしいですね」

「そこまでは知らないよ。原子爆弾がどういうものなのか、マンハッタン計画のリーダーであるスチムソン陸軍長官は、極秘中の極秘扱いにしているからね。君は知っているのかい」

「多分、長官よりは少し、という段階だと思いますが……」

「聞かせてくれ。原子爆弾とはなんなんだい？」

キングが上着のポケットからメモを出すと、読んだ。

「ウランやプルトニウムなどの原子核分裂の連鎖反応の際に放出される核分裂エネルギーを、爆弾として利用するのだそうです」

「私にはよくわからんな」

「私もそうですよ。ただ、聞いたことには、たった一発の爆弾で数万単位の人間を殺せるそうです」

「一発で数万だと！」

「まあ、そのことを私はどうこういうつもりはありません。一発で一人殺せる銃弾だって、人殺しの道具には違いないんですからね。ただ、ちょっと気になるのは、投下後にもなにか酷い事態が起きるようです。非戦闘員にさえもその影響が及ぶと」

「反対なのかね、君はマンハッタン計画に」

「今持っている情報だけでは、私があれこれ言うことはできませんよ。ただ、なんとも胡散臭《うさんくさ》い気がしているんです。悪魔の爆弾などというのも、気になりますしね」

「わかった。私のほうでも調べてみよう。それで、いいかね」

「お願いします」言ってキングが立ち上がり、ドアを開けようとして、止まった。

「もう一つ呼び方がありましたよ。闇の爆弾、というのだそうです」

バタンと、ドアが閉じられた。

「闇の爆弾か……」ノックスが、首を傾げた。


スコールをくぐり抜けた『大和』航空戦隊がトラック泊地に入港したのは、二月の中旬である。一応、三日間の休暇が与えられたが、その過ごし方は様々だった。

ウィィ――――――ンというエンジン音が風を切り裂く。旋回から反転、急降下と急上昇。新鋭艦上戦闘機『天戦』が、小気味よい動きで天空を飛翔している。

ガガガガガガガッ！

低空飛行に入った『天戦』の七・七ミリ機銃が、的《まと》を吹き飛ばした。

『大和』航空戦隊に配属されている『天戦』は現在のところ八機だが、今回の戦いで『天戦』の優秀さが認められ、海軍は『天戦』の増産を決めている。やがて艦戦は完全に『天戦』になるだろう。

「ならば、この休暇を利用してなるべく多くの者に『天戦』に慣れてもらってはどうか」

『大和』飛行隊分隊長室町昌晴少佐の提案に、彼の率いる艦戦部隊隊員が飛びついた。

誰もが『天戦』に乗りたかったのだ。隊員たちはそのチャンスを逃がすものかと、病気や怪我で療養が必要な者以外全員が参加した。

竹島の飛行場がその舞台になった。竹島は『零戦』部隊が主力として置かれている飛行場のため、途中でその部隊からの飛び入りもあり、『天戦』の稼働は最高に達した。

そしてここでの訓練が、『大和』飛行隊にとってはやがて実を結ぶことになる。

神重徳参謀長も、休まない一人だった。彼の居場所は、もちろん未来輸送艦『あきつ』のCIC（戦闘指揮所）だ。特にコンピュータの勉強に余念がなかった。

ただし、教官は未来人志藤雅臣少佐だけではなく、志藤に指導され、ある部分では志藤を超えた将校がなる場合が多かった。もともと志藤がコンピュータを専門に扱っていた人間ではないのだから、当然だったかもしれない。

「参謀長。ひょっとすると、自分で新しいコンピュータを造る者も出てくるかもしれません」志藤が真剣にそう言ったくらい、一部の将校や兵の中にはコンピュータという未来の機械に精通する者もいた。

神もそういう人物の一人であった。参謀長という任にある神は、志藤の生徒たちに比べればコンピュータに接する時間はもちろん少ない。だが、『あきつ』から持ち出したノートパソコンで慣れていたためもあって、わずかの間に修得を深めた。

「俺はもともと理数的人間だからな」志藤が褒めると、神は嬉しそうに言ったものだ。

こういうときの神は参謀長という任から解放されているためか、意外に人間らしい態度や言動をし、これも志藤が驚いたことの一つだった。

三日の休暇が開けて『大和』に戻ることになったときの口惜しそうな神の顔が面白かったと、志藤は後のちまでからかい、神を苦笑させた。

司令官千崎薫中将の行き先も一つだった。鮫島第四艦隊司令長官の宿舎である。

「久し振りに気のおけない友だちと大酒を飲んだぜ」千崎は、嬉しそうに言った。

兵たちにとっても、トラック泊地は居心地のいい泊地だ。

内地にあるのと同じような娯楽施設が、ここには揃っている。元気がよすぎて刃傷沙汰の一波乱を起こした兵もいたが、おおむね兵たちは心身ともに癒すことができたようである。

戦時中とは思えない夢のような三日は、瞬く間に過ぎた。

穏やかなトラック泊地の外には、荒波の外海が広がっていた。

ゴゴゴゴゴゴッ。

最大にして最強の超戦闘空母『大和』を中心に、『大和』航空戦隊はトラック泊地を後にした。

待つのは、地獄か、煙硝《えんしょう》漂う戦場か。誰もまだその答えを知らない。

心に秘めた勝利への願いが、甲板の風に舞っている。

『大和』が切なく、それでいて強い汽笛をブオーンと上げた。

いつまたトラックに戻れるかわからない。あるいは戻れないかもしれない。

「そんな気持ちがこもってるんだろうよ、あの汽笛には……」

『大和』の艦橋で、千崎が少し感傷的に言った。千崎らしからぬ言葉だが、このときは誰も笑わなかった。幕僚たちの胸のどこかにも、同じような思いがあったからだろう。

海鳥がけたたましく啼いて、『大和』を見送っている。

やがて、太平洋の海原に『大和』航空戦隊は姿を消した。

第二部

日米決戦！　南太平洋の激闘

第一章　『大和』航空戦隊動く

「問題は、東条さんがどう出るかだな」

日比谷にある海軍省の大臣執務室で、海軍大臣嶋田繁太郎《しげたろう》大将が腕を組んだまま目の前のソファに座る軍令部次長伊藤整一《せいいち》中将を見た。

「もう待てませんよ、大臣。総長もそうおっしゃっておられます」と強気な声を上げたのは、伊藤ではなく伊藤に同道してきた軍令部第一部長の福留繁《ふくとめしげる》中将だった。

福留は作戦の専門家として名を馳せる男だが、やや誇大妄想の癖があるということで苦々しく評価する者もいた。確かに鋭さがあるのは事実だが、緻密さにやや欠け、自分の作戦を正当化するために勝手に常識やデータをねじ曲げる傾向が福留にはあった。

そしてこのとき、軍令部が陸軍と東条英機首相に対して申し入れようとしている〈オーストラリア侵攻作戦〉も福留が概要を作り上げたもので、立案、提出自体はおよそ一年ほど前だ。

だが、提案は陸軍の難色で頓挫した。この作戦には陸軍の協力が絶対的に不可欠のため海軍のみでは敢行できないものであったが、陸軍は協力する余裕がないと主張したのである。

それを海軍の軍令部が再び俎上《そじょう》に上げたのは、むろん欧州戦を睨んでのものであった。ドイツ第三帝国の凋落《ちょうらく》は明らかで、そうなればアメリカは欧州の戦力を日本との戦域である太平洋に集中させてくるだろう。だから、そうなる前にオーストラリアに侵攻し、南太平洋に確かな基盤を築き上げようというものであった。

「わかっているさ」嶋田が小さく言った。嶋田も作戦の狙いには反対ではないが、今回もまた陸軍が素直に合意するだろうかという疑念があるため、声のトーンが低い。

「本当ですか、大臣。本当におわかりになっているのですか」

福留が嶋田のトーンの低さをとらえ、苛立《いらだ》ちの声を強めた。

しかし、苛立ちの理由は実はそれだけではない。前回、作戦を提示した際に難色を示した陸軍に対し、嶋田がまったく抵抗を見せなかったという経緯があったからだ。作戦の立案者として、不満があるのは当然だろう。

ただし前回の頓挫は嶋田だけの責任ではなく、そのとき陸軍との折衝に参加した海軍首脳が、おおむね嶋田と同じように消極的な態度だったことも理由にあるらしい。

（しかし、大臣が前面に立てばもう少しどうにかなったろう。海軍大臣としての気概があの人にはないのか）というのが福留の思いであり、軍令部若手陣の総意でもあった。

「疑うのかね」嶋田の目が、光る。

前連合艦隊司令長官山本五十六大将とは海兵同期（三二期）だが、山本が軍神とまで言われるようなタイプであるのに対して、嶋田繁太郎は軍人というよりも官吏、政治家としての評価が強く、海軍軍人の中には、「あの人は軍人としちゃ佐官級よ」と言う者さえいる始末だった。

「疑いはしませんが」

さすがに言い過ぎたと思ったのだろう、今度は福留の声からトーンが落ちた。

「信頼しようや、福留部長。今回の作戦に軍令部がどれだけ意気込んでいるか、大臣も十分に承知しておられる。それこそ、駄目なら腹を切るとまで息巻く者もあるんだからな」

伊藤軍令部次長の静かだが内に鋭い刃先を隠したような言葉に、嶋田がわずかに唾を飲んだ。

伊藤整一という男は、声を荒げたり激しい言葉を使うような猛者ではない。だが、油断はできない。ときとして命を刻むような言葉を相手に叩きつけることがあるのだ。このときがまさにそうである。

（腹を切る前にあんたを切るかもしれませんよ）伊藤がそう言っているのかもしれないと気づいて、嶋田の背中にヒンヤリとした汗が流れた。

「伊藤君の言う通りだ。私は軍令部の意向を十分に承知している」

嶋田がなだめるように言って、コホンと軽く一つ咳をした。伊藤がニッコリと笑った。

「それでは失礼しよう、福留部長。長居はご迷惑だろうからね」

伊藤がスックと立ち上がり、福留が続いた。

二人の足音が遠ざかってゆくのを聞きながら、嶋田は大きく舌打ちを漏らした。

伊藤にやりこめられたような屈辱と、彼の言葉への恐怖が嶋田の腹にあった。

東条英機首相の細い目が先ほどから閉じられたままなことに、嶋田海軍大臣は

（今度も駄目か）と諦めかけていた。

首相執務室にはほどよい暖房が施されているが、東条の返事が軍令部にどんな影響を与えるかを考えると、嶋田は寒けさえ感じている。本当に自分を切ろうとする者がいるかどうかは疑問だが、ただでは済まないかもしれないという予感はあった。

東条の口が開いたのは、そのときだ。

「軍令部の狙いは十分にわかりました。私としても反対ではありません」

意外な言葉に、嶋田は逆に驚いて目を白黒させた。

「海軍の諸君が言う通り、ヒトラー無き後のドイツが落ち目になることは間違いないでしょう。その結果アメリカが太平洋で力を盛り返すだろう、という読みも正しいと思います。それは私や陸軍上層部でもそう判断していますからね」東条が続けた。

「それでは首相は、この作戦を支持して下さるということなのでしょうか」

期待できると感じたのだろう、嶋田の体が自然に前に傾いた。だが、次の瞬間、東条の言葉を聞いて嶋田は再び不安を呼び起こす。

「結論を焦らないで下さい、海軍大臣。私は全面的に軍令部案を支持すると言っているわけではないんですからね」東条が突き放すように言ったのだ。

「そ、それはどういうことでしょう……」

期待から突き落とされた嶋田の顔が、これまで以上に曇る。

「問題なのは、作戦の成功率と攻撃の時機でしょうね」思わせぶりに東条がそこで言葉を切った。イライラとしながら、嶋田は東条の次の言葉を待った。

「仮に作戦が失敗すればですよ、逆にアメリカを勢いづかせることになりかねません。そうでしょう、大臣」

「え、ええ。それはそうです」

「また、時機を誤ればソ連が動き出すかもしれませんよ。そうなれば、いかなわが帝国でもアメリカとソ連、同時に交戦することはできません。そうですよね、大臣」

「は、はい……私も……その通りだと思います……が……」

東条の真意が探りきれず、嶋田の口調は歯切れが悪い。

「少し時間をいただきましょう」

「は、はあ……」

「ああ、むろん、決断に必要な時間が差し迫っていることは私も承知しておりますから、あなたを困らせるほどの長時間ではありません。そうですね。一両日で結論を出しましょう。それでいいですね、嶋田大臣」

嶋田に否《いな》があるはずはなかったが、心が重いことに変わりはなかった。嶋田海相が帰った後、東条の表情が変わった。カミソリと呼ばれ、陸軍は言うに及ばず見られただけで誰に対しても恐怖を与えると言われる瞳が、まるで夜叉《やしゃ》のように鋭さを増した。

「ヒトラーに期待をし過ぎたかもしれない……」

イタリアを加えた三国同盟締結に関して、海軍の重鎮米内光政《よないみつまさ》、当時の連合艦隊長官山本五十六、海軍きっての理論肌と言われる井上成美《しげよし》中将らは絶対反対を叫んだ。

「ヒトラーの狙いは、皇国をソ連の牽制に利用しようとしているのだ」「ヒトラーは本質的にアジア人を劣等人種と見ている。そんな人間が率いるドイツとの同盟は、愚の骨頂である」「ドイツと結べば欧米の反発を招き、皇国は孤立する」

山本らは必死に同盟締結派に詰め寄った。しかし東条らは、山本たちを無視して締結を実行した。が、巷間に言われるのとは違い、東条は締結反対派の意見を全否定していたわけではない。反対派の主張する中には東条に同調できる意見があったのも事実であり、たとえばドイツとヒトラーに対する信頼度は、東条も完全なものではなかったのだ。

しかし、当時すでにアメリカとの開戦を念頭に置いていた東条は、ドイツ第三帝国と結ぶことでソ連を牽制する道を選んだのである。それゆえに、ヒトラーの死とそれに伴うドイツ第三帝国の凋落という事態は、東条の読みを裏切るものであった。

「とはいえ、今さら引くことはできない。結局、ドイツがまだ元気なうちにアメリカを叩くしかないようだな……」

熟考の末、東条はそう結論した。

問題は山積している。海軍の〈オーストラリア侵攻作戦〉に必要な陸軍戦力は少なくない。作戦に参加させるその戦力を絞り出すことは簡単ではない。捻出するためには、現在陸軍が進めている作戦をいくつか中止させなければならないだろうが、そうなれば不満が噴出し、陸軍部内が混乱する可能性もある。また、大陸に駐屯する関東軍、なかでも若手将校たちが強く抵抗するのは火を見るよりも明らかだった。

関東軍総司令官梅津美治郎《よしじろう》大将は、若手将校を抑えられるのは彼らのカリスマである東条と考えているようだが、近頃の若手将校たちにはその東条さえ飛び越えようとする激越さがあった。

「まあ、いざとなれば若い連中は粛正の方向で動くしかあるまい。他の作戦については〈オーストラリア侵攻作戦〉の陸軍主導を表に出して納得させる策しかないだろう」

結論を出せば、東条の意志は堅固で、決断も素早い。

東条はデスクの電話を摑んだ。「杉山陸相をお呼びしてくれ」短く言って東条は電話を置いた。

大日本陸海軍共同による〈オーストラリア侵攻作戦〉は、事実上この瞬間に決定されたのである。

アメリカ合衆国艦隊司令長官兼海軍作戦部長アーネスト・J・キング大将の動きは煩雑だったが、目的は一つだった。戦力の増強、それだけだ。

ところが、それが難しい。大国アメリカにとっても、戦費が無尽蔵にあるわけではない。戦争は安価な代償で済むものではないのである。安価でしかも早くと、キングは無謀とも言える要求を兵器産業業界に申し入れていた。特に力を入れているのは航空機メーカーであった。キングは今度の戦争の中心は航空機であると、完全に読み切っていた。むろん造船業界への働きかけもしてはいたが、航空機メーカーに対するそれとは大きな差があった。

協力を渋るメーカーに対してキングは、時には高圧的と言っていいほどの策も取った。

「キング作戦部長。君の気持ちはわからないではないが、少し動きすぎかもしれんぞ」

業界からの苦情を受けた合衆国第三二代大統領フランクリン・デラノ・ルーズベルトは、キングを呼びつけて苦情を言った。

しかしキングは動じない。

「すると、大統領はこのままでも我が合衆国が極東の劣等国に勝てる、そう言われるのですな」

それどころかキングは、ルーズベルトが開戦前に日本を極東の劣等国と舐めていたことが現在のアメリカの苦戦の因《もと》の一つであることを、当てこするように言い返しさえした。

「もうその話にはケリがついているだろう、作戦部長」

ルーズベルトが露骨に顔を歪める。キングの指摘を、ルーズベルトはすでに認めていたからである。ルーズベルトの苦渋を確信して、キングが言ってのける。

「ならば、業界の弱音を受け入れる必要はありませんよ、大統領。ビジネス界というのは、こちらが弱気を示せばつけ込んでくる連中が揃っているのです」

「しかし、作戦部長。ただムチで叩いているだけでは彼らは動きませんよ」

大統領補佐官ビル・L・エバンスが、例によって大統領に加勢をした。

「私をそれほど愚か者だとお思いなのですか、補佐官」

皮肉を込めた目でエバンスを見て、「こちらの期待に応えるならそれなりの見返りを与えると、もちろん飴もちらつかせてありますよ、補佐官」とキングは続けた。

キングの言葉に、エバンスが口惜しそうにそっぽを向いた。

「それよりも、大統領。ソ連への対応を再考すべきかもしれませんね」

キングが話題を転じると、ルーズベルトが目を細めた。キングに言われるまでもなく、その点についてはルーズベルトも考えていたからである。

「もともとが、ソ連と我が合衆国は相容れない道を歩く国なんだ。だから、あの国が栄える手助けはできるだけ避けるべきだと、私は思っている。それにソ連への援助がカットできれば、それだけ戦費も楽になるしね」

「その通りです、大統領。まったく同感です」

キングが満足そうに言ってから、「それでは失礼させていただきますよ。なにしろ今日中にこなさなければならない案件が、まだいくつもありますからね」

ルーズベルトの答えを待たずに、大統領執務室を足早に出て行った。

「大統領閣下。あの男をこのままほうって置かれるのですか」エバンスが不満な顔で、吼えた。

「フフッ。どこまで行っても君とキングは平行線のようだね」ルーズベルトが苦笑しながら言った。

「だがまあ、今は我慢してくれたまえ。私だってあの男にはずいぶんと腹も立つし、怒鳴りつけてやりたいと何度も思ったよ。しかし、仕事はできる。残念だが、それは間違いない。キングに替わる男がいれば問題はないが、どこを見てもあれだけの男はいない。少なくとも、戦時という状況においてはだよ」

「そ、それは私にもわからないことではありませんが……」

「なあに、戦争が終わればどうせお払い箱にするよ。それまでの辛抱さ。いいね、ビル。仲良くしろとは言わないが、いちいち腹を立てていると体に悪い。君にはずっと私のそばにいてもらいたいからね」

「しょ、承知しました、大統領閣下。私もいつまでも閣下の下で働きたいと思っております」

感激屋のエバンスが、肩に目一杯の力を溜めて言った。

「それに、ビル。私はエ・ー・ス・の・切り札を引けるかもしれない」

ルーズベルトが意味深な顔をした。

「わかってますよ。そのエースとは、陸軍が進めているという計画ですね」

エバンスが、打てば響くように応じた。ルーズベルトが満足げにうなずいた。

「今朝も順調だとノックスが言って来たよ」

「マンハッタン計画……」

「駄目だよ、ビル。その言葉はまだ禁句だ」ルーズベルトが笑いながら叱責した。

マンハッタン計画。ヘンリー・L・スチムソン陸軍長官が中心になって推し進められているこのプロジェクトは、驚異の爆弾、一発で数万の人間を葬り去ることが可能と言われる「原子爆弾」開発プロジェクトであった。

「後どのくらいで完成するのでしょうか」

「早ければ半年先だとノックスは言っているが、もう少し尻を叩いてもいいな」

「そうされるべきですよ、大統領閣下。早ければ早いほど海軍が必要なくなります」

「フフッ。しかたない男だな」

「申しわけありません」

「まあ、いい。だがその前に厄介ごとを片づけなければいけないな。キングを抑えて欲しいと言ってきた連中をなだめる仕事だよ。気が滅入るが、しょうがない。連絡してくれたまえ」

「承知しました、大統領閣下」エバンスが二度三度とうなずいた。

「が、まあ、キングを相手にすることに比べれば、さほどのことはないかもしれんな」ルーズベルトが渇いた声で、笑った。


本国政府の相次ぐ増強策の情報にハワイ・オアフ島にあるアメリカ太平洋艦隊司令部には活気が戻っていたが、司令部の主《あるじ》チェスター・W・ニミッツ大将だけは己を抑えるかのように冷静な表情を変えることはなかった。

日本海軍に何度も苦汁を飲まされている経緯を考えれば、わからないことはない。しかし最高指揮官の熱意が感じられないのは、燃え上がりたい者たちにとってはやはり不満だったろう。

「士気が上がらん」太平洋艦隊第一六任務部隊指揮官のハルゼー中将が、旗艦空母『エセックス』の艦橋で苦虫を噛みつぶすように言った。

このとき、『大和』航空戦隊との海戦によって空母『サラトガ』らを失い、戦力が低下していた第一六任務部隊は、オアフ島のパールハーバー基地に入港して補給作業を行なっているところであった。先ほどハルゼーは艦隊司令部でニミッツとの会談を終えて戻ってきたばかりである。

「しかたない面もあるようには思われますがね」ハルゼーのもっとも信頼する部下の一人である参謀長ブローニング大佐が、ニミッツを庇《かば》うように言った。ハルゼーが猛将なら、ニミッツはジェントルマンである。もともと相容れないタイプなのだ。

それは、パールハーバー奇襲作戦後に太平洋艦隊司令長官についたニミッツと、太平洋を知り尽くしているハルゼーの間には作戦をはじめ運用面などの確執が続いていた。理知的なニミッツは理論的作戦と運用を主張し、ハルゼーは軍人特有の勘と経験に裏打ちされた作戦と運用を譲らなかったからだ。

その二人が、現在は小康状態を保っている。互いを理解し合ったわけではないが、互いの言い分にも耳を傾けようという姿勢が生まれてきたからだ。

ブローニング参謀長にすれば、それは好ましい状態であった。艦隊司令長官と艦隊指揮官の軋轢《あつれき》は、戦争遂行にとって決して有益ではないのは当然のことだろう。

「優しいな、マイルス」

猛将だが決して愚か者ではないハルゼー提督も、自分とニミッツの軋轢が良いことではないのは知っているし、ブローニング参謀長が二人の関係を壊さないように細かく神経を使っていることも、わかりすぎるくらいにわかっていた。それでも皮肉っぽい言い方になってしまうのは、それだけニミッツに対する苛立ちが強い証拠だった。

「お気に障ったのならお詫びします、提督。私は……」

「いや」ハルゼーが人差指を立て、左右に振った。

「君の気持ちは、わかっているさ。それに、君に愚痴を言っても長官がどうなるものでもない。しかし、士気というやつを落とすのは実に簡単だが、いったん落ちた士気を再び燃え上がらせることはなかなか面倒だ。君も知っているはずだろう。特に最前線で命を盾に戦っている兵士たちにとっては、ときとして士気というものは最大の武器でもあるからね」

「おっしゃる通りです、提督。ニミッツ長官も当然それを知らないはずはないと思いますが、残念ながらそれを示すことがあまりお上手な方ではないようですし、これまでの苦渋からここではしゃぎ回れないとお考えなのでは……と」

「おそらくそうだろうな。あの人はそういう人だ。しかしな、マイルス、それでは困るというのが私の本音だよ。そういうことが下手くそな人だとは皆が気づいているだろうし、慎重なだけに油断するなと言いたいのだろう。だから私だって、はしゃぎ回れとは言わないさ。だが、士気を落とすようなあの覇気のない顔は、やはりいただけんよ。少なくとも長官という立場の人物はな……」

「……ええ、それは確かに、そうかもしれませんね……」

（難しいな）とブローニング参謀長は思った。

確かにハルゼー提督なら、それこそどんな不利な場面に遭遇しても部下たちの士気を上げるために滅多に弱音は吐かないだろう。それがハルゼーという人物の得難い資質の一つであり、猛将「ブル」と人が呼ぶ所以《ゆえん》なのだ。

（が、それだけに危険でもある）ブローニングはそうも思う。

過度な闘志というものは、引くべきタイミングを失することがあるからだ。戦いはただ前へ進めばいいわけではない。ときには撤退することもまた重要なのである。慎重で思慮深いタイプのニミッツは、おそらく実戦の作戦においてはそういう資質に恵まれているはずだ。

ところが、それがまた消極的と見られることがあるのである。

（結局、どんな場面でも間違いなく正しい行動を採れる資質などというものは、存在しないのだろう。だからそのたびごとに、最良と思われる策を採るしかないということだ）

グォォ――――――ンと艦橋の外に爆音が近づいてきた。

ブローニングが、視線をその方向に移す。編隊を組んだグラマンF6F『ヘルキャット』艦上戦闘機だった。投入当初こそ日本海軍の誇る『零戦』をはるかにしのぐ性能と絶賛され、アメリカ海軍の救世主と言われた『ヘルキャット』だが、日本海軍の新鋭艦上戦闘機『天戦』の登場によって、色あせた感が強い。

（後手後手《ごてごて》だな、上層部のやることは）

ブローニングが、遠ざかってゆく『ヘルキャット』編隊を口惜しそうに見つめる。

空母にしてもそうだ。アメリカ海軍の投入したエセックス級空母が、決して凡庸な空母だとはブローニングも思っていない。これまでのアメリカの空母に比べればあらゆる面で凌駕《りょうが》している。

（だがそれでも、あの憎き『大和』と見比べれば悲しいほどに力不足だ。その上に、やっと〝空を飛翔する魚雷〟と判明しつつある超兵器に対して、我々はまだ対策さえ採れずにいる。我が合衆国が負けるとは思えない。この戦争は長引けば長引くほど、経済力に勝るアメリカが有利になるはずだからだ。しかし、本国のボンクラ政治家や、利益に目が曇る経済人が思うほどに楽な戦いにはならないだろう。そしてひょっとすると、その勝利の瞬間に私は立ち会うことさえできないのかもしれない……）

考えた次の瞬間、ブローニングははっとして顔を上げた。(これではまるでニミッツ長官じゃないか)と、気づいたからだ。

「わかりました、提督。私たちだけでもはしゃぎましょう。そうですとも。我がアメリカ合衆国があんなちっぽけな国に負けるはずはないんですからね」

ブローニングの急変に、さすがのハルゼーも驚いた顔で苦笑した。

「はしゃぎ過ぎもどうかと思うぞ」

「ええ、そうですね、提督」

「ありがとう、マイルス。君は最高の参謀長だ。ああ、ニミッツのことなどに思いわずらう必要はないんだ。私たちは私たちの全力を尽くそう。そうだな、マイルス」

ハルゼーはブローニングが自分を鼓舞してくれたと思ったが、実際にブローニングが鼓舞したのは自分自身であった。

「ええ、そうですよ」

ハルゼーの勘違いに気づいたが、ブローニングはそんなことはおくびにも出さない。必要がないのだ。

(私の仕事は、自分を主張することではない。ハルゼーという人物に勝利をもたらすことだ)

ブルの優秀な片腕は、すでに迷いを振り払っていた。

海域に立ちこめる霧を切り裂くように疾走していくのは、一九四二（昭和一七）年暮れの改装によって基準排水量七万四二〇〇トンと軍艦史上類を見ないほどの巨艦となった超戦闘空母『大和』である。三二万馬力を誇る強力なエンジン音が、艦橋を静かに叩いている。

「『天戦』がもう少し欲しかったな」悔しそうに言ったのは、『大和』航空戦隊司令官千崎薫《せんざきかおる》中将だ。

「これまでの結果を見れば、艦砲戦などというものは幻であることが明らかです。となれば、海軍が急ぎなすべきことは、航空機の開発、製造です。『天戦』の増産です。しかしそれを理解できない人たちが、海軍部内にもまだまだいます。残念ですが実状はそうですね」

参謀長神重徳《かみしげのり》大佐が、彼らしく言葉ほどには感情を見せずに、言った。

「そういうこったな」千崎がうなずいた。

現在、『大和』航空戦隊に配属されている、『零戦』をはるかに超える性能を持つ新鋭艦上戦闘機『天戦』は、わずか八機に過ぎない。

それでも同数の『零戦』に比べ倍以上の戦力と評価されてはいるが、これから『大和』航空戦隊が実行しようとしている作戦を考えると、正直なところ心許ないというのが千崎の本音だった。

それほどに彼らの狙っている作戦は、大胆かつ危険が伴うものだったのである。

「しかしまあ、ない物ねだりをいつまでしていてもしかたねえよな」

伝法《でんぽう》な口調で、迷いを捨てるように明るく言った千崎が笑顔で神を見た。誘われたように神も苦笑して、うなずいた。

やや霧の晴れ始めた海原に、鉄の要塞が滑るように作戦海域を目指していた。

第二章　パナマ運河沖海戦

外交官を辞してまでスエズ運河の建設にあたり、それに成功したフランス人フェルナンド・ド・レセップスの次の目標は太平洋と大西洋を結ぶパナマ運河建設だった。しかし幸運は続かず、資金難などの大きな障害が重なってレセップスの夢は挫折した。

レセップスに代わってパナマ運河の建設を完成させたのは、彼のあとを継いだアメリカ合衆国である。通航は、一九一四（大正三）年八月のことだった。

パナマ運河の完成は、世界の貿易に多大な利益をもたらした。それまで太平洋から大西洋にいたる航路の距離はおよそ一万五〇〇〇キロだったが、それがわずかに六四キロに短縮されたのだから当然のことだろう。

だが、アメリカ合衆国がパナマ運河建造に力を注いだのには別の理由もあった。軍事的な価値である。パナマ運河の完成によってアメリカ海軍は、太平洋と大西洋を自由に行き来できるという幸運を手に入れたのだ。

しかし、まったく問題がないわけではない。パナマ運河開通ゆえに、アメリカ海軍は一つの枷《かせ》をかけられたことも事実であった。実は、アメリカの造船会社が『大和』クラスの軍艦を建造することは、技術的にも経済的にも十分に可能である。いや、『大和』以上の巨大な軍艦を建造する能力をアメリカ造船業界は持っているのだ。それができないのが枷である。つまり、狭くて浅いパナマ運河を『大和』クラスの軍艦は航行できないのである。巨大艦建造を唱える者もいないわけではなかったが、太平洋のみか大西洋のみでの運用という制限をアメリカ海軍は嫌った。数さえあればカバーできるという自信が、海軍にはあったのである。

そのパナマ運河に大西洋艦隊の一部と新建造の艦艇で編制された艦隊が入ったのは、翌年の四月上旬である。艦隊は、もちろん太平洋艦隊の増援という使命を持っていた。

編制は、エセックス級空母三番艦で旗艦である『イントレピッド』、五番艦『フランクリン』、九番艦『バンカー・ヒル』、インデペンデンス級軽空母四番艦『カウペンス』、八番艦『バターン』、カサブランカ級護衛空母『マニラ・ベイ』『サン・ロー』『トリポリ』『ホワイト・プレーンズ』『カリーニン・ベイ』『カザーン・ベイ』

『ファンション・ベイ』『キトカン・ベイ』、ニューヨーク級戦艦『ニューヨーク』、コロラド級戦艦『ワシントン』、ウィチタ級重巡『ウィチタ』、ニューオーリンズ級重巡『タスカルーザ』、バルチモア級重巡『バルチモア』『ボストン』『キャンベラ』、ブルックリン級軽巡『ナッシュビル』、オマハ級軽巡『シンシナティ』、クリーブランド級軽巡『クリーブランド』『サンタ・フェ』、そして三〇隻の駆逐艦である。

堂々たる数を誇る大艦隊なのは、この増援部隊がオアフのパールハーバー到着後、一部を第一六任務部隊や第一七任務部隊に転入させ、残りの戦力で第一八任務部隊に編制し直されることになっているからだ。

増援艦隊を指揮し、第一八任務部隊の指揮官に任じられることになっているのは、大西洋艦隊から転出してきたリチャード・K・ハリス中将だった。獰猛《どうもう》で果敢な攻撃を信条とするハリス提督は「大西洋のブル」と呼ばれることが多かったが、彼自身はそう呼ばれると激怒した。

「それでは、私のほうがハルゼーより劣っているようではないか」と叫び、「冗談じゃない！　私の前にいるのは私であり、私の後ろにいるのもまた私だ！　断じて私は他の者なんぞに後《おく》れはとらんのだ！　二度とその言葉を吐くな！」と続けるのが常だった。

そんな人物だったから、ハリス提督の太平洋転入を知らされたときの太平洋艦隊司令長官ニミッツ大将は、本国にハリス中将の転入再考を進言した。その理由は、ハルゼー一人でも苦労している上に彼の双子のような男が転入してくることに不安を抱いたのが一つ、もう一つはハルゼーとハリスが激突することが必至だと確信したからだ。

ところがそれは、キング作戦部長によって即座に却下される。

「今の我々に必要なのは、劇的な戦況の転換である。それをなしうるには、常識的な策など意味はない。言ってみれば、毒を薬に変えるほどの非常識とも異常とも言える策こそが、それをなし得るはずである。ハリスの転入はまさにその策の一環として、私が決断した」

キングの言葉には、それができないのなら更迭するぞという脅しが隠されているとニミッツは理解した。

少し前のニミッツであれば、キングに抵抗して更迭を受け入れたかもしれない。その程度の気概はあるが、このときのニミッツはそれを主張できなかった。太平洋をこのまま去るには、ニミッツが日本軍から受けた傷は深すぎたからだ。日本軍に借りを返さずに、このまま太平洋を後にすることを、ニミッツのプライドが許さなかったのである。

（やるしかないようだ）と新たな憂鬱《ゆううつ》を抱え込んだニミッツが自分の執務室で一人大きなため息を吐いたことなど、ハリス提督が知るはずもない。

知っていればハリスは、「俺を使いこなしもできない男が、太平洋艦隊を指揮することなどできるはずはない。そんな小心者は、戦いをする資格さえもない。とっとと戦場を去れ！」ぐらいは言ったかもしれない。ハリスとはそういう人物だ。

「明日の朝には太平洋ですね、提督」

旗艦空母『イントレピッド』の司令官室で、見ようによっては実に狡猾な笑みを浮かべたのは、ハリス提督腹心の参謀長モーガン・フォーン大佐である。

フォーン参謀長は、自ら智の結晶のつまる脳髄を持っていると言って憚《はばか》らない自信過剰気味の鼻持ちならない人物だったが、彼自身が思っているほどではないにしても、有能な参謀であることに間違いなかった。そのことをフォーンは、大西洋においてドイツ海軍とイタリア海軍に対して証明している。フォーンの躊躇ない呵責《かしやく》な攻撃が、ドイツ海軍、イタリア海軍を悩ませ続けていたのだ。

「遅すぎたよ、フォーン参謀長。もっと早く我々が太平洋に送られていたら、日本軍に好き勝手をさせることもなかったさ」ハリスが傲慢に、断じた。

「確かにそうでしょうな。ただし、そうであったなら、大西洋ではドイツ海軍やイタリア海軍がもっと楽をできたかもしれませんよ」フォーンが、うそぶいた。

「フハッフハッ。それは言えるかもしれんな、フォーン参謀長」

ハリス提督は満足そうに笑って、太鼓腹を揺らせた。

「ともあれ、日本軍は自分たちが自惚《うぬぼ》れていたことを知ることになるでしょうね」

フォーンは、気負いもなく、それでいて自信タップリに言った。

「そういうことだ」ハリスは吐きすてるように言うと、従兵に紅茶を命じた。

すぐに司令室には甘い紅茶の香りが漂い、その香りは二人のみならず増援艦隊の自信と余裕を象徴しているようであった。


朝陽が超戦闘空母『大和』の艦橋に、柔らかな光を届けていた。

『大和』航空戦隊司令官千崎薫中将も参謀長神重徳大佐も確信があったわけではないし、危険な作戦であることは承知していた。

「しかし、アメリカ海軍が力をつけるのを座して待っているわけにはいかねえしな」

千崎司令官が作戦会議の席で言うと、「それに、この作戦は山本閣下のとった〈真珠湾奇襲作戦〉と同等とは言わないが、相応の奇襲作戦になると私は思っている。

その効果もだ」と続けた。

集まった『大和』航空戦隊の幕僚たちが皆一様にうなずく。

太平洋を横断してパナマ運河沖に進出し、やってくるはずのアメリカ海軍増援艦隊を襲撃する。

この途方もない作戦を言い出したのは、言うまでもなく神参謀長だった。

聞かされた幕僚たちは、茫然とした。

まず、太平洋を横断してパナマ運河沖まではあまりにも長い距離だったし、そこに到達するまでの危険も半端ではないのだ。太平洋西南方面の制海権、制空権をかろうじて堅持する日本海軍だが、ハワイ諸島東方の海域は依然としてアメリカ海軍のテリトリーである。しかも、戦力が落ちているとは言えいわゆる地の利のある太平洋艦隊は、陸軍の援護を受ければかなり手強い相手である。パナマ沖に達するのにどんなコースを採ったとしても、そのアメリカ軍のテリトリーを無視することはできないのだ。

その上に神は確信して言うものの、パナマ運河に増援部隊が来る証《あかし》もなく、来たとして遭遇する確率も決して高いようには思えなかったのである。

したがって、この作戦を連合艦隊や軍令部、それに陸軍省に提示すれば一〇〇パーセント反対されるだろう。だからこの作戦を知る者は驚くほどに少なく、まさに隠密作戦であった。

そこまでして神と千崎がこの作戦に着手したのも、やはりヒトラーの死と無縁ではない。そしてアメリカの真の力を知る千崎や神であったからこそ、このまま行けばアメリカの増強策が強まり、太平洋での戦況が大きく転じかねないと考えたのである。

もっとも、この作戦を実行するのが『大和』航空戦隊ではなく他の艦隊であったならば、千崎や神でさえも反対したかもしれない。それほど『大和』航空戦隊の力は連合艦隊にあって群を抜いた存在であった。

「だが、できるなら、運河を航行中の敵艦隊を発見してえな」作戦会議の最中に、千崎は言った。

神も同意見だ。狭い運河を航行中ならば、敵艦隊は自由を奪われて戦闘的な陣営を組むことはできないだろうし、運河を走るために速力を落としているから攻撃機が空母から離陸するのも難しくなる。正面衝突をしても十分に戦える自信はあるが、帰途のことを考えれば無駄な戦力は失いたくない。

それが、神の本心だし千崎も同じだった。『大和』航空戦隊といえども、無敵艦隊ではないのである。

「しかしまあ、贅沢《ぜいたく》は言えねえよな。ここまで無傷で来れたってのも、幸運と言えば幸運なんだからよ」千崎は、『大和』での会議をそう締めくくった。

「司令官。索敵機から報告です。我、敵艦隊発見せり。空母五、戦艦二、重巡、軽巡合わせて九、駆逐艦多数、です」

「空母が五だと？　おいおい、そんなもんじゃねえだろう。なあ、参謀長」

「ええ。アメリカ海軍がこのところ投入してきている小型空母が、後方に相当数控えていると見るべきでしょうね」千崎の問いに、神が答えた。

「しかし後方の奴らまでは手が回らねえし、帰還のために戦力をある程度残しておく必要もあるからな」

「そういうことですね」神が、うなずく。

「よし、参謀長。攻撃部隊を出撃させろ。攻撃は一回のみ。戦果にかかわらずだ」

「わかりました。攻撃部隊を出撃させます。一撃必殺！」

神の復唱が『大和』の艦橋に凛《りん》として響き渡った。

「本隊はほぼすべて運河を抜けました。あとは護衛空母群とそれを守る駆逐艦部隊だけです」

作戦参謀の報告に、ハリス提督は満足そうに首を上下させた。

「あとは一気にハワイまで走るだけですね」フォーン参謀長が嬉しそうに言った。

「そういうことだ」

そのとき、報告が入った。「提督。レーダーに機影が確認されましたと」

「機影、だと？」

「それも相当の数です」

「どういうことだ、参謀長」ハリス提督が訝《いぶか》しげな顔で、聞いた。

「さあ？　まさか味方艦隊が出迎えてくれたわけではないでしょうし、近くには確か陸軍基地もなかったはずですが……」問われたフォーンも首を傾《かし》げた。

当然だろう。ここはアメリカ海軍の庭に等しい海域である。こんなところに敵が現われることなど二人の思考にはない。

「無線で確認したのか」

「はい。しかし応答はありません」

瞬間、フォーンに嫌な予感が広がった。

「しかし、そんなことはありえない」

「なんだ、参謀長。どうした、思い当たることでもあるのかね」

「あ、いえ、味方でなければ、敵、そんな気がしたものですから……応答がないこともありますし」

「敵？　それはないだろう」ハリスが一笑に伏した。

「え、ええ。私もそうは思うのですが……」

フォーンもそう思うのだが、いったん生まれた不安が消えない。

「ともあれ偵察機を飛ばしたらどうでしょうか。友軍機ならそれはそれでいいのですから」

「……無駄だとは思うが、参謀長がそこまで言うのなら飛ばしてみるか」

フォーンの意見に納得したわけではないが、ハリスは偵察機の出撃を命じた。しかし、すべては遅すぎたのである。

『大和』航空戦隊航空攻撃部隊を率いるのは、四八機の艦上攻撃機からなる艦攻隊の指揮官も兼ねる『大和』飛行隊長水戸勇次郎中佐であった。

攻撃部隊の編成は、他に分隊長室町昌晴《むろまちまさはる》少佐が率いる艦上戦闘機部隊三二機（『天戦』八機、『零戦』二四機）、同じく分隊長山根和史《かずふみ》少佐指揮下の艦上爆撃機四五機の、計一二五機である。

（まるで第二の真珠湾だな）と、水戸中佐は指揮官機の座席で思った。

あのときも、日本軍がまさかハワイに奇襲をかけるなどと予測した者はいないに等しいほどの少数であり、ほとんどのアメリカ軍人はそれを否定したという。

（今日もそうだろうなあ。日本海軍の艦隊が太平洋を横切ってパナマ運河沖に現われるなどと、推測しろというほうが無理だろう）

そんな水戸の思いは、艦戦部隊の指揮官室町少佐も、艦爆部隊隊長の山根少佐も同じだった。

だが、三人に油断はない。どんなに有利な状況であってもわずかな油断やちょっとしたスキがその利をひっくり返してしまうことを、三人の指揮官たちは十分な経験から学んでいた。

「敵艦隊上空まであと三五分だ。気を引き締めろよ」

水戸が操縦員と後部席にいる通信員に檄《げき》を飛ばしたのは、その表われだった。

「はい」

二人の声が愛機のエンジン音に負けまいとでもいうように、機内に発された。

バリバリバリバリバリという特有のエンジン音を響かせて穏やかな海面を疾駆する異形の艦艇ＬＣＡＣ《エルキャック》隊も、敵艦隊に近づくにつれ緊張が増していた。

ＬＣＡＣ隊指揮官安藤信吾《しんご》機関大尉からはそれまであった穏やかな表情が消え、形の良い唇は決意を示すように真一文字に結ばれていた。

ＬＣＡＣ隊の搭載兵器である脅威の兵器、空飛ぶ魚雷『快天』の能力を今や疑う者はない。ＬＣＡＣ隊の存在は『大和』航空戦隊でも異彩を放っており、『快天』操縦員の榎《え》波一友《なみかずとも》少尉にはわずかだが余裕さえ感じられるようになっている。

その榎波が消沈した顔で、ＬＣＡＣ一号艇の艦橋に入ってきた。

「どうした？」榎波の様子に、ただならぬものを感じたのだろう安藤大尉が聞いた。

「高度計に異常があります。今、有川《ありかわ》が必死に原因を調べていますが、ひょっとすると間に合わないかもしれんと……」榎波が無念そうに、唇を噛みしめる。有川とは、榎波の『快天』の整備を担当する有川駿二《しゅんじ》等整備兵のことだ。

「それならしかたあるまい。機械に故障はつきものだ。ここまでほとんど故障らしい故障がなかったほうが不思議なんだ」たぶん慰めにはならないだろうと思いながらも、安藤は言った。

正確には魚雷というよりロケット兵器である『快天』は、未来輸送艦『あきつ』

が艦内に飲んでいるエアクッション輸送艇（ホバークラフト）ＬＣＡＣ三隻に一基ずつ搭載されている。『快天』部隊は六人（内三人は交代要員）の搭乗員で編制されており、榎波少尉は隊長としてこれまでの『快天』出撃のすべてに参加し華々しい戦果を残していた。それだけに、機械の故障による出撃回避は大きなダメージだと安藤は思った。

安藤の言葉は榎波を決して慰めることができず、榎波の顔から憂いの色が消えることはなかった。

「有川を責めるなよ」

日頃から有川が担当基の整備に十分な努力を尽くしていることを知っているから、安藤は有川整備兵を庇った。

「わかっています。私だって有川が手を抜いたりさぼったりする人間ではないことは知っていますから。ただ、その、怒鳴ってしまいました。今はすまぬことをしたと思っているのですが」

「なるほど。するとお前の顔色は、出撃できん無念さだけではなく、有川に対する後悔も含んでいるというわけだな」

安藤の顔が、わずかに緩んだ。榎波の優しさに対してである。出撃ができないかもしれないとわかったときに思わず怒鳴ってしまったが、それをすぐに後悔するあたりが実に榎波らしいのだ。

「一緒に行って欲しいようだな」

「は、はい。お願いできるでしょうか」榎波がすがるように、安藤を見た。

「フフッ。『快天』を駆る英雄のくせに、存外小心だな」安藤がからかうように、言った。

「自分でも情けないと思っています」榎波はどこまでも正直だ。

「来い」安藤は榎波に声をかけると、甲板に出た。

ＬＣＡＣは最高速力五四ノットを誇り、この時代にあっては超高速艇である。現在は四五ノットで航走しているが、それでも甲板で受ける風は相当に強い。その風をまともに受けながら、有川二等整備兵は『快天』の後部に装着されている操縦席をのぞき込むようにして修理作業を行なっていた。

時折り操縦席に突っ込んでいる肱《ひじ》が動くのは、風や整備だけではなく、おそらく悔しさと榎波に叱られた悲しさなどのためにあふれる涙をぬぐっているのだろうと、安藤は思った。

「有川」安藤の声に、有川が弾かれたように操縦席から顔を抜いて振り返った。安藤が思った通り、鬼のような形相《ぎょうそう》をしているが有川の頬には涙が光っていた。

「申しわけありません！　自分の力不足で榎波少尉にご迷惑をおかけしてしまいました」有川が引きつるような声で言った。

「それは確かにそうだ」

「はい」また涙がわき出たのだろう、有川が腕で顔をぬぐう。

「しかし、お前は神様じゃない。失敗もすれば間違いもしでかす。そりゃあ失敗や間違いはないほうがいいのに決まっているが、俺はお前に神様になれなんぞと言うつもりはない。そしてそれは、榎波少尉も同じだよ。一時《いっとき》の怒りで怒鳴ったが、こいつだってお前の日頃の頑張りは十分すぎるほどに知っている。だからこうして、お前に謝りたいそうだ」

「えっ⁉」

「榎波。お膳立てはしたぞ」安藤が、背後の榎波を見た。

「そ、その通りだ、有川。それに原因がお前にあるかどうかわかったわけじゃない。それだというのに、俺って奴は……すまん、有川……」

「い、いいえ。故障の責任は、なんであれ整備兵の私の責任です。私のほうこそ、本当に、本当に申しわけありません」

「し、しかしだ。艇の揺れだとかなにか別の原因で故障が発生したことだって考えられる。それまでお前の責任にするつもりは俺はないぞ」榎波が叫ぶ。

「そうだとしても、故障はすべて……」

「おいおい。お前ら、いつまでやってるんだ。なぜ故障したか、それは後のことだろう。今はその故障が直るかどうかじゃねえのか」安藤が、つきあいきれないとばかりに言った。

「そ、そうでした。申しわけありません。修理を続けます」

「俺も手伝おう、有川」

「いえ。榎波少尉は休んでいて下さい。怪我でもされたら、ことですから」

「というより、整備のわからない人間は邪魔なんだろう、有川」安藤がからかうように言った。

「いえ。そんなことはありません」有川が激しく首を振った。

「アハハハッ。まあいい。そういうことだ、榎波。諦めて艦橋に戻れ」

「わかりました。有川、頼むぞ」

「はい」

やっと笑顔の戻った有川が、敬礼をした。

まずアメリカ増援部隊の西から攻撃を仕掛けたのは、山根少佐指揮下の九九式艦上爆撃機隊であった。

ギュウゥゥ————ン、ギュッウ————ンンと、次々に急降下に入った九九式艦爆が二五〇キロ爆弾をアメリカ増援艦隊空母『バンカー・ヒル』に叩き込む。

ズガガガ————ン！　ガガガ————ン！　ドドド————ン！

爆弾や魚雷の攻撃を避けるためにジグザグ航走をする『バンカー・ヒル』の飛行甲板で、次々と火柱が上がる。

「『バンカー・ヒル』が集中的に攻撃を受けています」

報告に、ハリス提督の顔がすさまじい形相に変わった。

「ジャップです！　機体に日の丸が見えます」

そこまで言って連絡を絶った偵察機の報告は、わずかに数分前である。すぐには信じられない報告内容だったが、それでもハリス提督は艦隊の各艦に空母群を守るように命じた。

ところが、敵襲来と命令があまりに急なこともあって、戦艦をはじめとする護衛艦の動きが乱れたのである。

グガガ────────ン！

日本軍艦爆の投じた爆弾の直撃を受けた『バンカー・ヒル』の機銃座が吹き飛び、兵は絶叫さえできずに四散した。

「くそったれめ！」

『バンカー・ヒル』の艦長が汚い言葉を吐いて、炎上を始めた飛行甲板を睨んだ。

これまでの空母に比べれば重装甲で建造されたエセックス級空母であったが、何度かの戦いによってそれでも十分ではないと判断され、九番艦である『バンカー・ヒル』は番号の若い姉妹艦に比べるとより防御は厚かった。その分、若干速度を犠牲にせざるを得なかったが、海軍首脳はそれを止むなしと考えたのだ。

しかしそこまで防御を厚くした『バンカー・ヒル』の飛行甲板も、まさに雨あられのような直撃によって裂かれた。すぐに裂け目から白煙がブワリッと噴き上がった。

「艦長。機関室に火が回ったようです！」悲痛な報告が届く。

「急いで消火しろ！」艦長が顔を歪めながら、命じた。

機関室がやられれば、速力が落ちる。そうなれば敵の攻撃は楽になり、激しさを増すだろう。それを思って艦長が、ブルリと震えた。しかし火の勢いは増すばかりで、やがて『バンカー・ヒル』の速力は一〇ノット近くにまで落ちた。

「艦長。東から雷撃機です！」

「とどめのつもりか！」

『バンカー・ヒル』艦長の声に、絶望が滲《にじ》む。一〇ノットでは、速力のある日本海軍の航空魚雷を回避するのは、相当に難しい。いや、不可能に近い。

ウィイ――――――ン。

「撃てーっ」

低空で『バンカー・ヒル』に接近した九七式艦上攻撃機の機体から、九一式航空魚雷が放たれた。日本海軍の自慢である九三式酸素魚雷とは違い、九一式航空魚雷はガソリンと空気が推進力であるため白い航跡を残す。その白い航跡が四本、哀れな獲物『バンカー・ヒル』目がけて殺到してゆく。

「面舵、いっぱ～い！」艦長が声を振り絞る。艦長の声に諦めがこもっていることに、誰もが気づいていた。

ゴゴゴゴゴッ。

それでも『バンカー・ヒル』が体を捻るが、遅い。あまりにも動きが遅い。

ドド――――――ン！

一撃目は左舷中央だ。

ズドドド――――――ン！

二撃目は、左舷艦尾近く。そして運命の三撃目は、一撃目に近い左舷中央であった。

ドガガ――――――ンン！

一撃目はどうにか耐えた舷側だったが、この三撃目には耐えきれずに引き裂かれた。

ザザザ――――ン。グガガガガガガッ。

『バンカー・ヒル』の艦体が、激しく振動した。

「これまでだな」艦長が力なく言った。

甲板を裂かれ、機関部が炎上している上に舷側を破られた『バンカー・ヒル』に、未来があるはずはなかった。退艦の許しを求める『バンカー・ヒル』に対し、ハリス提督は奥歯をゴリッゴリッと噛みながら許可を与えた。

長い経験の中で、これほどあっけなく自艦隊の艦を失ったことはハリスにはなかった。

「パールハーバーですね」若い幕僚がポツリと言った。

「だからなんなんだ！　負け戦《いくさ》になると言いたいのか！」

ハリスが若い幕僚を怒鳴りつけ、睨みつけた。

だが自分でもハリスは、そう思っているのだ。パールハーバーと同じだ、と。しかし、それを認めることが敗北を認めると同等だという思いが、ハリスを追い込んでいる。

「違う。これはパールハーバーとは違う！」誰を怒鳴りつけるでもなく、ハリスが絶叫した。

だが、不利な状況が改善するはずもない。完全な奇襲だったために空母から迎撃機を出撃させることさえできなかったのが現実で、できることはただ対空砲火のみだ。

後方にいる護衛空母からの出撃も検討されたが、運河を航行している現在の護衛空母群の速力はわずかに十数ノットしかなく、戦闘機の発艦はとても無理との結論が出されていた。

「それにしても、参謀長。太平洋の奴らはなにをしていたのだ。敵艦隊にこうもたやすく自分の庭に踏み込まれるとは」

ハリスの怒りはそこに集中する。

「まったくですね。太平洋の連中がいかに日本艦隊に舐められているか、これだけでわかりますよ」フォーン参謀長が同調した。

『バンカー・ヒル』がほとんど航行不能になったと判断した『大和』航空戦隊攻撃部隊は、次に近くにいたインデペンデンス級軽空母『カウペンス』に矛先《ほこさき》を向けた。

とはいえ、徐々に護衛体制を整えた増援の護衛艦隊たちによる対空砲火も激しさを増しつつあった。

『カウペンス』のために対空砲火を放っているのは、ニューヨーク級戦艦のネームシップ『ニューヨーク』である。『ニューヨーク』は第一次世界大戦にも参加した旧式艦で、近代化改装をして対空砲火に力を入れてはいたものの能力的には古さが目立つ戦艦であった。それでも戦艦としてのプライドを保つかのように、身を震わせて対空砲火をした。

バリバリバリッ！　ズガガガガッ！　ドガガガガガガガッ！

弾幕が日本軍攻撃機の前に立ちはだかる。しかしそこは一騎当千の『大和』航空戦隊攻撃部隊である。弾幕をかいくぐるなり、喰らえとばかりに『ニューヨーク』

に爆弾を叩き込んだ。

ズガガ――――――――――ン！

艦爆の次は艦攻だ。

ドドド―――――――――――ン！

『ニューヨーク』の艦首に炸裂した魚雷が、火柱と水柱を同時に上げた。艦首を吹き飛ばされた『ニューヨーク』に、瞬く間に激しい浸水が始まった。

ゴゴゴゴゴゴ―――――――ッ。

海水がすさまじい勢いで『ニューヨーク』の艦体を侵してゆく。数分後、グラリと『ニューヨーク』の艦体が傾くと同時に煙突が吹き飛んだ。直撃弾を受けたのである。

「なに⁉　『ニューヨーク』もいかんだと！」ハリス提督の声に驚愕が混じった。

撃沈はまだ『バンカー・ヒル』だけだが、護衛艦たちの悲痛な被害も次々に報告されてきている。

「耐えるしかありませんよ、提督」

フォーンが口惜しそうに、猛将にとっては一番苦手な策を進言した。策謀家のフォーン参謀長にも、さすがに打つ手が浮かんでこない。

日本軍が攻撃を終えたのは、それから一二分後だった。その間に軽巡『シンシナティ』と三隻の駆逐艦が撃沈され、撃沈数は六隻。大破は免《まぬが》れたものの、中破、小破も複数という惨憺《さんたん》たる結果である。

「参謀長。偵察機だ！　日本艦隊を発見し、反撃するんだ！」

怒張で歪む悪鬼の形相で、ハリス提督が命じた。

「発射準備、終わりました」

ＬＣＡＣ二号艇と三号艇からの連絡を聞いてうなずくやいなや、「発射！」と安藤大尉が力強く命じた。

グォンッ！　グォー――ンッ！

全長一二メートル、直径一メートル一五センチの『快天』が、ＬＣＡＣ二号艇と三号艇の発射台を滑った。

グォォ――――ン。グォォ――――――ン。

オレンジ色の炎をうならせて、二機の『快天』は瞬《また》く間に天空に消えた。

「しかたあるまい」

安藤が、かたわらの榎波少尉の肩を叩いた。有川の必死の努力も虚しく、一号艇の『快天』が復活することはなかったのである。

「ご心配ありがとうございます。しかし、すでに諦めはついていますから。それよりも有川整備兵をお願いします。まだ『快天』から離れずにあがいておりますので」

榎波が眉間《みけん》に小さなしわを寄せ、言った。

「そうか。しかし、ほうっておこう。あいつにとっては、下手な慰めの言葉よりも『快天』のそばにいるほうがいいはずだ」

「……なるほど。そうかもしれませんね」

榎波もそう思ったのだろう、安藤の言葉に素直にしたがった。


ドガガガ――――――ン！　ドガガガ――――――ン！

激しい炸裂音に、旗艦空母『イントレピッド』の艦橋に一瞬、静寂が起きた。

「なんだ、今のは」最初に反応したのは、フォーン参謀長だった。

「『フランクリン』がいるあたりでしょうか」

旗艦空母『イントレピッド』艦長のマルチ大佐が、不安そうな顔をした。原因はわからないが、軍人としての直感がそう知らせたのだろう。

「連絡を取れ！」同じような不安を持っていたハリス提督が、命じた。

だが、事実はその前に伝えられた。

「司令官！　空母『フランクリン』と重巡『ボストン』が事故を起こした模様です」

「事故だと？」

「はい。共に左舷に爆発が起きた模様です」

「原因は!?　原因は何なんだ！　こんなときに事故なんぞと、そんな馬鹿なことがあるか！」ハリスが怒鳴る。

「は、はい……」

数分が経つが、『フランクリン』と『ボストン』からは納得できる報告はない。

「くそっ！」イライラしたように言って、ハリスはどっかりと椅子に座った。

「しかし、なにかおかしいですね。二隻がほとんど同時に、しかも同じ左舷に事故を起こすなんて……」さすがにフォーンは異変を察知したらしく、疑念の色を滲ます。

「原因はまだ不明だそうで、『フランクリン』は航走は可能ですが浸水のために相当速力は落ちる模様です。『ボストン』は……駄目なようです」

「なんということだ！　追撃しなければならんときに、下らぬ事故など起こしおって！」

猛将でなるハリスも、さすがに意気消沈の様子を見せた。しかも、日本艦隊を見つけに飛んだ偵察機からの報告もまったく入ってこない。

「逃げたのでしょうね、おそらく。もともと攻撃は一回と割り切っていたのかもしれません。帰途の海路を考えると、積載する兵器をここで使い切るわけにはいかないでしょうからね」

「諦めるというのか、参謀長！　やられるだけやられて！」猛将ハリスが不満そうに言った。

「提督のお怒りは十分に承知していますが、次の機会に譲ったほうが賢明ではないでしょうか」

フォーンの言葉に、癖なのだろうハリスがゴリッゴリッと奥歯を噛んだ。

「……どうしてもか」ハリスが未練たらしく、言う。

「残念ですが……」

「くそったれ！」

ハリスがデスクの足をガァーンと蹴りつけながら「ハワイに向かうぞ」と命じた。

「初めての失敗ですね」榎波少尉が、悔しそうに言った。

「そうとも言えないさ。目標の空母を撃沈はできなかったが、多大な被害を与えたし、重巡を一隻葬っているんだからな」

確かに『快天』二号艇が操縦ミスによって目標の空母ではなく偶然空母に近づいてきた重巡に命中したのは事実だが、安藤大尉の口調には、別段、榎波を慰めるような色はない。本心からそう思っているからだ。

「それに、今回俺たちが経験した一連の出来事は、逆にいい勉強だったかもしれんさ。『快天』はまだ完成されたわけではなく、故障する。そして操縦員もそうだ。まだまだ修練を積むようにと、戦の神様が言っているんだろうさ」

「なるほど。大尉、その通りかもしれませんね。さすがインテリは言うことが違います」

感心して言ったのは、ＬＣＡＣ一号艇操縦員の高木和夫一等機関兵曹である。

「フン。本気で言ってるんじゃなさそうだな、高木」

安藤がそう言うのもしかたがないかもしれない。ひょうきん者の高木が言うと、真剣な言葉でも軽く聞こえてしまうことが多いのだ。

「心外ですよ、大尉。本当に本気なんですから」

高木が唇を尖らせる。それがまた面白くて安藤は苦笑したが、それでも納得した

ように、

「わかったよ。それじゃあ、素直に受け取っておこう」と、引いた。

ＬＣＡＣ隊の収容を最後に、作戦はすべて終了した。

「だがよ、逆にこれからのほうがおおいに大変かもしれねえぞ。行きはよいよい帰りは怖いって、あれだよ」千崎中将がくだけた調子で言う。しかし千崎を知る者なら、千崎という男が、事態が困難なら困難なほどおどけてみせるタイプだとわかっていた。

「いくつもの想定はしてありますが、必ず想定通りに行くとは限りませんからね」

あくまで神は冷静だが、さすがに緊張しているのか顔色がやや白かった。

「まあ、そういうこったな。しかし、サイは投げられたんだ。後は一目散に逃げるぜ」

千崎が不敵に言いながらニヤリと笑って見せた。艦橋の緊張が、わずかにだが緩んだ。

増援艦隊指揮官リチャード・Ｋ・ハリス中将の報告に、太平洋艦隊司令長官チェスター・W・ニミッツ大将は、「『大和』だ！　こんなことができるのは『大和』航空戦隊しかいない」と、絶句した。

「追撃しますか」意気込むように幕僚の一人が、言った。

ニミッツも、できるならそうしたい。自分の庭を荒らし回った『大和』を憎む気持ちは、誰にも負けるものかとも思う。しかし、現実問題として、パールハーバー基地から出撃させられるのはウィリアム・F・ハルゼー中将麾下《きか》の第一六任務部隊しかないし、それとても『大和』航空戦隊と真正面から戦いを挑む戦力はない。

それに、『大和』航空戦隊が陸軍航空基地のカバー範囲のコースをとるならば、第一六任務部隊を支援させる策も採れるが、千崎という指揮官がそれほど愚かであるはずはなかった。

これまでの経験から、ニミッツも憎き相手の能力を相当に熟知していたのである。

「無理だな」結論を出したニミッツは力なく言った。

「しかし、長官。ハルゼー中将がこれを知ったら黙っていないのではありませんか」

「ああ、たぶんな。ハルゼーのことだ。追撃させろと吼えるだろうね。だが、現在の第一六任務部隊の戦力ではそれはできんよ。返り討ちに遭う可能性のほうが高い」

「それに、発見も難しいかもしれません。残念ですが『大和』航空戦隊の足は、我が艦隊よりもかなり早いですからね」別の幕僚が悔しそうに言った。

「それでもなお、ハルゼー中将は吼えまくるでしょうね。いや、命令を無視して独断専行する可能性もあるのではないですか、長官」追撃を進言した幕僚が、つぶやいた。

「う、うむ……」ニミッツが唇を噛む。ニミッツもそれが怖いと思っているのだ。

ハルゼーにもすでにハリス提督の件は知らせてあったから、無謀なライバル心を燃やして命令を無視することも十分に考えられたのである。

「いざとなれば、更迭をちらつかせるしかないだろうな」肩を落とし気味にニミッツが言う。

「逆効果ではありませんか。ブルにはかえってそういった脅しは……」

「それはおそらく大丈夫だろう」

「自信があるようですね」

「ああ。というのは、私もそうだが、ハルゼーにとっても更迭が一番怖いはずだからだよ。このまま汚名を着て太平洋を去るなど、誇り高いハルゼーが我慢できるはずはない。私はそう信じている」

「な、なるほど」

「しかも、私だってできるだけその策は採りたくないさ。もちろん、そのまま言うわけではないが、ハルゼーを更迭してもかまわない、という私の言葉は、ハルゼーに十分過ぎるほどの反感を買うだろう。彼との関係をこれ以上悪くさせるのは、得策じゃないよ。いろいろと問題はあるが、得がたい人材であることは間違いないのだし……」ニミッツがうんざりした顔で言った。その上にハリスだ、と思ったが口に出すことはなかった。言えば、愚痴になるだけだからだ。

愚痴の代わりに、ニミッツは大きなため息を吐いた。

自分が太平洋艦隊司令長官の任には向いていないのかとニミッツは思い、すぐにそれを振り払った。弱気こそ、ニミッツの最大の敵であった。

「わかってるさ、マイルス」

不安げに自分を見る第一六任務部隊参謀長ブローニング大佐に、第一六任務部隊指揮官ハルゼー中将はくだけた笑みを送った。

「『大和』航空戦隊を追撃したいなどと、駄々をこねるつもりはないさ。私にだってその程度の常識はあるからな」

「はい」ブローニング参謀長が、ほっとしたように顔をほころばせた。

「それにしても、大胆な奴だぜ。太平洋を横切り、パナマ沖まで遠征してくるとはな」

ハルゼーが口惜しそうに、だが見方によっては感心するようにつぶやいた。

「かつ冷静ですよ、提督。大胆なだけではこんな作戦を採れませんからね。冷静にあらゆることを読み切ったのでしょう。口惜しいですが、恐ろしい敵ですよ、『大和』は」

ブローニングが、目を細め唸《うな》った。

「だが、ハリスにはいい薬だったかもしれない。太平洋艦隊には無能な連中ばかりが揃っているとしきりに吹聴《ふいちょう》していたらしいからな。太平洋を舐めるなよ、というい勉強だ」

「そうならばいいのですが……、私はハリス提督という人を詳しく知っているわけではありませんが、かなりな人物のようですから、今度のことで提督がお思いになったような教訓を学ばれたかどうかは……ちょっと」

「ああ。そう言われるとそんな気もするな。あの男は自分だけが海戦の名人だと、ヌケヌケと抜かすまったく鼻持ちならない奴だ。まあ、身の程知らずとはあいつのためにある言葉だと、私は思っているよ。そう、一度の痛手で教訓を学ぶようなタイプじゃないかもしれん」

追撃に対しては冷静に応じたハルゼーだったが、ハリスについてはそうはいかないようで、言葉は徐々に熱く激しくなってきた。

ハルゼーもすぐに自分で気づいたらしく、「よそう。わめいたところで、あの男が大西洋に戻るわけではないんだからな。それに、俺が言わなくても、すぐにどういう男かお前にもわかるはずだ」と言った。

ブローニングはうなずくしかなかった。

第三章　オーストラリア攻略作戦

一九四三（昭和一八）年四月一五日未明、〈オーストラリア侵攻作戦〉の前哨として、日本軍は再び連合国軍の要衝ポート・モレスビーに襲いかかった。

海軍の送ったポート・モレスビー攻略部隊は、第三艦隊を主力とし、それに第一艦隊の一部を加えた機動艦隊で、指揮官（第三艦隊司令長官を兼務）は今回の戦いの端緒となった〈真珠湾奇襲作戦〉を成功に導いたことで大きく評価されている南雲《なぐ》忠一《もちゆういち》中将だった。

〈真珠湾奇襲作戦〉後、同作戦の主力である第一航空艦隊を率いてインド洋でひと暴れすると、南雲は陸に上がって鎮守府長官を務めていた。

しかし、第三艦隊の前任司令長官小沢治三郎中将に不安を感じていた連合艦隊司令長官古賀峯一《みねいち》大将は、皇国の将来を左右するに違いない〈オーストラリア侵攻作戦〉を小沢に任せる気になれなかったのか彼を陸に呼び寄せ、反対に南雲を海に戻してこの作戦を預けることにした。

南雲はこの作戦を引き受けるに当たって、参謀長として第二五航空戦隊司令官山田定義《さだよし》少将の名をあげた。山田少将は海兵四二期、海大二六期で、横須賀海軍航空隊飛行隊長、空母『蒼龍《そうりゅう》』『加賀』艦長、第二五航空戦隊司令官などという経歴を持つ航空戦の専門家といってもいい男である。

本来、大艦巨砲主義者で、まさに航空戦の勝利とも言っていい〈真珠湾奇襲作戦〉を指揮しながらも、「あれは運が良かっただけだ。航空戦の勝利とは言い切れん」と言い続けていた南雲中将だが、そんな頑固者でさえ今や海戦の主力が航空機であることは否定できず、今回の作戦に航空戦の専門家として評価の高い山田少将を求めたというわけだ。

古賀司令長官は、南雲の求めに即座に応じた。連絡を受けた山田も勇躍としてその任を受け、攻略部隊の編制は速やかに進行していった。

その攻略部隊の編制は――。

◇第三艦隊
第一航空戦隊＝空母『赤城』『雲鷹《うんよう》』『大鷹《だいよう》』
第二航空戦隊＝空母『飛龍』『飛鷹《ひよう》』

第一一戦隊＝戦艦『霧島』
第七戦隊＝重巡『熊野』『鈴谷』『最上』
第一〇戦隊＝軽巡『長良』
第一二駆逐隊　第一六駆逐隊　第一七駆逐隊
　付属艦＝空母『鳳翔《ほうしよう》』駆逐艦『夕風』
◇第一艦隊
第九戦隊＝軽巡『北上』『大井』
第三水雷戦隊＝軽巡『川内《せんだい》』
第一一駆逐隊　第一九駆逐隊　第二〇駆逐隊
　である。
　前回のポート・モレスビー攻略時に比べ参加艦艇が少ないのは、南雲さえ認めているようにこの度の攻略作戦ははじめから航空攻撃を中心に立案し直されており、ラバウル及びガダルカナル基地航空部隊が大挙作戦に参加を予定していたからであった。
　また、前回の失敗（日本軍では失敗と認めず継続と称していた）の因《もと》だった陸軍部隊も、今回は順調に陸路からポート・モレスビーの背後に迫っているという情報も入っていた。

　攻略部隊旗艦空母『赤城』の艦橋で、双眼鏡を目に当てていた南雲が、「参謀長」と、双眼鏡を下ろしながら横にいる山田参謀長に声をかけた。

「はい、長官」山田が落ち着いた声で、応じた。

「必ず成功したいな」

「大丈夫でしょう。一航戦も二航戦も搭乗員はいずれもベテランが揃っておりますし、若い者たちもずいぶんと腕を上げています。また、ラバウルやガダルカナルの基地航空部隊の戦力も充実しておりますからね」山田がまったく迷いを感じさせずに答えた。

「うん。俺もその点では心配してはおらんのだが、前のことがあるのでいらんことを考えてしまうようだ」

（俺らしくもないな）南雲は腹で思って、山田にうなずいた。

　結果が出たのは五日後である。まず先陣を切ったのは、山田参謀長が太鼓判を押したポート・モレスビー攻略部隊麾下《きか》で第一、第二航空戦隊から出撃した第一次攻撃部隊であった。『零戦』四五機、九九式艦爆五四機、九七式艦爆五四機の合計一五三機という日本艦隊にしてみれば久々の大飛行部隊は、ポート・モレスビーの南東上空から侵入した。

この日のポート・モレスビーに停泊する連合軍艦艇には戦闘艦はほとんどいないという情報が確かめられており、五四機の艦攻のうち九機だけが雷装で、残りの四五機は陸地攻撃用の爆装だった。

レーダーによって日本軍の接近を知ったアメリカ軍は即座に応戦態勢に入ろうとしたが、日本軍の到着時にはまだ十分整ってはおらず、第一攻撃部隊に対するアメリカ軍の対空砲火はまだまばらだった。それを読んでいたかのように、第一次攻撃部隊の艦攻が低空での爆撃を敢行した。むろん、高空からの攻撃よりも低空からのほうが命中率が格段に高かったからである。

ズドドド――――ン！　ガガガガガ――――ン！　グワワァァ――――ンッ！

艦攻の放った爆弾が次々と港湾施設を砕き、炎上させてゆく。

たちまち炎がメラメラと広がり、ゴーゴーッと唸《うな》りをあげる。硫黄臭の硝煙が熱気で上昇し、その中を火の粉が舞い、火だるまの人影が絶叫し、転げ回る。いたる場所から黒煙が噴きだして天空をさかのぼり、炎の熱でガラガラと石壁が砕け、同時に黒焦げの遺骸が四散した。

タンタンタン！　ダダダダダッ！

やっとアメリカ軍の対空砲火の炎列が、日本軍攻撃機に牙を剝き始めた。だが、その機銃座を九九式艦爆の急降下爆撃が炸裂させていく。

グワラァァ——ン！　ドワァ——ン！

ほぼ瞬時にして、ポート・モレスビーはさながら炎の地獄と化していった。

要請を受け、ポート・モレスビー近郊にある陸軍航空基地からカーチスＰ40『ウォーホーク』迎撃部隊が飛翔したのは、攻撃開始から数分後である。

その迎撃部隊の前に立ちはだかったのは、第一攻撃部隊から分かれた新任の『赤城』飛行隊長渡辺宏昌《ひろまさ》中佐が率いる一五機の『零戦』部隊であった。『天戦』の登場によって旧型機の座に落ちた『零戦』だが、『ウォーホーク』にはまだ十分に通用する。

ズガガガガッ！　ズドドドドドッ！

『零戦』の放つ七・七ミリ機銃弾と二〇ミリ機関砲弾に、『ウォーホーク』は次々に撃墜されてゆく。

「『零戦』もまだまだ使えるじゃねえか」

渡辺はニヤリと笑ったが、『零戦』への過度の期待は間違いだ。なぜなら、この地域にはまだ投入されていなかったが、すでに欧州戦線には投入されドイツ軍機に対してその評価を高め、のちに『天戦』との死闘を繰り広げることになるリパブリックP47『サンダーボルト』が、太平洋のアメリカ陸軍航空部隊へ投入が決まっていたからである。

「隊長。八時の方向から新しい敵が来たようです」

性能の低さから無用の長物とさえ酷評された『零戦』の編隊無線ではあるが、この日はどういうわけか意外に鮮明な副隊長の声が、渡辺隊長機の操縦席に届いた。

渡辺が副長の報告してきた方向を、睨む。黒い点が瞬《また》く間に大きくなってくる。

「スピットファイアらしいな。となるとオーストラリア空軍か」渡辺が編隊無線に言った。

「ええ。時間的に見て到着が早すぎますから、この近くで訓練でもしていたのかもしれませんね」副隊長が返してくる。

「運の悪い連中だな」

双眸《そうぼう》に光を込めると、渡辺が不気味な笑みを浮かべながら操縦桿を左に倒した。

この当時のオーストラリア空軍には自前で開発製造した航空機はなく、アメリカ軍やイギリス軍から供与あるいは貸与されたものを使用していた。イギリス軍戦闘機の代名詞とまで言われるスーパーマリン『スピットファイア』も、その一つだ。

ただし、『スピットファイア』というこの戦闘機は次々と改良が繰り返されていて、様々なタイプの形式を持っている。オーストラリア空軍に与えられた『スピットファイア』はその旧型機で、現在イギリス軍が使用している新鋭機に比べると相当に能力が低く、日本陸軍の戦闘機の中にあっても非力が目立ち始めた一式戦闘機『隼《はやぶさ》』にさえ苦戦を強《し》いられている状況で、『零戦』に対してはとても五分に戦うことなどできるはずもない代物であった。

案の定、戦闘に参入してきたオーストラリア空軍『スピットファイア』は即座に『零戦』に背後を取られ、あわてて逃げに入ろうとするが、『零戦』がそれを許すはずがない。

ガガガガッ！　ズガガガガガガッ！

グワァァ――――――ン！

機銃弾を喰らった数機の『スピットファイア』が、一瞬にして炎の華になって四散する。

駆けつけた十数機の『スピットファイア』隊が全滅するのにわずかに数分。航空機の能力や操縦士の腕に差があるとしても、あまりにもあっけない終焉であった。

アメリカ陸軍航空部隊とオーストラリア空軍部隊を一蹴した渡辺隊は、次の敵を求めて翼を翻した。

基地背後から大日本帝国陸軍の重火砲が攻撃を開始したのは、海軍の第一次攻撃部隊の航空攻撃が終わってから三〇分後だった。

空からの攻撃が終わってわずかにひとごこち着いたときだけに、アメリカ軍はあわてた。それだけではない。去ったはずの空からの攻撃が再び始まったのである。それはラバウルの海軍航空部隊による襲撃で、空襲部隊の中心は一式陸攻の六〇キロ爆弾による水平爆撃であった。

ヒュ――――ン。ヒュ――――ン。

ドド――――ンッ！　ドドッ――――――ン！

空と背後の日本陸軍部隊からの攻撃で、ポート・モレスビーはまさに火炎煉獄を呈していた。

角砂糖を二つ入れたコーヒーをスプーンでかき混ぜ、カップに口を近づけようとしたとき、オーストラリア・ブリスベーンにいる連合国軍南西太平洋方面司令官ダグラス・マッカーサー陸軍大将に、ポート・モレスビーが日本軍によって攻撃を受けていることが知らされた。

マッカーサーは眉を歪めるとゆっくりとコーヒーを飲んでから、「ジャップめ」と吐いた。

予測できなかったわけでは、ない。一年前、日本軍はアメリカとオーストラリアを分断するための作戦を立て、実行した。作戦はソロモン諸島の占領、ポート・モレスビーの占領と続く予定だったが、ポート・モレスビー攻略には失敗した。だからもう一度ポート・モレスビーに攻撃を仕掛けてくる可能性はあったし、マッカーサーもそれを指摘した一人だ。

「ポート・モレスビーの戦力強化、特に海軍力の強化、私は何度もそれを言ってきた。しかし、海軍の阿呆どもはことごとくそれを無視してきた。そしてこれだ。ポート・モレスビーを奪われればオーストラリアは風前の灯《ともしび》となり、オーストラリアを落とされればアメリカ合衆国はアジア、オセアニアへの影響力を完全に失う……それが、なぜわからんのだ」

マッカーサーが、コーヒーカップを床に叩きつけた。ガシャンとコーヒーカップが砕け、残っていたコーヒーの飛沫が四散した。

もちろん現在の合衆国の海軍力は激しく低下しているから南西太平洋方面にまで

手が回らなかったのだと太平洋艦隊の司令部は言うかもしれないが、マッカーサーは反論するだろう。

「そうなったのは、太平洋艦隊が南西太平洋方面を軽んじたことの当然の帰結である。はじめからこの方面を重要視し、十分な戦力を投入していれば今のような結果はなかったのだ」と。

はらわたが煮えくりかえる思いで、マッカーサーは連合国軍南西太平洋方面司令官室に貼られた地図を睨んだ。

フィリピンを追われ、また今度オーストラリアから去るようなことになれば、合衆国陸軍史上もっとも有能と評価されている自分の経歴は惨めな結末を迎えることになるだろう。

「許せん。そんなことは絶対に許せん」

マッカーサーの怒りは、考えれば考えるほど度合いを増してゆく。

だが、ことここに至っては、マッカーサーにも状況を一転させるような打つ手があるはずもない。というよりも、現在マッカーサーに与えられている戦力では、守護で精一杯で反攻など思いも寄らないのである。そしてまたそれがマッカーサーの怒りを増幅するのであった。

ドアに激しいノックがあって、情報担当の幕僚が血相を変えて飛び込んできた。

「司令官。こちらの命令を無視してポート・モレスビーの航空基地が撤退を開始した模様です」

「なんだと！」

マッカーサーが怒鳴る。しかし、顔ほど腹は怒っていない。ポート・モレスビーの陸軍戦力ではそう長くはもつまいと、思っていたからだ。それでもなお陸軍航空基地からの再三にわたる撤退希望の要請に対してマッカーサーが許可を与えなかったのは、自分がいかに部下たちに檄《げき》を飛ばしたかというポーズに過ぎない。

「終わったようですね」幕僚が肩を落とした。

「じょ、冗談じゃないぞ。なにが終わりだ！　そんな負け犬など用はない。出て行け！」

予想以上のマッカーサーの激怒に幕僚は逃げるように司令官執務室を飛び出していったが、これもたぶんに芝居である。とはいえ、部下たちの戦線逃亡のような行為を許せるわけではなかった。

「くそっ！」と叫んで、マッカーサーがデスクを拳で叩いた。

「ニミッツめ！　お前のせいだ。お前が無能だから、私はここまで苦しめられるのだぞ」

マッカーサーは得意の責任転嫁で自分を慰めようとしたが、今度ばかりはあまりそれもうまくいかなかった。今回のことは、フィリピンから逃げ出したときと同じように、マッカーサーを窮地に落とし込めていたのである。

ポート・モレスビーが陥落したのは、日本軍の攻撃開始からわずか二日後のことである。

陸軍部隊を中心とした占領部隊が即座に破壊された連合軍基地の修復に入ったものの、人力を中心とする作業はご多分に漏れず遅々として進まず、この後何度か連合国軍の航空部隊の反攻を許すことになるが、それはもう少し後のことである。

「そうか」

ポート・モレスビーの陥落を聞いた東条英機首相は、首相執務室の自席にゆっくりと座った。

喜びはもちろんある。が、同時に痺《しび》れるほどの不安もあった。しかし東条の不安は、押しかけてきた陸軍幹部連の歓喜の熱気で一時的にだが希薄になった。

陸軍幹部連の歓喜は、すさまじいものである。それはある意味ではしかたないかもしれない。開戦当初こそ華々しい活躍が報じられた日本陸軍だったが、近頃の太平洋戦争の主役は間違いなく海軍にあり、陸軍の目覚ましい戦果はほどんどなかったからである。

「これで少しはホッとしましたな、総理」

相好《そうごう》を崩して厳《いか》つい手を差し出したのは、駆けつけてきた陸軍参謀総長杉山元《はじめ》陸軍大将だ。

東条は軽くその手を握ると、小さくうなずいた。うなずきながらも、逆に東条には希薄になった不安が思い出されてきた。

状況は、陸軍幹部連が浮かれているほどに楽観的ではない、というのが東条の本音だ。戦争においては、占領することよりも占領を続けることのほうが数倍大変だからだ。その意味で、ポート・モレスビーでの戦いは始まったばかりに過ぎないというのが東条の冷静な判断であり、浮かれてばかりはいられんと彼は考えている。アメリカ軍を主力とする連合国軍が、このまま引き下がると考えるほど東条は甘くなかった。

問題は、今後の策であった。その一つがオーストラリア懐柔策である。

白豪主義という白人だけを認める差別的な政策をとるオーストラリア政府だが、どんな政策にも、どんな政府にも裏はあるものだし、オーストラリア人政治家の中にも日本に対して友好的な態度を取る者もいることを東条は知っていた。彼らとの交渉次第では、オーストラリア政府の態度を変えさせる可能性も皆無ではないと東条は考えているのだ。

もっとも、東条の懐柔策も、オーストラリア政府が日本と同盟を結んだり友好政策に踏み切るところまでは考えていない。白豪政策をとる政府にそこまで望むことなどできるはずはない。

だから東条の狙いは、オーストラリア政府との不可侵条約であった。日本がオーストラリアを攻めない代わりに、オーストラリア政府に中立政策をとらせてアメリカやイギリスと縁を切らせることである。もし成功すれば、アメリカ軍にとっては致命的といっていいほどのダメージを与えられることができるだろう。

南太平洋、オーストラリア本土に展開するアメリカ陸海軍の基地のほとんどがオーストラリアの土地を借り受けて構築したものであり、オーストラリアがアメリカと袂《たもと》を分かつようなことになれば、オーストラリア政府はそれらの地の返還を求めるだろう。アメリカ軍はこの地域の拠点を失うことになるのだ。もちろんそのためには、オーストラリア政府に対して彼らが完全に怯《ひる》むほどの相当なる打撃を与える必要があるのだが。

（ともあれ始まったばかりだ）作戦成功に狂喜する陸軍軍人たちを視線の端にとらえながら、東条は新たなる決意を腹の底でほとばしらせていた。


ポート・モレスビーの陥落は、超自信家である合衆国艦隊司令長官兼海軍作戦部長アーネスト・J・キング大将にとっても大きな打撃となった。

「くそっ！　マッカーサーめ。あの男が叩けるのはでかい口ばかりで、敵はトンと叩けねえじゃねえか！」吼えるように言ってキング作戦部長は、天井を睨みつけた。

ニューギニア東部に位置し、この方面の最重要拠点の一つであるポート・モレスビーには当然、連合国軍陸海軍の基地が置かれている。しかし度重なる敗北によって戦力を削がれているアメリカ海軍には、ポート・モレスビーに十分な戦力を配備する余裕がなかったのだ。

それを見越したように南西太平洋方面司令官のダグラス・マッカーサー陸軍大将は、「ポート・モレスビーは陸軍が守る」と豪語した。その代わりに海軍は口を出すな、というわけだ。

キングはそれを完全に認めたわけではないが、現実に海軍の力がないこともあり暗黙の了解になっていたのである。

日本軍がポート・モレスビーに侵攻し、オーストラリアを狙う可能性をキングは当然のことながら視野に入れていたが、現有戦力ではそこまで手が回らない、というのが事実だった。だからキングがポート・モレスビー陥落をマッカーサーの責任と考えるのは当然だが、同時にある意味では手抜きをした自分の失策に苛立《いらだ》ちもしていた。

「特に問題になるのはオーストラリア政府だな。動揺して日本のほうに顔を向けると、相当に厄介になる。そのことを、あの馬鹿、マッカーサーはわかっているのだろうか」

点《つ》けたばかりの煙草を苦そうに吸って、キングは紫煙を吐きだした。脳裏に、自信タップリの嫌みなマッカーサーの顔が浮かぶ。

「マッカーサーをどうにかしたほうがよろしくはないか」

越権的な発言であることを知りながら、キングは陸軍参謀総長ジョージ・C・マーシャル大将に言ったことがあった。軍人としても政治家としても優れた資質に恵まれている参謀総長だが、このときばかりは端正な顔を露骨に歪《ゆが》め唇を尖らせるようにした。

　そしてしばらくしてから、「キング作戦部長。オフレコでお願いしたいのですが、私もマッカーサーが嫌いです。あの男を呼び戻していれば、南西太平洋方面の状況は今よりはずっと良くなっていたとも思っています。しかし、作戦部長。あの男はある意味では天才なんですよ。人を惹きつける点でね」

「詐欺師的な才能ですか」キングが皮肉を込めて、言った。

「……その言葉は私には使えませんよ、作戦部長。しかし、あえて否定はしません」マーシャルは顔を歪めたままで、苦しそうに応えた。

　マーシャルにもどうにもならないと理解したキングも、そこで言葉を抑えた。

「だが、問題はオーストラリアだけではない」

　マッカーサーの顔を振り払おうと二本目の煙草に手を伸ばし、止めた。禁煙をするつもりはないが、量を少し控えたほうがいいと医者から言われているのだ。

「それはソ連だ。日本陸軍がオーストラリア方面に戦力を集結できないようにするには、ソ連にもうしばらく大陸で動いてもらう必要がある」

　キングの渋面が深くなる。せっかくソ連への援助を削り、その分は軍増強に回せると思ってその作業に入っていたところだったのである。

大統領からの呼び出しがかかったのは、ちょうどそのときだった。

「やれやれ、またあの男の愚痴を聞かされるのか」キングはうんざりとした顔で言って、従官に外出の準備を命じた。

キングがホワイト・ハウスの大統領執務室に着いたのは、三〇分後である。案の定、執務室のフランクリン・デラノ・ルーズベルトの顔にはこれ以上ないほどの暗さが浮かんでいた。執務室にはすでに陸軍のマーシャル参謀総長の姿もあった。

「キング。打開策はあるんだろうね」大統領が苦渋に満ちた声で聞いてきた。

「局面を変えるような即座のカンフル剤は、残念ながらありませんな、大統領」

キングは嘘のつけない性格だし、こういうときに甘い顔をすることが結果的に良くないことを知っているから、ズバリと言った。

「君も、そうか……」

ルーズベルトが、ガッカリした視線をマーシャルに向けたのは、参謀総長も自分と同じような言葉を大統領に告げたのだろうとキングは思った。

「しかし、急務なのはオーストラリア政府への対策ですよ、大統領。彼らの動揺を抑え、合衆国に対する信頼を失わせないようにしなければ、我が軍は南西太平洋方面に築き上げた要衝を失いかねませんからね」キングが続けた。

「参謀総長もまったく同じ意見だよ」大統領が言うと、マーシャルが軽くうなずいてから話し出した。

「海軍と同様、陸軍も南西太平洋方面に対する増強が遅れ気味であったことは事実です。増強の準備に入っていただけで後手《ごて》を踏みました。これは明らかにミスです。それを認めた上で、次の手を打つ必要があると考えています。しかし正直なところ、陸軍の増強策は海軍の協力なしにはほとんど機能しません。したがって、これまで以上の協力をお願いしたいのですよ」

「それはよく承知しています。残念ながら我が海軍も戦力的に余裕があるわけではありませんが、陸軍の後方援護がなければ十分な海戦を繰り広げることはできないのですからね」

キングが珍しく謙虚な応対を見せた。

「ありがとう、作戦部長。もうあなたもご存じだと思いますが、陸軍ではこれまでの航続距離をはるかにしのいだ超重爆撃機の導入に成功し、これの前線配備を目指しています。それが成れば、海軍に対する十分な協力が果たせるはずです」

「詳細はわかりませんが、確かボーイング社が開発した爆撃機でしたね」

「B29『スーパー・フォートレス』です。六〇〇〇キロ以上の航続距離を持ち、機内は気密室ですから一万メートルの上空でも搭乗員は酸素マスクを着用する必要がありません。搭載爆弾はおよそ一トンです」マーシャルが得意げに言った。

「それが太平洋に展開する基地に配備できれば、確かに戦況が変わる可能性が高いでしょうな」

キングもまた素直に聞く。

「ただし、参謀総長。武器というやつは、使う人間によってその力を発揮することもできれば、その逆もあるというのが事実ですよ」

キングの好意的とも見える態度に笑みを浮かべていたマーシャルの顔が、そのひと言で曇った。キングがマッカーサーのことを示唆しているのが明らかだったからだ。どんなに優秀な兵器を投入しても、マッカーサーに使わせればその価値が半減すると、キングは言っているのだ。そしてそれはマーシャルが抱いている危惧でもあっただけに、彼の口は閉じられた。

「航続距離六〇〇〇キロは、もしオーストラリア本土北部にB29の基地を造ればフィリピンを海軍の協力なしに攻撃できる距離である。それこそが、我が陸軍が今度の戦いで主役の座を奪還できる最良の策だ」

マッカーサーは陸軍首脳に声高に、そう具申してきていた。マーシャルも、それをまったく否定しようとは思っていない。そうなればキングも認めたように戦況は大きく変わるだろう。

だが同時に、それは大きな問題を抱える策であることも事実だった。

マッカーサーは、いとも簡単にオーストラリア北部に基地の設営が可能だと思っているようだが、そんな最前線に巨大な基地を設営することを日本軍が簡単に許すはずはなかったし、海軍を無視するような作戦はしっくりといっていない陸海軍間の関係をより悪化させるだろう。

それに、フィリピンを今すぐに奪い返すということ自体にも、マーシャルは疑問と疑念を持っている。南西太平洋方面をまず安定させるという海軍の作戦をマーシャルは認めていたし、支持していた。フィリピンはその後でいいという海軍の言い分も正しいと、マーシャルは考えているのだ。

ところがマッカーサーは、フィリピン奪還作戦こそいの一番に着手すべしと主張している。

そんなマッカーサーの主張に対して、マーシャルの周囲の者は様々な解釈を加えていた。

マッカーサーがフィリピンに固執するのは、自分が追い出されたフィリピンを奪還することで汚名をそそごうとしているのだというもの。汚名返上だけではない。マッカーサーはフィリピンに個人財産を蓄財していて、それも奪い返したいのだというおぞましい意見さえあった。

事実なら、マッカーサーはこの戦争さえも私利私欲のために利用していることになる。

マッカーサーでなければマーシャルも言下に否定しただろうが、マッカーサーという人物はそういった疑念を否定できない人物だっただけに、マーシャルの心が晴れることはなかった。

だから、はっきりとは言わないが「マッカーサーを更迭しろ」と含ませるキングの言葉は、マーシャルの心臓をぐさりとえぐっていた。

「やはり無理のようですね」キングがとどめのように言った。

「当面は……という返事で諒解して下さい、キング作戦部長。ただし、諦めたわけではありませんよ。人事面での刷新は、私も常々考えていることですからね」マーシャルの言葉に、キングがうなずいた。これ以上マーシャルを責めたところで意味はないだろう。

「しかし、作戦部長。これで新しい対ソ連策も中断だね」

ルーズベルトが無念そうに話題を転じた。

「そうですね」結論はすでに出してあるから、キングの答えは短くきっぱりとしていた。

「ポート・モレスビー……か」ルーズベルトがつぶやくように、言った。

誰もすぐには口を開かなかった。

「まだ諦める必要はありませんよ、大統領。占領されたとは言っても、日本軍の守りが完全というわけではありません。補給の面や戦力の面など、日本軍も多くの弱点を持っています。早急な奪還は無理としても、それができないというわけではありません。幸いオーストラリア本土の陸軍基地はまだほとんど無傷です。陸軍に頑張ってもらって地道に攻撃を繰り返してもらっている間に、我が海軍もあの海域に進撃ができるでしょう」一気に言ったのは、やはりこのときもキング作戦部長だった。

「同感ですよ。その意味でもオーストラリアに対する対応が重要と思います。彼らを諦めさせてはなりません」マーシャルが続いた。

「そういうことだね、参謀総長。わかった。オーストラリア政府に対し、私からも激励と協力の旨を連絡しよう」ルーズベルトが締めくくった。

軽快なエンジン音が二基、太陽が上がったばかりの横須賀海軍秘密飛行場に鳴り響いている。

エンジン音は二基なのだが、よく見るとそれは一機の奇妙な形状を持つ機体から発せられていた。これこそが未来人志藤雅臣《しとうまさおみ》三等少佐がアイデアを出し、海軍超性能兵器開発研究所の技術面を取り仕切る小島弘文《ひろふみ》技術大佐が空技廠に掛け合って、急遽、『零戦』を二機つなげて造られた双胴機であった。

飛翔のための準備が続けられている双胴機を不安げに見つめているのは、空技廠飛行機部の技術者の長内広元《おさないひろもと》技術中佐である。新鋭艦上戦闘機『天戦』の主任担当技術者だった長内が不安を持っているのは、この機体がかなり急ごしらえだからだ。『零戦』それ自体は完成された戦闘機であったからなんの心配もないが、それを二機つなげて大型戦闘機にするというアイデアそのものには、長内も不安があった。技術者として面白さは感じたものの、いざそれを実行するとなるとやはり様々な問題がある。左右のエンジンを逆回転にする必要があったために、その対応、接続による機体の強度とバランス、操縦装置の改造などなど……不安や困難なことはいくらでもあった。

しかし、この話を持ち込んできた小島技術大佐の要望は一刻も早く欲しいというもので、長内たちにはまったくといっていいほど時間の余裕は与えられなかった。

「試運転には間に合ったようだな、長内中佐」

長内が声に振り返ると、発注者で脅迫者（？）でもある小島大佐がこれ以上ないくらいの笑みを浮かべて立っていた。息が少し荒いのは急いで来たからだろうと、長内は思った。

だが、別の理由もあると長内は内心で苦笑した。小島の肥満である。中年太りと言うにはいささか早い年齢の小島だが、長内が初めて会ったときよりはひと回りほど肥えてきているのだ。

「戦時中に太るのは、どうも具合が悪いかもしれませんよ」と口さがない周囲は言っているようだが、小島自身はまったく無頓着で、「苦労すると肥える人間も中にはいる、ということだ」など、技術者らしからぬ屁理屈を返しているらしい。

確かに、『天戦』に続いて空飛ぶ魚雷『快天』の開発にも関わった天才技術者が、怠けたり楽にやっているわけではないことは知っている。長内は、他の者のように小島の返答を簡単に屁理屈とは思わなかったが、かといって小島の言葉も鵜呑みにはできなかった。

「あと一〇分ほどで、始まりますよ」

「なんだ。それならもう少しゆっくり来るんだったな」

少し汚れの目立つハンカチをポケットから引き出すと、口をとんがらせながら言って小島は額の汗を拭いた。

長内が新たな苦笑をしたとき、準備を終えたのだろう、二人の搭乗員が左右の操縦席に乗り込んで行くのが見えた。ただし左の操縦席は操縦用ではなく、この双胴機に搭載が予定されているレーダー波によってリモートコントロールされる新型爆弾（ミサイル）を操作する席である。搭載されていないミサイルの操作員が乗り込むのは、操縦時の機体のバランスを操縦員に把握させるためであった。

エンジンの音が鋭く高くなると、整備兵たちがバラバラと双胴機を離れた。

グォォ――――ンと左右逆回転のエンジンが吼え、双胴機がゆっくりと滑走路を走り出した。

「出だしは上々だな」小島は屈託なく言うが、長内はそれほど安心はしていない。

小島が急がせたために、双胴機の空洞実験も完全ではないし、バランスに対する危惧が強く長内には残っているからだ。

しかし長内の不安をよそに、双胴機は意外にも軽やかにフワリと浮かんだ。

ギギィィ――――ンとエンジンがすさまじく啼いたのは、操縦員がスロットルを開けたからだ。

「いいな。いいじゃないか、長内中佐」手のひらを日よけのようにして額にかざし、小島大佐が天空に駆け上る双胴機を目で追いながら、言った。

「ええ。悪くはありませんね」予想以上の滑らかな動きに、長内がフーッと息を吐いた。

双胴機が右に旋回を切る。それも順調な動きだ。改めて長内は、『零戦』という戦闘機の完成度の高さに感心した。並みの航空機では、こうまでうまくはいかなかっただろう。

急上昇に入った双胴機がわずかに挙動を乱したので、息を飲んだものの、それは操縦員のミスらしくすぐに双胴機は安定した姿勢で駆け上って行く。そして、宙返りをうった。

大型機だけに単機のときのような素早さはないが、あの機体では十分だろうと長内は思った。

双胴機を大型戦闘機と長内たちは呼んでいるが、ミサイル攻撃を主眼に置いたこの機体は遠方からの攻撃が可能であったため、おそらく実際にはさほど格闘戦を行なうことはないだろう、と長内たちは考えていた。

だから、戦闘機というよりも、基地航空隊が使用する陸攻に近いと言うべきかもしれない。ただし、いったん戦闘に入ればその戦闘能力が陸攻をはるかにしのいでいるのは事実で、そう多くはないだろうが、必要ならばかなりの戦いができるはずだった。

双胴機の試運転が終わったのは、一時間余り後だった。もっと試したいことや調べたいことはあったが、初飛行でもあり、長内たちは短めの試験と思っていたのである。

「問題はないようだね、長内中佐。ドンドン次を造って欲しいな」

着陸に入った双胴機を見ながら、感激したように小島が言った。長内が少し困った顔をした。今日の飛行は無難に終了したが、この日の試験飛行だけでこの機に問題がないなどとは、長内には言えなかったからだ。

だが、小島はとんでもないことを言い出した。

「次の機から、志藤少佐が命名したミサイルの実験もできるね、長内大佐」

「ちょ、ちょっと待って下さい、小島中佐。あの機体はまだ航空機としてどうかという判断も出せん段階です。新兵器の実験などまだ無理ですよ」

あわてた様子の長内が、小島を見る。

「そうも言ってられんだろう、長内中佐。アメリカは待ってくれないからね。一分でも一秒でも早くあいつを完成させて『大和』に載せたいんだ」

「そ、それは私にもわかりますが、いくらなんでも早すぎますよ。もう少し飛行試験をやらせて下さい」

「平時なら中佐の言う通りだろうが、戦時では冒険も必要だし、基本が『零戦』だ、そう心配することはないだろう」

「し、しかしですねえ……」

「最終的な責任は俺が持つよ」小島がきっぱりと言った。

長内は、小島が天才だということを十分に理解していた。その驚くべき仕事に、長内は何度も舌を巻いている。だが、そこまで思っていても、航空機開発者の立場からすれば不安をぬぐい去ることはできず、うなずけない。

「困ったな。君がそこまで頑固だとは思わなかったよ」

本当に困ったように小島が腕を組んで、うなった。

「じゃあ、こうしよう。私のほうも予定を少し繰り下げるから、君のほうは予定を少し繰り上げてくれ。私とすれば今は互いの我《が》を張っている時間のほうが惜しいんだよ」

あまりにも単純すぎる妥協策に、長内は苦笑するしかなかった。

開発作業とは、そう単純に進められるはずがないのだ。作業の経緯で様々な齟齬《そご》や錯誤を重ねて進んで行くのが常であり、予定など実はあってないのが開発作業の実態なのである。

だが、長内はついにうなずいていた。自信があったわけではないが、これ以上小島と言い合っていても無駄に違いなかったし、小島を常識という面から理解しようとしても意味がないと悟ったからである。

「ありがとう、長内大佐。それじゃあ近くで見せてもらおうかな」

小島はニッコリと笑うと、整備兵たちが群がり始めた試作機に向かって歩き出した。

むっくりとした体が左右に揺れ、まるでヌイグルミの熊のようだ。長内はそう思いながら、説明をするために小島の後を追った。

(うまくゆくかもしれんな)そんな思いが突然、長内中佐の胸に落ちた。

(あの人に任せておけば、すべてうまくゆく。そんな気がしてきたぞ)歩きながら、長内は自然と口元を緩ませていた。

激しい波が巨軀の舷側を叩く。普段でも波の荒い北太平洋海域は、昨夜からの時化《しけ》でその威力を増していた。七万トンをはるかに超える基準排水量を持つ超戦闘空母『大和』はどうにか荒波に耐えているが、『大和』以外の『大和』航空戦隊麾下の艦艇たちの中には、まさに木っ端のようにいたぶられている艦も少なくない。

風が比較的弱いことだけが救いであった。

「予想はしていたが、こりゃあけっこうきついな、参謀長」

『大和』の艦橋で、『大和』航空戦隊指揮官千崎薫中将がうんざりとした顔で言った。

「この荒天はあと二、三時間だろうということですが、小艦艇の連中には正直しんどいかもしれませんね」

参謀長神重徳大佐の顔にも、やや同情の色があった。

『大和』航空戦隊が、パナマ沖に進出してリチャード・K・ハリス中将が率いるアメリカ増援艦隊に手酷い打撃を与えてから一〇日ほどが経っている。帰途における敵との遭遇に備え『大和』航空戦隊は弾薬や爆弾などを温存してはいたが、できるなら戦闘を避けたいという考えから、アメリカ軍の戦力が手薄のこのコースを採ったのである。

時化は神の言葉通り二時間ほどでおさまったが、北太平洋の波はそれでも荒い。が、雲間から陽光がこぼれ出すと、艦内に閉じこめられたままだった水兵たちが、温もりと新鮮な空気を求めて『大和』の飛行甲板に現われだしていた。

『大和』の艦橋には弱いながら太陽の恵みが射し込み、神と航空参謀岩口京介中佐が並んで煙草を吹かしていた。

「神参謀長。ポート・モレスビーはこれから大丈夫ですかね」岩口航空参謀が、聞いた。

「現状を正確に把握しているわけではないから確かなことは言えんが、楽でないのは事実だろうと思う。今回は陸軍が頑張ったようだが、陸軍が侵攻してきたルートはほとんどがジャングルだ。その中を、航空隊の協力を得たとはいえ重火器を携えての行進は相当に苦しかったはずだ」

「補給の問題もありますしね」

「その通りだ。だから敵基地を陥《おと》したとは言っても兵の疲れは頂点に達しているだろうから、そこを突かれると逆に攻略される可能性もある。まあ、南雲中将の攻略部隊が目を光らせているらしいから下手な奇襲は受けないだろうが、人間っていうのは、自分の得意手を相手に使われると意外に脆いこともあるからな」

「なるほど。それで、私たちの行く先はやはり珊瑚海ですか」

「まだその点ははっきりと決まっていない。連合艦隊内にあって遊軍的存在の我が戦隊は連合艦隊からの縛りが緩く、今回のような作戦も採るが、だからといってまったく自由というわけじゃない。ときには連合艦隊の決めた作戦に乗っとって動かねばならないときもあるということだ」

「今回がそういうことだと？」

「いや。それも含めて、まだ決まっていないということだ」

神がゆっくりと煙草を灰皿にもみ消す。こんなときも決してあわてない人だなと岩口は思い、妙に不思議な感心をした。

たれ込めていた雲が切れ、『大和』の艦橋に明るさが差し込んでいる。

飛行甲板から声が響いてきた。整備兵たちが格納庫から攻撃機を引き出して、訓練飛行の準備を始めたのである。油断という言葉は、『大和』飛行戦隊にはない。

かくして『大和』航空戦隊がトラック泊地に入港したのは、五日後のことであった。

第四章　アメリカ軍反攻せり

「体《てい》のいい囮《おとり》ですね」負傷から復帰した第一七任務部隊参謀長ドナルド・H・キャスター大佐が、吐き出すように言った。

「わかっているよ、ドナルド。しかし、この機会を逃がしたくないという気持ちはわかってもらえるよな」

信頼し合っているだけに、キャスターの復帰はそれなりに喜ばしいことだった。

スプルーアンスの言葉も少しくだけた調子だ。

「もちろんですとも、提督。私だってこんなチャンスを逃がしたくありませんよ」

キャスター参謀長がニヤリと笑いながら言って、「ただ、マッカーサーのやりそうなことだと、それが気に入らないだけでしてね」と、続けた。

日本軍が連合国軍の要衝ポート・モレスビーを陥落させたのは、一〇日前だ。

アメリカ陸軍を主力とするこの方面の連合国軍は、何度かの反攻作戦を行なってはいるもののその規模はささやかなものであり、とても効果的なものとは言えなかった。

アメリカ軍、なかでも南西太平洋方面司令官マッカーサー陸軍大将は、怒った。その結果、司令部は各方面の戦力を集中し、大規模な部隊でポート・モレスビーを攻める作戦を立案したのだ。

第一七任務部隊に作戦の一翼を担《にな》わせるようにという要請が太平洋艦隊に告げられた。作戦案を見て太平洋艦隊司令長官ニミッツ大将は不審を感じたが、却下はしなかった。戦力不足を理由に自重を命じてあるスプルーアンス提督から、盛んに出撃を懇願されていたからだ。正直なところニミッツもスプルーアンスを動かすチャンスを考えていただけに、これがそうかもしれないと考えたのである。

案の定、スプルーアンスからは是非ともこの作戦に参加したい旨の返事が戻ってきた。

「端役《はやく》でいいんだね」

ニミッツの連絡に、「もちろんです」とスプルーアンスは答えた。

ニミッツが端役だと言うのは、第一七任務部隊に与えられた任務がポート・モレスビーそのものに対する仕事ではなく、日本軍の支援部隊になるだろうガダルカナル基地にある日本海軍基地航空隊への攻撃だったからである。海軍の支援は欲しいが、海軍の力を重視して使いたくないというマッカーサーの、姑息とも思える仕打ちであった。

陽動作戦だとマッカーサーは言っているが、キャスター参謀長が見抜いた通り要は囮である。

「それでもいいと思ったのさ。ガダルカナル基地に対する作戦はこれまでも何度か行なっているし、結果は満足できるものではないからね。ここでその借りを返すのも悪くないだろう」

「ええ、その点は同感です。これが海軍の作戦であったなら、私にもなに一つ不満を言うつもりはありません。私が釈然としないのは、これがマッカーサーの作戦だということだけです」

第一七任務部隊が舐めた苦汁と、自分の負傷を陸軍及びマッカーサーの責任だと考えているため、ますますマッカーサー嫌いになったキャスター参謀長が唇を歪《ゆが》めた。

「それに、これ以上こんなところでくすぶっていては部隊の士気が最悪になる。それを引き締めるためにも出撃が必要だと判断した」スプルーアンスがきっぱりと言った。

それは事実だ。

スプルーアンス自身は、前回『大和』航空戦隊との戦いに敗れたがために燃え上がった黒い復讐心がまだ燃え続けている。だが、部隊全体の士気は弱まりつつあった。

増援戦力がまだ届かず戦力不足であることも士気低下の原因の一つだが、それはいかなスプルーアンスでもどうすることもできなかったし、ないならないでどうにかするのも指揮官の力量だと、スプルーアンスは思っていた。

その戦力だが、一番痛いのは部隊の中心となるべき正規空母がないことだ。空母は、能力がずっと落ちるカサブランカ級護衛空母『カサブランカ』『リスカムベイ』『アンツィオ』の三艦のみで、戦闘艦も戦艦『ペンシルヴァニア』、正規空母が来るまでの間の臨時旗艦となっている重巡『アストリア』と『チェスター』『ポートランド』『シカゴ』、軽巡『フェニックス』、そして七隻の駆逐艦だけである。

状況によってはオーストラリア海軍艦艇の参加も予定されているが、いずれもイギリス海軍が使用していた旧式艦で、参加してもらっても戦力が増強するとは言いがたかった。

「問題はやはりハリス提督らしいですね」

キャスターが出したのは、ハワイに増援部隊を率いてきたリチャード・K・ハリス中将の名だった。

「だろうな。ハリス中将が指揮することになっている第一八任務部隊の陣営の内容が、ニミッツ長官やハルゼー中将と折り合わず、その結果こちらに回してもらえる戦力が確定しないからね」

冷静沈着でなるスプルーアンスも、さすがにこのことについては苛立っているのだろう。語気が荒い。

「大西洋のブル、ですか……ニミッツ長官は大西洋艦隊長官に遠慮しているんでしょうかね」

「ないとは言えないだろうが、それ以上にハルゼー中将とハリス中将との関係に苦慮されているのだろう。どちらかに偏《かたよ》った判断をすれば、太平洋艦隊のチームワークが今以上に悪化するのは目に見えているからね」

「そうでしょうね。ハルゼー提督とニミッツ長官の関係は前ほど悪くはありませんが、それでも良好とは言えかねますし、その上にハルゼー提督と同じような性格であるハリス提督がやってきたんです。ニミッツ長官の苦渋はかなりのものかもしれませんね」

「今はそんなことに気を遣っている状況ではないんだがね」

スプルーアンスがうんざりとした顔で、腕を組んだ。まさにとばっちりだとキャスターは思ったが、もちろん口には出さない。スプルーアンスだって当然すぎるほどにわかっているはずで、わざわざ言ってもゲンナリさせるだけだったからである。

「さあ、参謀長。気持ちを切り替えよう。無駄な議論はするだけ虚しい」

「承知しました」

「しかし、よかった」

「えっ」

「君が戻ってきてくれたことだよ。君の後任をやってくれたキャプラン中佐も予想した以上によくやってくれたが、やはり私は君とコンビを組むのが最良だと思っているからね」

「あ、ありがとうございます、提督」キャスターが目を輝かせて、敬礼をした。

病院にいるときは、今回の入院程度で勘が鈍るはずはないと考えていたキャスターだが、実際に現場に戻ってみるとわずかに不安が芽生えていたのである。しかし、スプルーアンスの今の言葉で、その不安も完全に吹っ切れていた。

二日後、出撃の準備を完了した第一七任務部隊の各艦艇は、錨を上げると霧が忍び歩きを始めたヌーメア軍港を後にした。

日本海軍が苦労の末に開設したガダルカナル基地は、先行きはラバウル基地以上に重要な基地になるだろうと考えられていた。そのガダルカナル航空基地に現在配属されているのは、海軍基地航空部隊である第一一航空艦隊麾下《きか》に新設された第三〇航空戦隊であった。

第三〇航空戦隊の戦力は戦闘機七二機、陸攻七八機、艦爆二四機、艦攻二四機のほかに数機の偵察機、輸送機などがあり、ラバウル基地に比べれば手薄感はあるが、海軍首脳部は戦力の増強を約束していた。

司令官（基地司令兼務）を任されたのは海兵四二期、海大二六期の荻原芳道《おぎわらよしみち》少将である。海兵、海大の同期にはポート・モレスビー攻略部隊の参謀長山田定義少将がいるが、この二人の海軍軍人には考え方や通ってきたコースに大きな違いがあった。海軍の主力は艦船から航空機に変わると読んで一途に航空畑を歩いてきた山田に比べ、荻原にはこれといってはっきりとした信念はない。その時どきで時代や状況に合わせて流れてきたタイプなのである。

第三〇航空戦隊の司令官に任じられたのも、荻原が航空戦に通じていたわけではなく、信念がないだけにどの分野にもそこそこの才能を見せる荻原ならうまくやるだろうという、首脳部の実に曖昧な理由によるものだった。それが悲劇を呼ぶことになる。

ガダルカナル島東方海域を哨戒していた索敵機から、アメリカ軍の機影を発見したという報告が入ったのは、深夜だった。たまった書類を処理するのに時間をとられた荻原は、就寝が遅くまだ眠りについたばかりだったから、機嫌悪く司令室に入ってきた。

「数は？」荻原が誰にともなく、聞いた。

「二五、六機のようです」

答えたのは、第三〇航空戦隊首席参謀宮本小次郎《こじろう》中佐だった。

宮本武蔵を名字に、佐々木小次郎の名前を持つやや厳つい容貌を持つこの首席参謀はなかなか繊細な思考力を持つ男で、名前が表わすようなふざけた人物ではなかった。荻原の前任者からの参謀で航空戦にも一家言持っている宮本に対して、荻原ははじめから煙ったいものを感じていたらしい。父親がつけたという名前に、「ふざけてやがるな、お前の親父は」と露骨に言って顔さえ歪めた。宮本としては、名前についても同じような言葉を言われ続けてきたこともあってさほど気分を害した様子も見せなかったが、すでに宮本に偏見を抱いている荻原にはそれさえもが不適格な性格に感じられたのである。

「どうせ南太平洋から飛んできたアメリカ陸軍航空部隊の空襲部隊だろう。恐れるに足らずだ」

言って、不敵な笑みを浮かべた。

「あ、あの、しかし」宮本が困惑を浮かべて話そうとしたが、荻原が制するように口を開いた。

「ふん。油断するなと言いたいのだろう。わかっておる。近頃アメ公の攻撃も少ないためうちの兵隊たちの腕も鈍っているから、ちょっと多めの数で思い切り叩いてやることにするさ。まあ、訓練も兼ねてな。そういうことだ。後は首席参謀。おまえにもできるだろう」

荻原はそう言って、大きなあくびをした。

「いや、司令官。私の言おうとしたのはその点ではありません」やや、語気に力がこもった。

「何、違う……だと」

「ええ。少し気になるところがあります。私の老婆心として、お聞き下さい」

宮本が勢い込む。

「ちっ。またお前の老婆心が出たな。よせよせ、おまえのその老婆心は、どうも鬱陶《うっとう》しくてよくない。おまえは周囲から少しは有能だと思われているらしいが、俺から見れば細かすぎる。重箱の隅をつついてあアだこうだと言うのもいいが、細かいことは気にせず大局的に見るのが俺のやり方だ。いいな。俺の命令通りにやれ。命令だぞ、これは」

大いに気分を害した様子で、荻原が司令室を出て行った。すぐに司令室に大きなため息が漏れた。それも一つや二つではなかった。

「大局的、かよ。そう言えば格好はいいが、俺から言わせればいい加減なんだよ、あの人は」

若い士官がはき出すように言った。

「だいたいだよ、航空戦のイロハも知らんくせに航空基地の司令官だものな。上の連中はなにを考えているのだか」別の士官の言葉も、きつい。

「ところが、荻原司令の場合、これといった得意はないが、だからといってこれが駄目だという欠点もないという話も聞いているぜ」

司令部では温厚なほうの部員が、消極的にだが荻原について語った。

「それ、それだよ。長所はないが、短所もない。だからあの人は、あれもできる、これもできると自分では思っているんだよ。しかし、結局は中途半端だってことに本人は気づいていない。見方を変えれば、哀れな人だがな」

「それは言い過ぎかもしれんぞ」

「どこがです」

温厚な部員と若い士官が睨み合ったとき、宮本が苦笑を浮かべて割って入った。

「よさんか。いいにつけ悪いにつけ、上官に対する批判は厳禁だぞ。もっと自分を大切にしろ」

「しかし、首席参謀。このままじゃ首席参謀が」若い士官が口をとがらせる。

「貴様の気持ちはわかっているさ。ありがたいともな。だが、いざとなったとき首が飛ぶのは俺だけでいい。司令官や首席参謀だけで戦《いくさ》ができるわけじゃないんだ。そうだろ、卯木《うのき》」

宮本が温厚な部員の卯木大尉を見た。

「同感ですよ、首席参謀。私も司令官を優秀だと言っているわけではありません。しかし、一度頭にいただいた以上はその人を悪しざまに言っているだけでは隊がまとまらないと、そう思ったものですから」

「そんなことだろうと思っていたよ。しかし、それは俺の役目だ。よけいな心配をかけてすまんな」宮本が卯木に頭を下げた。

「よして下さい、首席参謀。こちらこそ、恐縮してしまいます」

「うん。ならば司令官の命令を果たすぞ。迎撃隊の準備、急げ」

　宮本の声で、司令室に凜《りん》とした緊張が戻った。


　アメリカ海軍カサブランカ級護衛空母が搭載できる航空機は、わずか二八機に過ぎない。

　したがって、三隻の護衛空母を持つ第一七任務部隊の航空戦力は最大で八四機だが、搭載機のすべてが稼働していることなど当然なく、指揮官スプルーアンス少将の命に応じられたのは、艦上戦闘機グラマンF６F『ヘルキャット』二一機、艦上爆撃機カーチスSB２C『ヘルダイバー』二〇機、艦上攻撃機グラマンTBF『アベンジャー』二五機の六六機のみである。

　スプルーアンス提督に攻撃部隊の隊長の任を与えられたピーター・フォンド中佐は、前回の『大和』航空戦隊との戦いで撃沈された軽空母『インデペンデンス』飛行隊の生き残りで、誰にも負けないほど日本海軍に怨念を抱く男だった。だから艦戦一二機、艦爆九機、艦攻一二機の計三三機で編成された弱小部隊の出撃を、喜んで引き受けたのである。

「頼むよ、フォンド中佐」

「任せて下さい、提督。あらためて『ヘルキャット』のすごさをジャップに思い知らせてやりますよ」フォンドは自信たっぷりに言ったが、スプルーアンスは内心で首を傾《かし》げた。

確かに鉄工所というニックネームを持つ航空メーカー、グラマン社が製造した『ヘルキャット』は、頑丈なだけではなく性能も日本海軍航空基地部隊の主力戦闘機である『零戦』をはるかに上回っていた。

しかし、数で攻められればその性能差も埋められてしまうことを、フォンドもスプルーアンスも知っている。その意味でフォンドの自信は空元気《から》といわれてもしかたないが、フォンドの強い瞳を見ているうちにスプルーアンスはそれ以上のものを感じ、やがて大きくうなずいた。

ファンドの採った策も、大胆だった。なにしろ小編成の部隊である。本来なら敵の目をくらまそうとするのが常道だろうが、フォンドはその策を採らなかったのだ。

本来、第一七任務部隊に与えられた任務は陽動作戦であり、敵の目を引きつけるのが目的のため、この場合は敵に自らの正体をさらすことが常道だとも言えなくもないが、危険な策には違いない。それでもフォンド中佐が危険に挑んだのは、一刻も早く敵と遭遇することを望んでいたからである。

フォンドに危険な策を許したのは、この攻撃部隊の『ヘルキャット』のパイロットたちの大半が、日本軍に恨みを抱くベテランパイロットだったということもあった。そして彼らの存在こそが、フォンドの自信の一つであることは間違いなかった。

ガダルカナル航空基地を出撃した迎撃部隊は、第三〇航空戦隊の『零戦』二八機だった。率いるのは大石良三中佐。第三〇航空戦隊の中にあって一、二位を争う強者である。性格はやや荒削りで、頭を使うより力押しの得意な大石を猪武者と悪口を唱える者もいたが、大石が優れた戦士であることまで否定する声はなかった。

「野郎ども。久しぶりの実戦だ。遠慮はいらねえ。どうせ根性なしのアメリカ陸軍航空部隊の能なしどもだ。一機も残さず太平洋に叩き込んでやれ！」

基地の操縦員控所で大石は部下たちに向かって檄を飛ばしたが、彼の言葉でもわかる通り、大石の脳裏には敵がアメリカ海軍であることなどまったく関係なかった。

大石隊が出撃した後、宮本首席参謀は先ほどから押し寄せている不安に肩をふるわせた。

第三〇航空戦隊麾下の『零戦』航空隊には、大石の率いていった第三〇航空戦隊本隊と第三一航空戦隊があるが、第三一航空戦隊は開設されたばかりの航空戦隊のため戦力的にはまだ不安が残る現況である。戦力的に劣るアメリカ陸軍航空部隊の別働隊が襲来してきたとしても基地の守備に不安はないと荻原司令官は言うが、宮本は素直にうなずけずにいる。

戦争はそう単純なものではない。戦力がはるかに勝る側が敗れるときもあるし、わずかなスキやタイミングの狂いでその趨勢が変わることは歴史が証明している。

「俺たちは……少なくとも司令官は、そのスキを作ろうとしているのではないか」

宮本の不安はそこに起因しているような気がした。

「だが、俺が言ってもあの人はまた俺の老婆心として片づけるのだろうな……」

大きなため息をつき、宮本首席参謀は大石隊の消えた天空を見つめた。

「来やがったな」『ヘルキャット』のレーダーに映る機影を確かめたピーター・フォンド中佐は、唇を歪めた。

フォンドは愛機の翼をバンクさせると、右に大きく旋回した。レーダーを搭載していない『零戦』部隊と思われる敵の背後に回るためだった。

操縦席で大石隊長が首を回すと、疲労を訴えるようにグリグリと鳴った。湧き上がる闘志で肩に力がこもりすぎていることもあるが、レーダーがなく敵を見つけようと瞳で凝視しているために、目の疲労も大きいのである。

「隊長。上です！」悲鳴のような叫び声が、大石機の編隊無線に雑音入りで響いた。

あわてて上空を見上げた大石が、激しく舌打ちした。まだ敵の正体まではわからないが、天空から殺到する機影が見えたのだ。

「くそっ。アメ公得意の急降下攻撃かよ！」

先ほどまであった大石の余裕は、どこかに吹き飛んでいる。アメリカ軍に先手をとられたことは明らかだった。しかも、この戦法を許したときに大石は何度か苦杯をなめている。しかも、急降下の苦手な『零戦』では逃げ切れない。

「ならば、こうするだけだ！」大石が操縦桿をグイッと引きながら、速力を上げた。

ブワァァ―――――ンと『零戦』のエンジンが高速で回転し、吼える。

グガガガッと機体を激しく揺らし、『零戦』が急上昇に入った。

航空機は正面から対峙すると、目標が小さくなって命中率が落ちるのだ。大石隊の『零戦』が次々に大石にならうように、急上昇に入った。

そのときになって初めて大石は、敵がアメリカ陸軍機ではなく強敵『ヘルキャット』であることに気づいた。

「なんてことだ。海軍機だと？」

大石の余裕は、完全に消滅している。数こそ勝っているが、『ヘルキャット』相手ではそれでも苦しいし、その『ヘルキャット』に先手をとられてしまったのだ。

大石の不安は、即座に形になった。編隊飛行の後方にいて急上昇の遅れた『零戦』に、黒い『ヘルキャット』の機体が襲いかかったのである。

ズドドドッ！　ズドドドドドッ！

『ヘルキャット』の、両翼で六挺ある一二・七ミリ機銃弾がひ弱な『零戦』の機体を裂いた。

グワガガガァンッ！

信じられないほどあっけなく、『零戦』は炎に包まれ四散した。

大石は、押し寄せる加速のGと戦いながら首をひねって部下機の最期を確認した。

「くそっ！」怒声が大石の口からほとばしる。が、前方の敵機を考えれば、大石には怒りや悲しみにひたっている時間などあるはずもない。

大石が二〇ミリ機関砲のレバーを引く。

ドガガガッ！　ドガガガガッ！

命中するとははじめから思っていない。砲弾を回避することで、敵が針路を変えるかもしれないと考えたのだ。そうなればスキも生まれるかもしれないと、大石は願ったのだ。

『零戦』の翼端に輝く発射の閃光を、フォンド中佐はニヤリと見た。

「間抜けめ。対峙して目標を小さくしようと考えたのはお前だろうが。しかも二〇ミリ機関砲ときやがった。そいつは砲弾が重くて命中率が悪い。そんなことはこちとら常識だぜ」

フォンド中佐の言葉通り、大石の放った二〇ミリ機関砲弾はフォンド機にかすりもせずに中空に消えた。

「ちっ。微動だにしねえか。こいつはかなりやる奴らしいな」大石が呻《うめ》くようにつぶやいた。

「となると、すれ違って旋回してから背後につくのは難しいかもしれねえ。やつが急降下を続ければ、『零戦』の速度と機体では『ヘルキャット』には追いつけねえからな」

F6F『ヘルキャット』の兄貴分であるF4F『ワイルドキャット』でさえ、急降下をされると『零戦』では追いつけない。

「やばいかもしれん」めったに言わない弱音を、大石は思わず吐いた。

ギュゥゥ――――ンと二機の機体がすれ違う。大石は無駄と知りつつ操縦桿を大きく引く。

次の瞬間、大石は「おうっ」と叫んだ。急降下を続けて逃げると思った『ヘルキャット』が、大石と同じように旋回しているのが見えたからだ。

「ど、どういうつもりだ！　旋回速度だけならまだこっちのほうが早いんだぜ」大石が首を捻る。

「よし。これでこっちにもわずかにチャンスができたな。後悔しろよ、F6野郎！」

大石が愛機を左に旋回させ、『ヘルキャット』の背後につこうと狙う。それが罠だと気づいたのは、目標『ヘルキャット』の陰から別の『ヘルキャット』が現われたときだ。

「しまった！」

あわてて急降下にはいるが、それが無駄なことは大石が一番よく知っていた。

ドガガガガッ！

陰から現われた『ヘルキャット』の一二・七ミリ機銃が火を噴く。

バリバリバリッという命中音を聞きながら、大石が苦笑を浮かべた。失策をしでかした自分にか、それとも別のことに対してか……。

次の瞬間、ズガガガワワ――ンッ！　ガダルカナルの撃墜王の一人が天空に散った。

部隊のおよそ半数の一四機の『零戦』が南太平洋上空を墓場にしたのは、戦闘が始まって十数分のことである。完全に戦意を失った副隊長は、撤退を命じた。ところがそれは、アメリカ軍攻撃部隊にすればなぶり殺しのスタートタイムだった。速度ではるかに『ヘルキャット』に及ばない『零戦』に、逃げる術《すべ》などあるはずもなかった。

『零戦』部隊の苦戦と、敵が海軍機であることを聞いて、基地司令官荻原芳道少将は呆然《ぼうぜん》と立ちつくした。

「司令官。海軍機ということは、敵の艦隊が近くにいるということです。索敵機を上げましょう。同時に第二次迎撃部隊も準備しなければ。『零戦』部隊が苦戦しているようですから、おっつけ敵の爆撃部隊がこっちに来るはずです」

「わ、わかった」

宮本首席参謀の進言を素直に聞いたのは、それだけ荻原の受けた衝撃の大きさを示していた。

宮本の命令によって三機の索敵機があわてて南太平洋を目指し、その後すぐに一二機の第二次迎撃部隊が出撃を始めたそこに、アメリカ海軍攻撃部隊の爆撃部隊が到着した。

一二機の第二次迎撃部隊が、アメリカ軍爆撃部隊に襲いかかる。しかし、大石率いる第一迎撃部隊の殲滅に成功した『ヘルキャット』部隊がその間に割って入った。

ググォォ――――――――ン。

五〇〇ポンド爆弾を搭載したカーチスSB2C『ヘルダイバー』艦上爆撃機が、猛禽類《もうきんるい》のように翼を鳴らしながら急降下してくる。

ズガガガ――――ン！

兵舎のトタン屋根を引き裂いて侵入した五〇〇ポンド爆弾が、中で爆発した。屋根と壁が同時に吹き飛び、直撃を受けたらしい兵士の体が血を噴き出しながら地面に叩きつけられる。爆発は炎と煙を呼び、木造の兵舎はあっけなく炎上した。

タタンタタンタタンッ！　バッバッバッバッバッ！

基地守護部隊の対空砲が、天空に噴き上がる。だが、しなやかに機体を翻《ひるがえ》した爆撃部隊は対空砲弾を避けて飛び去っていった。

「アメ公めっ！」取り逃がした敵を睨んで、日本兵が地団駄を踏む。

しかし、敵は艦爆だけではないことを彼らはすぐに知る。

爆装のグラマンＴＢＦ『アベンジャー』艦上攻撃機が九〇〇キロ爆弾を高空から放ったのだ。

数は多くはないが、脅威の爆弾がガダルカナル基地の滑走路に炸裂した。

ブワワァァ――ンと火柱が上がって砂塵が噴き上がり、その後には巨大なくぼみができた。

「畜生！　あれを修復するのにどれだけかかると思ってやがるんだ！」

塹壕《ざんごう》の中で、若い兵が今にも泣き出しそうな声でくやしがる。機械力が乏《とぼ》しく人力で復旧せざるを得ないだけに、周囲の者も同感だというように大きく首を上下させた。

「対空砲火はどうなってるんだ。まるで当たらねえじゃねえかよ」古参兵が、ぼやく。

ガダルカナル基地の主力対空砲の射程距離はおよそ六〇〇〇メートルから一万メートルほどだが、高い命中率を求めるならば高度四〇〇〇メートル程度であった。それ以上の高度だと、命中、撃墜は偶然か幸運が必要だったのである。アメリカ軍もそれを知っており、艦爆はともかく艦攻は日本軍対空砲火陣が効果的な打撃を上げ得るか上げ得ないかのぎりぎりの高度から爆弾を叩きつけており、まだ撃墜に至る被害は受けていない。

ドガガ――――――ン！

何発目かの直撃弾が、ガダルカナル基地を襲った。それが最後だった。このときのアメリカ軍攻撃部隊の戦力が、そう大きいわけではなかったからだ。

「追撃部隊は離陸できるか！」宮本が叫んだ。

「西滑走路は駄目ですが、東滑走路は使えます！」

「よし。それじゃ」

「必要ない」宮本の闘志に水をぶっかけるように言ったのは、荻原だった。

「な、なぜでありますか」宮本にしては語気が、鋭い。

「なにを言うか。迎撃部隊を飛ばそうと俺が言ったとき、納得せん顔をしたのはお前だぞ。しかも、あのときよりも戦力は落ちている。違うか」

「そ、それはそうですが」状況が違う。宮本はそう言いたいのだが、それを腹に収めた。

「ここは攻撃よりも、守りの策だ」

　確かに、荻原の不安は宮本にもわかる。迎撃に出した戦闘機のうち、確認できるだけで三〇機近くを失っている。戦闘機の戦力からだけで言えば、半減しているのだ。次にアメリカ陸軍からの攻撃を受ければ、この基地が全滅しかねない。その戦力を温存する策はありだと宮本も思う。しかし、砲弾や銃弾を使い果たして逃げ去るだけの敵をむざむざと帰らせてしまっては、軍人としての意地だけではなく、なんとも情けないと宮本は思っているのだ。

「いいか、宮本首席参謀。戦というのは時間ごとに状況は変わる。俺が言いたいのはそこだ。大局を見るというのは、そういうことだ」言うだけ言うと、前のときのように荻原が司令室を出て行った。

　どんよりとした敗北感が、司令室に広がる。宮本の顔にその色が深い。荻原を頭に置くことに、言いしれぬ不安を宮本は感じ始めていた。

旗艦重巡『アストリア』の艦橋で、護衛空母群の飛行甲板に次々と着艦する攻撃機を双眼鏡で見つめる太平洋艦隊第一七任務部隊の幕僚たちの顔のほとんどが、完璧とも言える勝利とあって晴れやかだ。しかし、指揮官スプルーアンス少将の顔には、決して満たされた色はなかった。

スプルーアンスにとって、この程度の勝利では満足できないほどに、日本軍には痛めつけられているという思いがあった。

「強欲ではないよね、参謀長。これで満足ができないという私は」

スプルーアンスが隣にいる片腕、キャスター参謀長に、顔を動かさず口だけで言った。

「もちろんです、提督。こんなちっぽけな勝利など、勝利のうちに入りませんよ。ただし、提督。フォンドたちには……」

「わかっているよ。彼らには満足な笑みを準備してあるさ。それを受けるだけの仕事を、彼らはやってのけたんだからね」

「余計なことを言ってしまったようですね」キャスターが恥ずかしそうに言った。

「いや、それでいいんだよ、参謀長。私だって神ではない。君のしてくれるカバーには本当に感謝しているんだ」

スプルーアンスが、小さく笑った。そして、「どうかな。この程度の笑みで恐縮だが」と言った。

「駄目ですね、提督。それじゃあ足りません」

「これではどうかね」

スプルーアンスが、笑みを大きくした。

「いや。私が間違っているかもしれません」

「どういうことかね」

「ふふっ。その笑みではかえってわざとらしく感じられるかもしれません。そう、先ほど程度でいいでしょう。提督としての喜びは十分に伝わると思います」

「なるほど。私もそのほうがありがたいよ。私は役者に向いていないからなあ」

スプルーアンスが元の笑みに戻りながら、キャスターに手をさしだした。

最後の『ヘルキャット』が着艦を完了したという報告が入ったのは、数分後である。

未明から始まったアメリカ軍の攻撃が、ポート・モレスビーを日本軍が占領してから最大規模のものであることは間違いなかった。

最初はいつものような軟弱な攻撃であろうと高をくっていた日本軍守備隊も、天空を見上げて自分たちの判断が誤っていたことを知った。そこには、まさに敵機が群れをなしていたのである。

この日、南西太平洋方面司令官ダグラス・マッカーサー陸軍大将が第一次攻撃に参加させた航空戦力は、戦闘機九四機、中型爆撃機四二機、重爆撃機三六機である。もっとも、数を増すために攻撃部隊の中には旧型機も混じっているため精鋭部隊と呼ぶにはいささかみすぼらしかったが、十分な戦力がないのは日本軍も同じことで、瞬《また》く間《た》にポート・モレスビーに日本軍が築き上げた施設が炎上を始めた。

ポート・モレスビーの守護を命ぜられているのは、今は攻略部隊の名をはずされた南雲忠一中将が率いる第三艦隊である。

ポート・モレスビー攻撃さるの連絡を受けて、南雲は第三艦隊麾下の第一航空戦隊と第二航空戦隊に出撃を命じたが、敵が思った以上に強力であることが告げられたのは攻撃部隊を出撃させた後だった。

「増援部隊を」南雲は迷わずに決断した。

「マッカーサーはやる気のようですね」南雲の傍《かたわ》らにたたずむ第三艦隊参謀長山田定義少将が、見方によれば嬉しげな顔つきで言った。

「プライドの高い男らしいから、当然といえば当然だろう。それに、ポート・モレスビーをこのままにしておいたら、オーストラリア政府の態度も変わってくるだろうからな」南雲が低い声で答えた。

「となると、一撃とは考えにくいですね。二の矢、三の矢を準備していると思ったほうがいいでしょう」

「私もそう思うよ。昨日、ガダルカナル基地がアメリカ艦隊に襲撃されたのは、今から思えば、陽動策、前哨戦ということだろう」南雲の顔が、渋くなる。

「ええ。その結果、ラバウルからガダルカナルに援軍が行っていますから、ラバウルにも多大な期待はできませんね」

「マッカーサーという男は優秀だが、作戦面ではどうかと評する者たちもいたようだが、これを見るとやはりそれなりの人物のようだな」

「もとより油断などする気はありませんが、舐めてかかると痛い目にあうかもしれませんね」

「そうだな」うなずきながら言って、第三艦隊旗艦空母『赤城』の飛行甲板で進められる出撃準備を見つめた。

第三艦隊から出撃した、結果から言えば第一次攻撃部隊になるのは一八機の『零戦』部隊で、艦隊や敵地への攻撃ではないため艦爆と艦攻はともなっていなかった。

指揮を執るのは、『赤城』飛行隊長渡辺宏昌中佐である。ポート・モレスビー攻略作戦当初は新任飛行隊長として部下からの信頼の点でわずかに足りないところもあったが、攻略作戦での行動によって今では部下たちも渡辺に完全に従っていた。

このときの第三艦隊はラバウルでの補給を終えた帰りで、ポート・モレスビーからは三五〇カイリの位置にあった。

もっとも、今さらポート・モレスビーに向かっても間に合うはずはなく、渡辺隊に託されたのはポート・モレスビー攻撃を終えて帰途につくアメリカ陸軍航空部隊の殲滅《せんめつ》だった。


ドガガガガガッ！　ガガガガガガッ！

日本軍の放つ対空砲火弾が、黒煙に満たされ始めたポート・モレスビーの天空に突き刺さってゆく。それを縫うようにして、十数機のカーチスＰ40『ウォーホーク』が弾丸を日本軍の機銃座に叩き込む。

ズガガガガガッ！　ズガガガガッ！

航空戦では非力といわれる『ウォーホーク』だが、六挺の一二・七ミリ機銃での地上掃射はそれなりの迫力と威力がある。

機銃射手の日本兵が直撃弾を食らって吹き飛んだ。悲鳴を発する暇もない。

「こなくそ！」

すぐさま戦友が機銃のレバーに飛びつき、掃射を終えて旋回に入った『ウォーホーク』に二五ミリ機銃を定める。

バババババババッ！

毎分二三〇発と欧米の機銃と比べるとやや遅い速度だが、航空機を直撃すれば十分な働きをする。それを証明するかのように、二五ミリ機銃弾が敵編隊最後尾を行く『ウォーホーク』の機体に吸い込まれた。

『ウォーホーク』はグラリとバランスを崩し、鉄塔に激突した。

グワァァーーーーーンとすさまじい炸裂音を上げて『ウォーホーク』が爆発した。

「ざまあみろ！」新しい射手が憎悪のこもった声を上げるが、むろん嬉しいはずはない。彼の横には、今や声さえあげられない友の屍《しかばね》があるのだ。それまで以上の新たな怒りが、新しい射手の心に突きあがる。

「次はどいつだ！」新しい射手は、黒煙にかすむ敵機を探した。

ドドドドドドドッ！　ダンダンダンッ！

アメリカ陸軍が誇る中型爆撃機ノースアメリカンB25『ミッチェル』七機が、高度から爆弾をばらまいてゆく。命中率の低い水平爆撃だが、量が多いのだから効果は出る。

グワラァ――――ン！　ドガガガ――――――――ン！

直撃弾が港に係留されていた輸送船の甲板を叩く。ほとんど装甲らしいものがない輸送船は、一気に赤い炎に包まれた。炎と煙から逃がれるためか、乗組員が次々と海にダイブしていく。中には煙や炎で意識を失っているのか、まるで物体のように力なく海に落下する者もいた。

そんな逃げる者たちをあざ笑うかのように、バガガ――――ンと音を上げて輸送船が炸裂した。そして、あっという間に海底に没していった。

「くそっ！　航空隊はどうした」

日本陸軍の兵舎で、陸軍司令官がギリギリと奥歯を噛んだ。

アメリカ軍の飛行場を整備し、日本陸軍はそこに陸軍航空部隊を置いていた。しかしアメリカ軍は作戦当初から日本陸軍航空基地を攻撃しており、そのことが陸軍航空部隊の遅延を招いているのだ。司令官はもちろんそれを知っているが、それでもなお言わざるを得ないほどにアメリカ軍の攻撃はすさまじかったのである。

「いましたね」副隊長が言ってきた。

「ああ。呑亀《どんがめ》の群れだな」アメリカ陸軍航空部隊の中型爆撃機の編隊を見つけ、『赤城』飛行隊長渡辺宏昌中佐が言った。

もっともこの呑亀たち、スピードこそ遅いが頑丈さにかけては驚くべきものを持っており、いかな『零戦』でも簡単には料理ができないのだ。

「まず護衛部隊を片づけよう」

渡辺が、こちらに気づいたのだろう護衛部隊の戦闘機編隊が近づくのを見て、命じた。

「わかりました」

「無駄弾を使うなよ。頑丈な爆撃機には弾丸がたくさん必要だからな。よし。やるぞ」

渡辺が翼をバンクさせて、攻撃開始の合図を送った。

ちょうど同じ頃、マッカーサーの送った第二次攻撃部隊がポート・モレスビー攻撃を再開させていた。第二次攻撃部隊は、第一次攻撃部隊に比べると戦力は半分ほどであった。

それを迎え撃ったのは、どうにか出撃を果たした日本陸軍航空部隊の迎撃部隊である。迎撃部隊は、日本陸軍航空部隊の新鋭機である三式戦闘機『飛燕《ひえん》』八機であった。

ドイツのダイムラー・ベンツ社が開発した水冷エンジンを国産化した『飛燕』に、陸軍は大いに期待した。

エンジンの優秀さは、ドイツ空軍が証明している。国内での試験飛行でも、開発陣は大きな手応えを感じていた。

ところが、意外にも南方に送られ始めた『飛燕』は前線部隊から不興を買い始めていた。理由は簡単だ。故障が多いというのである。

まだはっきりとした原因はわからないが、いくつかの推測をされ、その中に『飛燕』は外地向きではない、特に設備が劣悪な南方戦線では使えないというのがあった。優秀な分、精密で構造の複雑な水冷エンジンはどうやら砂埃に弱いらしいのである。

ドイツ空軍の基地や内地の基地の滑走路では何ら問題はないが、未舗装で埃舞い立つ南方では精密で複雑な構造が裏目に出るという意見であった。

しかし、正常な『飛燕』はなかなかに優秀な戦闘機だ。最大速度は五九二キロと

『零戦』をしのぎ、武装も一二・七ミリ機銃四挺（機首固定二、主翼二）と強力である。

アメリカ陸軍航空部隊第二次攻撃部隊への攻撃が、それを示していた。

ただし、アメリカ軍が、日本軍の航空支援はすでに叩いたと予測していたことと、第二次攻撃部隊の護衛戦闘機が少なめだったことも、『飛燕』には幸いしたのかもしれない。

『飛燕』によってわずかな時間で丸裸にされたアメリカ軍爆撃部隊は、爆撃もそこそこに撤退に入り、マッカーサーの狙いを大きく裏切る結果に終わったのである。

アメリカ軍の誤算はまだある。海軍航空部隊による追い討ち攻撃で、帰途についた攻撃機の多くを失ったことだ。

言わばマッカーサーの企てた奇襲作戦は尻切れトンボといった状況だったのだが、マッカーサーは、内心はともかく表面的にはこの攻撃の大成功を吹聴《ふいちょう》した。どこかの国の大本営と同じようなものと見てよく、真実を知るものたちは眉をひそめたものの、そんなことなどまったく無視するのがマッカーサー流であった。

「くそっ！」

マッカーサーの吹聴を真に受けた第一六任務部隊指揮官ハルゼー中将は、怒鳴って椅子を蹴り上げ叩き壊したという。

だが、このマッカーサーの行なった作戦は日本軍にも当然、大きな影響を与えた。基地施設の多大な被害が、すぐにでも〈オーストラリア侵攻作戦〉に着手したかった日本軍の出鼻をくじく結果になったのである。

その意味で、マッカーサーの作戦はそれなりの戦果を上げたと言えるかもしれない。

第五章　『瞑風《めいふう》』と『雷光《らいこう》』

『大和』航空戦隊旗艦の超戦闘空母『大和』がパナマ大遠征を果たした後、投錨《とうびょう》していたトラック迫地から母港の呉港に入ったのは、二日前であった。乗務員には三日の休暇が許されており、『大和』航空戦隊の各艦にはいつものざわめきがなかった。『大和』も例外ではない。

「参謀長はまた『あきつ』詣《もう》でかい」からかうように言ったのは、『大和』航空戦隊司令官千崎薫中将だ。

「志藤少佐が留守なのは残念ですが、こういうときでないと未来の知識を吸収する時間がありませんからね」当然ですとばかりに答えたのは、参謀長の神重徳大佐である。

暇があると、この時代からすれば驚異のテクノロジーが詰まった未来輸送艦『あきつ』に行き、どん欲にそのテクノロジーを飲み込むのが神の定例行事だった。

「司令官も行かれますか」今度は神が、逆にからかうように言った。

未来のテクノロジーに興味は感じているが、あまりにもその差が大きいために理解を諦めた千崎が、行くはずがないことを知っていたからだ。案の定、「勘弁してくれよ」と千崎は苦笑いを浮かべた。

「それよりも、その志藤だよ。もう少し時間があれば見舞ってやりてえと思うんだが、三日しかなきゃ横須賀まで行って帰ってくる余裕はねえからなあ」千崎が悔しそうに言う。

その思いは神も同じだ。それどころか、未来からタイムスリップしてきた未来人である志藤雅臣少佐をある意味では師とさえ考えている神は、志藤から未来の知識を学びたいだけに、横須賀に行きたい思いはより強かった。

「それにしてもだぜ。これだけ経っても病因がわからねえっていうんだからよ。医者の野郎ども、さぼってんじゃねえのか」

千崎の言葉がきついのは、それだけ志藤を可愛がっている証拠だ。

「まさかさぼってはいないでしょうが、不安は不安ですね……現在の医学では原因が究明できない病気かもしれません」

さすがの神も、この問題になると顔を曇らせた。

「かと言って、俺たちにはどうすることもできねえしなあ」無念そうに言って、千崎が拳で自分の後頭部をコンコンと叩いた。

「結局、医者に任せるしかないということです」神が自分に言い聞かせるように言う。

「だな。すまなかったな、参謀長。せっかく向学心に燃えているのに水を差してよ」

「大丈夫ですよ。薄情なようですが、私は気持ちを切り替えるのは得意ですから」

「参謀長はそれでいいんだよ。そういう人間だからこそ、いつも冷静な判断ができるんだからな。さあ、行ってくれ。俺も時間をみつくろって、呉の街にでも出てみるぜ」

「それがよろしいでしょう。では」

神が艦橋を出て行った後、千崎は彼には珍しく大きなため息をついた。

「参謀長の器用さの半分でもありゃあな」まだ志藤のことを追い払えない千崎が、つぶやいた。

飛行甲板に出ると、神はバリバリとローターを回転させている対潜ヘリSH―60Jに走り寄って飛び込んだ。すでにベテランパイロットの何人かは、この未来兵器を自由自在に操れるようになっていた。

「戦後……日本人か……」神が口の中でつぶやいた。

神は志藤からそのあたりのことを何度か聞いている。話としてはそうなのかと理解したつもりではいるが、正確なところはさすがの神にもわからない。

「しかし、参謀長。これは私の世界のことであり、今、私がいるこの世界の話ではありませんよ」と、あのとき志藤は言い訳のように言っていた。

それはたぶん事実だろうが、自分のいる世界で日本がアメリカに負けないという保証もないのだと神は知っていた。そして、敗戦をしつつも志藤の世界の日本は苦難の末に復興したというが、神の世界の日本がそうなるとは限らないのである。

敗戦の末、亡国。考えたくはないが、冷徹な頭脳を持つ神にはそれも否定できなかった。

だから、負けられない。神の結論は単純だった。

「着陸に入りますよ、参謀長」

神はうなずき、眼下に迫るタイムスリップしてきた未来輸送船『あきつ』を見た。

海上自衛隊の新型輸送艦である『あきつ』の当初の基準排水量は一万四〇〇〇トンであったが、現在は一万七〇〇〇トンに増えている。海上自衛隊所属時とは違い、この時代の兵装が加えられているからだ。その意味では、現在の『あきつ』を輸送艦と呼ぶのは間違っているかもしれない。

中でも『あきつ』が搭載するホバークラフトタイプの輸送艇ＬＣＡＣ《エルキャック》の改装を経て、もはや『あきつ』を戦闘艦に類すべきだという意見も多かった。なにしろＬＣＡＣの甲板に装着されている空飛ぶ魚雷『快天』は、大艦巨砲主義者が熱望したあの四六センチ巨砲さえはるかに超える強力な兵器だったからである。

ＳＨ―60Ｊを『あきつ』のヘリポートに着陸させるのとほぼ同時に、一隻のＬＣＡＣが『あきつ』の後部から発進していった。

「あれは？」神が、出迎えに来ていた『あきつ』艦長山辺《やまべ》敬三《けいぞう》中佐に聞いた。

「新人の訓練です」山辺が小さい苦笑を浮かべ、言った。

海軍首脳部の許可はまだ出ていないのだが、『あきつ』と同型艦を建造しようという動きがある。むろんＬＣＡＣの搭載も予定されており、そうなれば乗務員も必要になるわけだが、その話がどう漏れたのか発表もないうちに十数人の兵士が乗務員志望を申し出てきたのである。

山辺は、正式に決まったわけではないからとはじめは却下したのだが、今度はＬＣＡＣ乗組員からの進言を受けた。

「ＬＣＡの操縦は他の艇のとはまったく違う内容が含まれ、多少の訓練でたやすくできるものではない。今から、訓練を始めたほうがいい」そう彼らは言ってきたのだ。

山辺は部下たちの熱意に動かされて訓練の許可を与えたが、現実はそう甘くない。戦いの合間をぬって訓練は行なわれたが、当然十分とは言えず、新人たちは今度の休暇中に集中訓練を実施したいと言ってきたのだ。

「なるほど。しかし、迷惑がりませんでしたか」

「さすが、参謀長。ええ、訓練はいいが、彼らだけではできません。教師役の現役乗組員も休暇返上ということになるんですからね」

「そうですよね。訓練は決して嫌でないけど、だからといってせっかくの休暇ですからねえ」

「しかし、全員ではもちろんありませんが、何人かが引き受けてくれました。訓練については自分たちも進言しているので、その責任も感じておるようでした」

「そういうことでしたか」

「そこで伺うのですが、参謀長。『あきつ』の姉妹艦建造の件は、まだ」

「申し訳ないですね、艦長。私も千崎司令官も機会があるたび進言しているのですが、まだよい答えをもらえずにいます。私も諦めるつもりはありませんので、少し辛抱して下さい」

「わかりました。そのお言葉をお聞きできれば十分です。皇国の懐《ふところ》が潤沢でないことは知っていますから」

「でも、それだけじゃないんですよ。まだ大艦巨砲主義を掲げる海軍首脳もいて、彼らの意見によって、今さら必要のない艦艇建造に戦費が回されているのも事実ですからね。そんなものを造らなければ『天戦』だって『あきつ』の姉妹艦だって、もっと早く前線に回せるはずなんですが」

神が心底から悔しそうに言って、「おっといかん。愚痴になりました。じゃあ、行きますよ」と艦内に向かった。

『あきつ』のＣＩＣ（戦闘指揮所）に入ると、神は愛用しているコンピュータの前に座った。

鮮やかな手つきでキーボードを操ろうとして、ふとその動きを止めた。

「負ければ亡国だ」神がポツリと鮮烈な言葉を吐いた。

「君が南太平洋にだって？」

太平洋艦隊司令長官と太平洋方面総司令官を兼務するチェスター・W・ニミッツ大将は、新設された第一八任務部隊指揮官に着任したリチャード・K・ハリス中将を訝《いぶか》しげに見た。

「スプルーアンスの無能ぶりと体《てい》たらくぶりは、目に余るものがあります。このままあの男を南太平洋においておけば、我が海軍の名誉は著《いちじる》しく傷つくでしょう。しかも今回、マッカーサーの阿呆が、おそらくはわずかな戦果に過ぎない手柄を声高《こわだか》に叫んで陸軍の有能さを自慢し、海軍を嘲笑《ちょうしょう》しております。かかる無礼は強く糾弾すべきであるのに、スプルーアンスがそのような態度に出たという話を聞きません。実に情けない人物というほかありませんな。まあ、モンスターとも称されるマッカーサーに対して、スプルーアンスでは小者過ぎると言ってしまえばそれまでですが、私は違いますぞ。あんな阿呆の狼藉《ろうぜき》は絶対に許しませんし、暴挙に対してはきっちりとその落とし前をつけてお見せします。また……」

「まあ、待ちたまえ、ハリス中将」

許しておけば止まりそうもないハリス中将の演説を、ニミッツは手で制して止めさせた。

「確かに君の言っていることにも一理あることは認めるが、スプルーアンスは君が思っているほど無能ではないと私は思っているよ。事実、今回マッカーサーがあげたという殊勲の裏には、目立たないが第一七任務部隊の活躍もあったという報告を受けているしね」

「ほう。寡聞《かぶん》にして私はそれを伺っていませんが」

「第一七任務部隊が日本軍のガダルカナル基地を急襲したために、ガダルカナル、ラバウルの両海軍航空部隊の機先を制してマッカーサーの航空部隊に大いなる支援を果したということだよ。本来ならマッカーサーはこのことに言及するべきだが、あの男は意識的にそれを無視したようだ。むろん、私からは厳重なるクレームをつけてある」

「なるほど。それは事実と認めましょう。小賢《こざか》しい策は採れるのだということはね。しかしですよ、長官。その程度の行動では、我が海軍が受けた汚名はぬぐい切れませんよ」

「しかし、ハリス中将。現在の第一七任務部隊の戦力では、そう大きな期待をするほうが無理だよ。だからこそ君が運んできてくれた戦力を南太平洋に送り、スプルーアンスの名誉を回復させようとしているんじゃないか」

「それが、甘いと申し上げておるのです。力量が明白となったスプルーアンスに戦力を増強したところで、それは無駄。また失うだけのことです。だから私が行くべきだと申し上げているのです。大西洋でドイツ、イタリア艦隊を蹴散らしてきた私なら、南太平洋、ソロモン諸島、珊瑚海から日本艦隊など追い出すことができるのですぞ。それをしないということは、長官、あなたの力量も疑われることになりますが」

「それは少し言い過ぎではないかね」温厚なニミッツ長官もさすがに顔を歪《ゆが》ませ、言った。

失言に気づいたハリスが唾を飲み、「失礼をお許し下さい。しかし、合衆国を思うあまり、太平洋艦隊を思うあまりの失言であります。ご容赦下さい」と謝った。

謝るときでさえこの男は一言多いのだなとニミッツは腹で思ったが、それ以上は言わなかった。言えばまだまだハリスの長広舌《ちょうこうぜつ》が終わりそうになかったし、これ以上ニミッツはハリスの演説を聞いている気持ちが失せていたからだ。

「わかったよ、ハリス中将」

「おお。それでは私を南太平洋に」

「いや。その点についてはすぐに返答はできない。少し考えさせてくれたまえ。もし君を南太平洋に送るとするならば、他の点でもいろいろと変更しなければならなくなる。そのことを考える必要もあるからね」

「迷う必要などこれっぽっちもありませんよ、長官。実に簡単なことでしょう」

「ハリス中将。とにかく今は引き下がってくれ。これは長官命令だ」しびれを切らしたように、ニミッツがピシッと言った。

なにか言おうとしたハリスだったが、これ以上ニミッツの機嫌を損ねるのは良策ではないと判断したのだろう、口をつぐみ、敬礼をすると長官執務室を出て行った。

「まったく、あの男は自分のことしか考えていないようだな。力はあるのだろうが、あまりつきあいたくない人物だ」ニミッツがうんざりと、つぶやいた。

「まあ、その点で言えば、ハリスを南太平洋に追い払うのは悪くないプランではあるが、スプルーアンスが素直にうなずくはずもない。ことによれば、ハルゼーも口を出してくるだろう。そうなると、ますます厄介になるからな」

ニミッツの脳裏に、第一六任務部隊指揮官ハルゼー中将の赤鬼のように激怒する顔が浮かんだ。

「やれやれ、どうしたものかな。ハルゼーと言えば、あの男とハリスの関係にも不安がある。まず間違いなく正面衝突しそうだから、その面から見てもハリスを南太平洋に送る策は悪くないとも言えるのだが……となると、スプルーアンスを呼び戻す理由だな。何とか彼が不承不承でも戻って来ざるを得ない理由があれば、ハリスを南太平洋に送ってもいいか」

ニミッツの考えは、その方向に向かいだした。

「やはり、ミッドウエーか……南太平洋にもスプルーアンスの怨念はあるだろうが、ミッドウエーにもそれはある。しかし、今ミッドウエーをどうこうする必要がないのも事実だ。キング作戦部長も、南太平洋を安定させてオーストラリア政府を安心させることが当面の狙いだと、言ってきている……」

疲れたのだろう、ニミッツが目頭を指で押した。

「待てよ。こちらが動くのではなくあちらが動いたことにすれば、キング作戦部長もミッドウエーに対する作戦を了承するかもしれんぞ。問題は、どうすれば日本が動くかだが」

名案と思われた考えも結局は決め手がなく、ニミッツは疲労の蓄積のある重い体を椅子から立ち上がらせた。

ハリスのことだ。答えを出さない限り、連日でもやってきて長広舌を繰り広げるだろう。

いくらかよろめく足を使い、ニミッツは廊下に出た。

ところが、ニミッツのこの窮状を救ったのが近藤信竹中将麾下《きか》の第二艦隊であったとは、なんとも言えない歴史的な皮肉だった。その日、第二艦隊がミッドウエー基地に向かって北上していたのである。

アメリカ艦隊の動きがほとんどないこの海域は、ある意味では平和が続いていたと言っていい。その平和を破ったのは、第二艦隊麾下の第四水雷戦隊旗艦軽巡『由良《ゆら》』から発せられた命令許可願いである。『由良』が東方の海底にアメリカ軍潜水艦らしきものを発見し、それに対する攻撃の許可を求めてきたのだ。

近藤長官はその距離を聞き、少し迷った。攻撃は可能だろうが、下手をすると攻撃開始海域が、アメリカ軍が自分たちの制海域と考えている付近になるかもしれない。

現在、〈オーストラリア攻略作戦〉を主目標としている海軍と連合艦隊司令部は、無闇にミッドウエー海域でのアメリカ軍との抗戦は避けるようにと第二艦隊に命じてきている。前任のミッドウエー守護艦隊である小沢治三郎中将の率いた第三艦隊の、無茶を案じてのことであった。

近藤は、その命令に反することを考えたのだ。しかしポート・モレスビー攻撃の情報が兵たちを憤《いきどお》らせており、ほとんどの者が抗戦を望んでいることも近藤は知っていた。

「攻撃は認める。ただし、敵潜水艦が危険海域に入った場合は、命令は変更されるものとする」

思案の末、近藤は『由良』および第四水雷戦隊に命令を発した。許可を受けた『由良』艦長大江重孝《しげたか》大佐は、第二駆逐隊の四隻の駆逐艦に敵潜水艦狩りを命じた。

大江艦長は悪い人間ではないが、上昇志向が強く、次への出世を狙っていたことがこの場合、裏目に出たのかもしれない。功を摑みたい大江は第二駆逐隊に、「必ず敵潜水艦を殲滅《せんめつ》せよ」と命じたのである。

戦いから遠ざかっていたがために戦いに飢えていた第二駆逐隊にとっても、その命令は待ってましたという感じで、逃走を図った敵潜水艦を逃がすものかと全速で追った。


「偵察機が日本艦隊の駆逐艦を発見しました」

「本当か！」

第一六任務部隊指揮官の猛将ハルゼー提督は、にわかには信じられず情報を確かめさせた。

結果、情報に誤りがなく、しかも近くには艦隊本隊が見えないと続けられていた。

「どう思う、マイルス」ハルゼーが、参謀長ブローニング大佐に意見を求めた。

「状況はいくつか考えられますが、我が軍の潜水艦を追ってきたという可能性が一番高いと思われます」

「こちらの攻撃を覚悟でか……情報によれば、我が部隊と同じように、日本艦隊もこちらを刺激しないようにとの命令が出ているはずだが」納得できないのか、ハルゼーが首を捻る。

「しかし、本隊が近くにいないということですから、そのように思われます」

「罠ではないのか？　実は近くに本隊がいて、スキを見てこちらに攻撃を仕掛けようという」

「否定はしませんが、提督、何故《なにゆえ》そんな手間をかける必要があるんです？　あちらだって、我が艦隊がここいらに控えていることは承知しているはずです。攻撃をするならば、駆逐艦を野放しにしてこちらを刺激するのは下策です。今、敵艦隊の指揮を執っている近藤は、そこまで愚かな人物ではないと思われますから」

「なるほど。それで、どうする？」

「叩きましょう。ここで甘い顔をすれば、日本艦隊はこれまで以上に図に乗るはずですからね」

「だな。しかし、参謀長の言う通りならば、ここまで駆逐艦を引っ張ってきた潜水艦は勲章ものだぜ」ハルゼーがニンマリと笑った。

アメリカ海軍航空部隊の出現に、深入りを悟った四隻の日本海軍駆逐艦はあわてて転舵して全速力で逃亡を図った。だが、どんなに高速な駆逐艦でも航空機との競争に勝てるはずはなかった。

ドガガガ――――――ン！　ズグワァァ――――ン！

あいついで右舷に魚雷を受けた『村雨《むらさめ》』がまず海に飲み込まれ、直後に『夕立』も魚雷を三本もらって撃沈した。

「愚かなことを！」

四隻の駆逐艦が、深入りしてアメリカ軍からの攻撃を受けているという情報に、近藤長官は悔しさで奥歯を噛んだ。

だがほうってはおけない。近藤はてきぱきと第五航空戦隊の二隻の空母から支援部隊を出撃させたが、遅いであろうことはわかっていた。

アメリカ軍偵察機が日本海軍の第二艦隊を発見したのは、その少し前であった。

「本隊への攻撃は無理だな」

第二艦隊の位置を知らされたハルゼーがうなる。距離がありすぎるのだ。しかしこれは予想できたことであった。互いの艦がいつでも攻撃に入れる距離にいれば、嫌でも戦わなければならないからである。

「戦果は？」

「敵駆逐艦三隻撃沈、一隻は逃がしたようです」

「なら、満足しておこう」

「しかし、提督。これでミッドウエーにあった平和ムードは消し飛びましたね。日本艦隊が黙ってこの屈辱を受けるはずはありませんからね」第一六任務部隊旗艦空母『エセックス』艦長が嬉しそうに、言った。

「そういうことだな、参謀長」

「その可能性は高いと思いますが、一気に来るようなことはないのではないでしょうか」

「なんでかね」

「敵第二艦隊にこれ以上の被害が出ればそれこそミッドウエーは手薄になり、援軍を送ればポート・モレスビーおよびソロモン海域の戦力にも影響します。駆逐艦三隻は小さい被害ではないでしょうが、我慢の限界とも言えるかもしれません」

「艦長。参謀長はそこまで読んで、俺に駆逐艦を攻撃させたらしいぜ」

ハルゼーがニンマリとして、言った。

「むろん日本艦隊の本格的な報復に対する警戒態勢は、これまで以上に必要ですよ、提督」

ブローニング参謀長が、表情も変えずに言った。


ミッドウエーを巡るいざこざを、ニミッツは内心で歓迎した。十分な、とは思わないがスプルーアンスを呼び戻す材料になると考えたからだ。

第一八任務部隊の到着を待ってハワイに帰還せよというニミッツの命令は、第一七任務部隊指揮官スプルーアンス中将を激怒させた。先日の自任務部隊の活躍に対して賛辞が送られてきてからさほど間もないことも、スプルーアンスには気に入らなかった。

しかし、「ミッドウエーに不安あり。そして君の忘れ物がここにある。それをハリスに拾わせるのかね」という言葉は、スプルーアンスにも無視はできなかった。

「粘っても無駄だろうね、ドナルド」

スプルーアンスが悲しげな笑みを浮かべ、参謀長キャスター大佐に言った。

「そう思います。ですが、同時に作為が感じられますね、ニミッツ長官の言葉には」

「ああ、わかっている。長官はハリス中将をこちらに投入したいのだろう」

「ですが、悪意からではないと思いますよ」

「そうかな」

「明晰な提督の頭脳も、自分のことになると少し鈍るようですね」

「手厳しいな。君の考えを聞こう」

「ハリス提督ですよ。前に話し合ったじゃありませんか」

「ああ、そうだったな。すると君は、ハルゼー中将とハリス中将を引き離す策として私をハワイに呼び戻したと思うんだね」

「それもあると思いますし、おそらく南太平洋行きはハリス中将が自ら申し出たのでしょう。しかし無条件でそんなことを許せば、ハルゼー中将が黙っているはずはありません」

「そんなとき、ミッドウエーにアクシデントが起きた。それっ今だとばかりに、ニミッツ長官は決意されたわけだ」

「それと、たぶんですが、ニミッツ長官自身がハリス中将と離れたかったかもしれません。二人のブルをそばに置くなんて、私だって嫌ですからね」

「ふふっ。有り得る話だな。となれば、まんざら私にも悪いわけではないか」

「私はそう判断します」

「じゃあ帰るとするか、ハワイに。久しぶりに本当のブルの赤鬼顔を見るのも悪くないしね」

「そういうことですね」キャスター参謀長が楽しそうに笑って、大きく両手を開いた。


南西太平洋方面司令官ダグラス・マッカーサー陸軍大将の機嫌が、日増しに悪化していた。

ポート・モレスビー奇襲攻撃の成功で有頂天でいられたのは、ほんの数日に過ぎなかった。確かに作戦そのものは成功したように見えるが、見る者が見れば明らかに尻切れトンボだし、予想を上回る被害をアメリカ陸軍航空部隊は受けていたのである。

そのための、第二作戦ともいうべき二度目のポート・モレスビー攻撃作戦に対し、航空部隊首脳が乗ってこないのだ。いや、乗りたくても戦力に不安があるのだろう。前回のような奇襲ならまだしも、第二作戦では日本軍もそれなりの準備をしているだろうし、マッカーサーが第一七任務部隊の殊勲を無視した結果、海軍がへそを曲げ、次の作戦には支援はしないだろうという憶測も飛んでいた。

第二作戦は失敗するだろう。それが陸軍航空部隊首脳の偽らざる判断だったのである。

「なにを世迷《よま》いごとを言ってる！　鉄は熱いうちに打てと言うではないか。ここで作戦を中断すれば第一作戦がなかったことになるんだ。そのことがあの馬鹿者どもにはわからないんだ」

マッカーサーの怒りはとどまることがないが、笛吹けど踊らずのたとえ通り航空部隊が動かなければどうにもならない。もちろん強引に命令を下すこともできるが、そんなことでは作戦が失敗するだろうことはマッカーサーにもわかる。怒りの対象は周囲に限られ、連合国軍南西太平洋方面司令部はこの数日ピリピリとした空気で充満していた。

昼間からウィスキーを生《き》で飲んでいたマッカーサーが、よろめく足で立ち上がったのは午後二時過ぎだった。

「出かけてくる」少しろれつの回らない口調で言うと、マッカーサーは執務室を出て行った。

「誰もついてこんでいい」玄関先でマッカーサーは従兵たちに命じて、準備してあった車に転がり込んだ。

「どこでもいい。海にやってくれ」マッカーサーが低い声で、命じた。

数分後、砂浜に降りたマッカーサーは、大の字になって転がった。怒りと屈辱が体中を駆けめぐっている。二度目の体験である。

もちろん一度目は、極東陸軍司令官にあったフィリピンから脱出したときだ。

「アイ・シャル・リターン」などと強気に振る舞ってはいたが、内心では大きな挫折感を味わっていたのである。

「だが私は、それも乗り越えた。だからまた乗り越えるだけだ。そのために私に必要なのは、忍耐だ。私がもっとも嫌いで苦手でもある我慢だ。しかし、私にはできる。私はアメリカ陸軍史上最年少で少将になり、参謀総長に就任したエリートなのだ。そして、これからも私はそのことを証明し続けていくだろう。こんなところで砕けるほど私は柔《やわ》な人間ではないのだ！」

マッカーサーが、吼えた。やがて、ゴーッゴーッといういびきをかき始める。

確かに、この男がモンスターと呼ばれることに、不思議はなかった。

ブブワァン！　ブブワァーーン！

海上に浮かんでいた漁船が、吹き飛んだ。

「命中！」

『瞑風』と呼ばれることになった双発双胴機の放った二発のミサイルである。

『瞑風』の操縦席は左右に一つずつあり、一つが機体を誘導し、一つが新型レーダーによって目標を破壊するミサイル『雷光』を操縦する席だった。

『雷光』と命名されたミサイルの全長は四・一メートル、重量は三四〇キロであった。魚雷に比べると大きさも重さも小さいサイズのため魚雷ほどの威力はないが、レーダー誘導という命中率を考えれば失敗は少ないはずだ。そのため非常に安価な兵器だと、開発者の海軍超性能兵器開発研究所員小島弘文技術大佐は笑って言った。

『雷光』は『瞑風』に二発搭載される。小島はなんとか倍の四発搭載できるようにと苦心したが、重量の関係でそれは果たせなかった。新しいシステムを装備したため『瞑風』自体の自重がけっこうあることも、二発にできなかった理由である。固体燃料によって『雷光』が飛翔できる距離は、およそ五キロ。五キロ離れていても、ほぼ一〇〇パーセントで命中率するのである。

二機目の『瞑風』が雲間から現われ、低空飛行に移る。

「重量を考えれば動きがスムーズでしょう」『瞑風』の開発責任者である海軍航空技術廠（空技廠）の技術者長内広元技術中佐が、誇らしげに言った。母体である『零戦』のエンジンは非力だから、確かに長内たちの技術が光る面だった。

大きさの割には滑るように滑空する『瞑風』の二本の腹から閃光がほとばしった瞬間、ブン！　ブン！　と二発の『雷光』が発射された。

『雷光』の最高速力は音速、今風に言えばマッハ一である。

「ドイツ軍が開発したV2ロケットよりは遅いが、それでも対空砲で撃ち落とすことはほとんど不可能だよ。これも経済的な理由さ」

小島が値段にこだわるのは、『雷光』が決して安価な兵器ではないからだ。魚雷の十数倍するのである。

グワァァン！　グワッ────ンン！

二発の『雷光』が、コンクリートで造ってある目標をいともたやすく砕いた。

「当たり方にもよるが、アメリカ軍の新型空母エセックス級の舷側だってこうなるはずだ」小島が自慢げに言って、鼻をひくつかせた。

「来月までに五機の『瞑風』が誕生します。すぐにでも『大和』に搭載する予定です」

「あちらには話してあるのかい」

「ええ。千崎中将も神参謀長も大喜びしてくれましたが、私たちほどではないようでした」

「そりゃあ、そうだろう。あの二人は、志藤少佐からもっとすごい兵器の存在を聞いているはずだろうからね。それに比べたら『雷光』や『瞑風』ではまだまだ物足りないとさえ思っているのかもしれないさ」

「やれやれ。それが事実としたらとんでもない話ですよ。『天戦』『快天』『瞑風』『雷光』、いずれの兵器も、私や私の仲間がそれこそ寝食を忘れて開発したのですよ。それでも足らないと言われるんだったら、私たちはいったいどうすればいいんでしょうね」

「やるしかないさ。この戦に負ければ、皇国はなくなるかもしれんのだぞ。それを考えたら、贅沢は言えんだろう」

「それはわかっていますけどね」

「心配するな。私が、なるべく簡単で、さほど苦労せずに開発できる兵器を考えてやるから」

「よく言いますね、小島大佐。『天戦』にしろ『瞑風』にしろ、どこが簡単な兵器ですって申し上げたいですよ。さっき私が言ったことを聞いていなかったのですか」

「戦時だもの、しょうがないだろう。平時ならじっくりと取り込めるだろうが、今はそんなことは言っていられんのだから」

「はいはい、わかりました。そう大きな期待はしませんから、なんでも考えて下さいよ」

「あはははっ。大いに頼むぞ」

小島が長内の背中を、手のひらで叩いた。加減はしたつもりだろうが、なにしろ重量のある小島がやったために、疲労の頂点にある長内はよろけた。

「おっ。すまん」小島があわてて長内の体を支えた。温かい手だと、長内は思った。

(結局俺は、小島大佐に魅入られたのだろう。文句を言いながらも、次にこの人はどんなものを持ってくるのだろうかと楽しみしているのが事実だからな)

周囲が明るくなったのは、雲間に隠れていた太陽が顔を出したからだ。


目が覚めた。

「夢か」窓から差し込むカーテン越しの光に目をしかめ、志藤雅臣少佐はつぶやいた。

夢の内容は、あちらの世界の『あきつ』内での変哲もない日常生活だった。黙々と任務をこなし、訓練に参加する。退屈ではないが、さほど充実していたとも言えない気がした。

それでも不満はなかった。なにしろ自分の選んだ人生である。

しかし、志藤はそれが嫌ではなかった。楽しんでいる部分さえあった。

自衛隊員という職業に就いて武器の訓練をしたが、これを使うことはないと志藤は思っていた。むろん絶対に有事がないと言い切るつもりはないしその覚悟もしてはいたが、正直に言えばそんな意識は希薄だった。

だが、この世界は違う。目の前で砲弾が飛び、船が沈み、飛行機が砕け散った。恐ろしさももちろんあった。戦争の愚かさもわかった。しかし、逃げ出すことはできないのだ。

「だが、逃げ出したくなったのだろうか」

志藤が自問した。答えは出てこなかった。

「その前に死ぬのかもしれんな、この奇妙な病気で……が、俺はそれからも逃げられんのだよな。ふふっ。考えてもしかたないことだったな、はじめから」

ベッドを降り、カーテンを開けて窓を開いた。見慣れた景色だが、細部は違う。入院したばかりのときに香っていた梅は、今や新緑の葉に埋まっている。咲き誇った桜も、すでにない。

青空を見る。

「俺の世界と同じなんだよな、この色も」

そのときノックがあった。ドアが開き、小島大佐が笑顔で立っていた。手には風呂敷包みがある。

「ミサイル試験のときの写真だよ」

「ああ。それは楽しみですね」

小島がベッドに写真を並べてゆく。志藤の世界の写真に比べれば粗末な写真だが、『雷光』発射試験の臨場感は見事に伝わってきていた。

見終わったとき、「次はなにを造ろうか、志藤少佐」小島が言った。

「さあ、どうしましょう。前にもお話ししましたが、私は技術者ではないのでそう次々とはアイデアをひねり出せませんよ」

「それでもひねってもらわんと困る。日本が勝つのは無理としても、負けないためにはもっとすごい兵器が必要だと私は思っているんだ」

「はあ」

「どうせ暇なんだろ」小島がからかうように言う。

「それは事実ですよ。実際、退屈で死にそうなくらい暇です」

「ならばいいだろう」

「でも、あまり期待はしないで下さいよ」

「と言いながらも、志藤少佐は私をいつも助けてくれるからな」

「困った人ですね」

「なんと言われようとかまわんが、私には君が必要なんだよ」

「……私が必要ですか」

「そうだ。千崎中将も神参謀長も、そして他の兵たちも、みんな君を必要としているんだ」

「そうですか。私が必要ですか……」

「なんだよ。ニヤニヤして」

「いいですね。人に必要とされるのは」

「なに言ってるんだ。そんなこと今に始まったことじゃないだろ」

「ええ。そうだったのかもしれませんが、ちょっと忘れていたのかもしれません。わかりました。やってみますよ」

迷いのようなものを完全に吹っ切ったわけではないが、志藤は再び生きる闘志のようなものを取り戻したような気がした。

一九四三（昭和一八）年五月下旬。志藤の世界の歴史では、日本軍が敗戦の道に踏み出した時期であった。

第六章　暁《あかつき》か闇か

　不思議なにらみ合いがこの一カ月、日本軍とアメリカ軍の間にあった。互いに攻撃をセーブしたわけでも避けたわけでもないのだが、わずかな探り合い程度の接触があっただけで、大きな海戦も激しい爆撃戦も行なわれなかったのである。

　もちろんそれぞれに事情はある。日本軍の場合、マッカーサーによるポート・モレスビー奇襲作戦で受けた被害の回復が遅れたために珊瑚海を中心に守備を固める必要があり、その他の作戦を自重したのだ。駆逐艦三隻を失いながらミッドウエーの第二艦隊が動かなかったのもその影響によるもので、下手に動いて戦線が拡大し、支援が必要になることを、連合艦隊司令部は恐れたのである。

　また、いつもならこんな状況になると決まって動き出す『大和』航空戦隊にも、動けない理由があった。『大和』に新造機『瞑風』を搭載する準備が行なわれていたのである。滑走路での試験ではさほど離着陸に問題はなかったが、動いている空母への離着艦はベテランの操縦員にとってもそう簡単に行なえることではなかったからである。同時に『雷光』の発射訓練も行なわれ、こちらもまた小島が予測した以上に難しいものであった。

一部の『大和』航空戦隊司令部幕僚の中には、「もう少し時間をかけたほうが」と言い出す者もいたが、千崎と神は「敵は待ってくれんよ」と、訓練期間を一カ月にとどめた。

また、操縦員が心待ちにしていた新鋭艦上戦闘機『天戦』が大量に搭載された結果、『大和』航空戦隊に残された『零戦』はほんのわずかになったのである。もっともこれらの『零戦』は『瞑風』と名を変え、この後『大和』艦上に再登場するのだが、それはもう少し後の話だ。

一方の太平洋艦隊の場合、ハリス中将麾下《きか》の第一八任務部隊を南太平洋に送り出すことと、その後スプルーアンス少将が指揮する第一七任務部隊をハワイに迎え入れるという事情があり、作戦を実施することができなかったのである。また、アメリカ陸軍がなりを潜めていたのは、こちらもまた新しい戦力を蓄える必要があったからであった。

頼みの綱とも言える超重爆撃機ボーイングB29『スーパーフォートレス』の導入はまだ実現しなかったが、欧州戦線で評価を高めたリパブリックP47『サンダーボルト』が、そう多い数ではないが前線に配備されつつあった。

喜ぶと思われたダグラス・マッカーサー陸軍大将だが、そこは彼らしく、「遅い遅い。欧州など、待っていればそのうちに終わるんだ。新鋭機の投入は太平洋からと厳重な抗議を申し込んでおいた」と息巻き、周囲を辟易《へきえき》させたのであった。

偶然に生まれた穏やかさは、逆にこれから再開する血戦の中にぽっかり咲いたあだ花のようなものであった。そしてそれは、珊瑚海の一角でまた散ろうとしていた。

第一七任務部隊から任務を引き継いでニューカレドニア島のヌーメア軍港に錨を下ろした第一八任務部隊指揮官ハリス中将は、露骨に不満を示す顔で、旗艦空母『イントレピッド』の指揮官室で葉巻をくゆらせていた。意気込んで乗り込んでは来たものの、ハワイからいっこうに出撃許可が下りないのである。

「ふざけた話じゃないか。第一七任務部隊と違い、我が艦隊は十分に日本艦隊と正面から激突できる力を持っているのだぞ、フォーン参謀長。それがどうだ。なにを怖がっているのだろうね、ニミッツは」紫煙をはき出しながら、正面に座る参謀長フォーン大佐を見た。

「大西洋にいるときに、ニミッツは腰抜けだという噂を耳にしました。まさかとは思っていましたが、ひょっとすると事実かもしれませんね」上官に負けぬほどの無礼な言葉を、フォーン参謀長が吐いた。

「こうなれば、フォーン参謀長。ニミッツの命令など無視して、ひとつ日本軍をからかってやろうと思うがどうかね」

「おもしろそうですね」フォーンが同調する。

このコンビの指示無視は何もこれが初めてではない。大西洋艦隊当時にも何度か実行しており、それが困ったことにめざましい戦果を上げていた。大西洋艦隊司令長官は腹では相当なる怒りを感じていたろうが、戦果が戦果だけにその怒りを何度も飲み込んでいたという。

このような指示無視は一面、遊軍的存在の『大和』航空戦隊と似ているように見えるが、実際はまったく違う。『大和』航空戦隊ははじめからそういう条件の下に創設された部隊であり、自分勝手な行動をとっているように見えるものの、突発的な作戦をのぞいては連合艦隊司令長官古賀峯一大将の了承を得てから作戦が行なわれていたのだ。

もっともほとんどの場合、『大和』航空戦隊の作戦行動は他の艦隊には知らされていないので、他の艦隊の指揮官から見れば、「『大和』航空戦隊は勝手な行動ばかりとりやがる」ということになるが、ハリス提督が行なってきたこととは根本的に意味合いが違うのである。

「どこを攻めますか、提督」フォーンが聞く。

「手始めに、先日第一七任務部隊の攻撃を受けて弱っているだろうガダルカナル基地を叩いてやろうと思う。ただし、それが目的ではない。私がやりたいのは艦隊との決戦だ。要するに、ガダルカナル基地を叩くことで、ポート・モレスビーあたりをうろついている日本艦隊を呼び寄せてやろうというわけだ」

「そして、ノコノコとやってきた日本艦隊に攻撃を加える。そういうことですね、提督」

「悪くないだろ」

「賛成です。で、作戦開始は？」

「早いほうがいいに決まっているさ。待つのはもう飽きたからな」

ハリスが片目をつぶると、フォーン参謀長が声を上げて笑った。

第一七任務部隊の攻撃によって被害を受けたガダルカナル航空基地だったが、懸命なる復旧作業によってどうにか回復することができたのは一週間ほど前だ。狭かった二つの滑走路も、このたびの復旧作業を機会に拡充が行なわれて今まで以上の戦力を蓄えることが可能となり、アメリカ艦隊の攻撃によって傷心の体だった荻原芳道第三〇航空戦隊司令官にも余裕が戻っていた。

「だが、俺は満足したわけじゃないぞ、首席参謀」司令室で、荻原はどうもそりが合わない首席参謀宮本小次郎中佐に、言った。

「承知しています」宮本が、うんざりした思いを隠して言った。

基地を守護する艦隊を呼びたいと、復旧作業が進むなか、荻原は言い出した。

実際、ガダルカナル基地造成中には第八艦隊がその任に当たっていたのだが、壮絶な戦いの中で壊滅していた。一時期は『大和』航空戦隊がその任を引き受けたが、作戦海域は広がる一方で、現在のところラバウル、ガダルカナルの両基地を守護する艦隊はなかったのだ。

基地の規模が大きくなり、戦力も整って自力で守ることが可能なのと、この方面の攻撃主力のアメリカ陸軍航空部隊が非力であるという理由からであったが、先般のアメリカ艦隊の攻撃によってアメリカ海軍は決してこの方面を無視していないことが証明され、荻原は守護艦隊の必要性を連合艦隊司令部に進言した。

荻原の進言を受けた古賀連合艦隊司令長官もその必要性を認めはしたが、現実問題として、既存の艦隊はもちろん新しい艦隊を創設してソロモン方面に派遣する余裕はなかった。

いや、『大和』航空艦隊を派遣しようかという考えもないではなかったが、当面の連合艦隊の目標は〈オーストラリア侵攻作戦〉である。その前線基地としてのポート・モレスビー奪取が急務で、『大和』航空戦隊の次なる目的地はポート・モレスビーと決めてあったし、肝心の『大和』航空戦隊が現在横須賀にあるため、先の理由によって行動を起こすのは不可能であった。


「どうしたものかな」

連合艦隊旗艦戦艦『長門』の長官室で、古賀長官が連合艦隊参謀長宇垣纏《まとめ》中将を見た。

古賀、与《くみ》しやすしと見て裏から操ろうと画策した宇垣だが、その野望は時を経るにつけ難しいことが判明していた。確かに古賀という人物は、押しが弱かったし気弱な面も持っていたが、地位が人を作るというたとえもある通り、時を経て経験が深まるにつれ、連合艦隊司令長官としての威厳と能力を示し始めたのである。

そうなると、それまで古賀を軽んじていた連中の態度も変わった。

「宇垣参謀長がしっかりしないと、連合艦隊は大変ですよ」などと、宇垣に追従していた者までもが、「さすがに古賀大将は長官の器ですね」などとコロリと言うことを変えた。

その時点で、宇垣は参謀長の職務に忠実になるしかあるまいと悟ったのである。

「無理でしょうな。弱小艦隊を作って送るという手がないではありませんが、そんな艦隊ではもしものときに役に立ちませんし、負ければアメリカを勢いづかせてしまうことにもなりかねませんからな」

「今すぐにというわけにはいかないが、ポート・モレスビーの片《カタ》が付き次第『大和』航空戦隊を送ろうかとも考えているんだが、本来あの戦隊は遊軍的な存在だからソロモンに常駐するわけにはいかんからね。常駐はあの戦隊の特異性を失わせることになるし」

「まあ、そうでしょうな。先般のパナマ運河沖遠征のように、神出鬼没が『大和』航空戦隊の持ち味でありますからな」

「となれば基地戦力の増強だが、それもちょっと難しいよな」

「ええ。次に控える〈オーストラリア侵攻作戦〉を睨んだ場合、そう多くは割けませんし、先日のポート・モレスビーの戦いの苦戦の一因は陸軍航空隊の遅延でしょうから、第二艦隊だけで十分と考えていた航空戦力では不十分と考えるべきでしょう」

「うん。こうなるとポート・モレスビーに海軍航空基地を造るという計画を早めるべきかもしれないね」

「私もそう思います。それに、陸軍がポート・モレスビーの航空基地に持ち込んだという新型戦闘機は、新型でありながら故障が多く評判が悪いという噂もあります。ということからすると、陸軍の航空戦力に大きな期待をすることは危険かもしれません」

宇垣の言葉に、古賀がうなずく。同じ噂を古賀も耳にしていたのだ。

「結局、戦力が足りない。そういうことだな」

「もう少し陸軍が南方戦線に航空戦力を回してくれれば、楽になるんですがね」宇垣が愚痴っぽく言った。

「それは言うまい、参謀長。陸軍の本音は、太平洋は海軍の戦いで、協力はするが限界があるということだろうからね」古賀も無念そうに言う。

「荻原には申し訳ないが、ここは耐えてもらうしかないな」

言って古賀が、長官室の天井を睨んだのは数日前だった。

太平洋艦隊第一八任務部隊がガダルカナル基地に接近した日は、朝から強い雨が降っており、航空部隊を出撃させるかどうかハリス中将は迷っていた。しかし、結論が遅れればガダルカナル航空部隊が張っているだろう索敵網に引っかかる可能性も高いと判断したハリス中将は、強行することに決定した。

ハリスが編成した攻撃部隊は、艦上戦闘機二四機、艦上爆撃機三二機、艦上攻撃機三二機、合計八八機である。パイロットおよび搭乗員はいずれも大西洋を暴れまくったベテランが中心で、多少の雨風など技術によってカバーできる者たちであった。

アメリカ軍攻撃部隊はガダルカナル基地南西から出発して北上した後、南下するというコースをとった。その方向からは敵が来ないと、ガダルカナル基地に錯誤させるためであった。

攻撃部隊の作戦は、的中する。レーダーによって機影を確認した第三〇航空戦隊司令部が、この機影をラバウルからの友軍機と勘違いしたのである。レーダーはもともと雨に弱いという条件が、これに重なった。機影の発見が遅れたのである。

だがラバウルへの確認によってこちらに向かっている部隊の存在が否定され、第三〇航空戦隊司令部はあわてた。

「首席参謀。即刻迎撃部隊を出撃させたまえ！」荻原司令官がせっぱ詰まった表情で命じた。

「了解しました」宮本首席参謀は命令を受けたものの、大きな不安を感じていた。

激しい雨風は航空機の弱点の一つでもあるが、同時に日本軍航空基地の欠点でもあったからだ。未舗装の滑走路が雨によって泥沼化し、航空機の離陸を難しくさせるのである。しかし、今は決行するしかなかった。

司令部の命を受け、困難な出撃を行なったのは二四機で編成された『零戦』部隊である。指揮を執る今村太郎少佐はベテランで、第三〇航空戦隊の中にあって一、二位を争う技量の持ち主であった。

今村隊は雨を避けるべく高度を雨雲の上に上げると、敵攻撃部隊の背後をとるために針路を大きく迂回させた。今村の狙いはズバリ当たり、敵部隊の背後をとることに成功した。

ところが、航空レーダーを搭載するF6F『ヘルキャット』隊は、今村隊の接近に気づいていたのである。始まった格闘戦《ドッグファイト》で、今村隊はあっという間に半数の『零戦』を失った。対して今村隊が撃ち落とした『ヘルキャット』は四機。『零戦』と『ヘルキャット』の力の差を改めて証明する結果に、報告を受けた第三〇航空戦隊司令部は慄然とした。

南国の空の変化は早い。アメリカ軍攻撃部隊がガダルカナル基地上空に到達したときはあれほど激しかった雨が、完全にやんでいた。

基地北方から侵入したアメリカ部隊の攻撃は、艦爆による急降下爆撃で始まった。

ギュギュ――――ン。ギュウ――――ン。

高度三〇〇〇メートルから急降下したカーチスSB2C『ヘルダイバー』艦上爆撃機が、次々と五〇〇ポンド爆弾を叩き込む。

グワァン！　グワァン！　グワァンン！

炸裂する五〇〇ポンド爆弾が、ガダルカナル基地の復旧したばかりの施設を砕いた。

ガガガガガッ。ドドドドドッ。

強化された対空砲火陣が、応戦する。

ズガガガァアン！

対空砲弾の直撃を受けた『ヘルキャット』が、火だるまになって地面に激突した。

日本軍から喝采があがったが、長くは続かない。水平爆撃を始めたアメリカ軍艦攻部隊のばらまいた爆弾が降り注いできたのである。

基地施設の炎上が、その攻撃によって広がった。

「くそっ。言わんこっちゃない。連合艦隊司令部が艦隊を送ってくれていれば、こんなことにはならんのだ」恨めしげに荻原が、吼える。

どうかなと、荻原の言葉を聞いて宮本は思った。確かに守護艦隊は宮本も欲しいとは思っているが、それですべてが解決できるとは考えられないからだ。

原因はもっと基本の、戦力不足だと宮本には思えたし、苦戦の理由を艦隊に押しつけるのはどうかなとも宮本は思った。

アメリカ軍攻撃部隊の攻撃は、時間にすれば三〇分に満たなかった。しかし、再び受けたガダルカナル基地の被害は惨憺《さんたん》たるものだった。

敵が去った天空を睨み、荻原司令はこの攻撃で自分の首が危うくなったのではないかと不安で一杯だった。

「畜生め！」ガダルカナル基地が攻撃を受けたという報告に、古賀長官はうめいた。

その姿を見て、宇垣参謀長は忘れかけていた野心に火が灯るような気がした。

人間は、どこまで行っても悲しい生き物かもしれない。

ハリス提督の命令無視に、ニミッツ長官も古賀とは別の意味で激怒した。予想はしていただけに、怒りは大きい。予想していながら阻止できなかったからだ。

「厳重な処罰が必要だろうな。ここは大西洋ではないことを、ハリスに思い知らせるためにもだ」ニミッツが吐き出すように、言う。だが、それにも限界があることは知っていた。残念だが、ハリス中将という男の力もまざまざと見せつけられたのである。

「ハリスという男、予想していた以上に嫌な奴のようだな……」つぶやいて、ニミッツは拳を握りしめた。

有能な部下は貴重だ。ただしそれは部下としての分《ぶん》をわきまえているときだ。部下としての分を逸脱した部下は、貴重である以上に障害となりかねないということにニミッツは無常感さえ感じていた。

ハリス提督の暴挙は、同じような経験を持つ第一六任務部隊指揮官ハルゼー中将にも許されざることであった。

「どうしようもない男のようだな、マイルス。ハリスという男は」

　ハルゼーが悔しそうに言うのを、「というよりも、太平洋艦隊にとっては両刃《もろは》の剣になるかもしれませんよ、提督」とブローニング参謀長は眉をひそめた。

「どういうことだ？」

「あの方が有能であることは事実でしょうが、あの方だけが突出したら太平洋艦隊にある秩序が壊れるかもしれないということです」

「特にスプルーアンスか」

「ええ。あれほど冷静冷徹な少将が、ハリス提督に対してだけは必要以上に感情的になられます。ハリス提督がスプルーアンス少将に与えた不快は、それほど大きかったのでしょう」

　ハルゼーがうなずいた。スプルーアンスがハワイに戻った際に示したハリスに対する態度は、ブローニングが言うように最悪であった。最後には、「私は、どんなに優秀であろうとあの人を認めません」とさえスプルーアンスは言ったのだ。

「秩序か。その面では私も大きいことは言えないが、確かに不安だな」

「不安だけで終わることを願いますが……」言いながら、ブローニングの瞳はどこか遠くを見ていた。

（アメリカ太平洋艦隊は、それこそ最大の危機を迎えているのかもしれない。それも、皮肉にも身内によって）ブローニングの口から荒い息が漏れた。

「ふふっ。予想通りだな、フォーン参謀長。やはりニミッツの下せる処分なんてのはこの程度なんだよ」

「しかし、提督。大西洋艦隊司令長官が下したものに比べると、少し重いかもしれませんね」

「最初だからだ。これから私があげ続ける武勲を見ていれば、ニミッツも私に対して頭を下げるさ。でなければ、太平洋艦隊に栄光はないからな。そうじゃないか、フォーン参謀長」

「ええ。まさに提督のおっしゃる通りだと私も思います」

「うん」ハリスが満足そうにうなずいて、グラスのブランデーをうまそうに飲んだ。

珊瑚海の優しい風が、ハリスのいる第一八任務部隊旗艦空母『イントレピッド』の艦橋に流れ込んできた。至福のとき、ハリスはその瞬間それを味わっていた。

強い日差しが緩やかな太平洋の海面に照り映えている。正確に刻まれるエンジン音が、海面を伝ってゆく。

『大和』航空戦隊旗艦超戦闘空母『大和』の舳先《へさき》が、ナイフのように波を切っていた。

「参謀長。少し寄り道をしようぜ」『大和』航空戦隊司令官千崎薫中将がぶっきらぼうに言うと、

「決めましたか」『大和』航空戦隊参謀長神重徳大佐が、感情を抑えた声で答えた。

「ああ。これ以上、図に乗らせると後あと面倒だし、ポート・モレスビーは今のところ落ち着いているようだからな。問題はねえだろうよ」

「けっこうです。私に異存はありません」

「よっしゃ、それじゃあ、艦長。転針だ」

千崎のドスのこもった声を受けた『大和』艦長庄司丈一郎大佐が、復唱した。

　第一八任務部隊が珊瑚海に深く入り込んでラバウル基地の南方六〇〇マイルの海域にまで至ったのは、ガダルカナル基地の攻撃を決行した五日後の深夜である。まさに傍若無人とも言える行動であった。

「ふふっ。ジャップどもも、まさかここまで大胆な行動をとるとは予想もしていな

いだろうな、フォーン参謀長」

「そうですね。提督の剛胆さは私もよく承知していますが、その私でさえ少し胸が震えますよ」

フォーンの感想は、正しいだろう。この海域には日本軍の索敵機が定期的に飛んでいるし、ガダルカナル基地に戦力の一部を転入させてはいるが、まだまだラバウルに蓄えられている戦力は大きく、ガダルカナルとは比べものにならない。その戦力は、第一八任務部隊にしても決して侮《あなど》れるものではなかったからだ。

「案ずることはないさ。ラバウルの戦力がガダルカナルと比較すれば強力であることは、私も知っている。だが、現在のラバウルにはそれほど大きな戦力はないと私は読んだのだ。ポート・モレスビー守護に回っているはずだからだ」ハリス提督がこともなげに言う。

それはフォーン参謀長にも推測はできる。しかし、あくまで推測であって確証があるわけではないのだ。もし推測が誤っていてラバウルに十分な戦力があった場合は、第一八任務部隊はかなりの被害を受けることになるだろう。だからハリスに案ずるなと言われても、さすがのフォーンも気が気ではなかったのだ。

「攻撃部隊の準備が終わるのは、あとどれくらいだね」

「一五分ほどと」

「よし。完了次第、出撃だ」ハリスが上機嫌で、言った。

　ハリスの推測は、的を射ていた。この時期、ラバウル基地の戦力はポート・モレスビー守護の任でかなり疲弊しており、本来の戦力を下回っていたのである。だが、そうであっても索敵を通常通り行ない、先にアメリカ艦隊を発見できていれば十分に戦える戦力はあったが、まさかラバウルまでは来ないだろうという油断が第一八任務部隊に先手をとらせる結果を招いたのである。

　敵機の機影をレーダーでとらえたラバウル基地司令部は、あわてて『零戦』で編成された迎撃部隊を出撃させた。その数は二七機。

　不足ではないとラバウル基地司令部が判断したのは、ここに至っても敵がアメリカ艦隊ではなくアメリカ陸軍航空部隊と考えたのだ。

　もし敵がアメリカ艦隊の航空部隊だという判断があれば、数はもう少し増やされていただろう。アメリカ艦隊が搭載するグラマンF6F『ヘルキャット』に、『零戦』ではすでに満足な対応ができないとわかっていたからだ。

　ラバウル湾南方で始まった『零戦』部隊と『ヘルキャット』部隊の結果は、実にあっけないものだった。『ヘルキャット』部隊のパイロットたちが『零戦』を完全に飲んでかかっているのに比べ、敵が『ヘルキャット』であると知ったとたん『零戦』の操縦員は浮き足立ってしまったからだ。戦う前から『零戦』部隊は負けていた、と言うべきだろう。

『零戦』部隊の苦戦は、そのままアメリカ軍攻撃部隊の進入を許した。

ドドド————————ン! ガガガ————————ン!

ラバウル基地を包む闇の中にアメリカ軍攻撃部隊の放つ爆弾の火柱が上がり、基地各所に紅蓮《ぐれん》の炎が噴き上がった。だが、ガダルカナル基地に比べ対空砲火陣の数も多く、迎撃部隊の増援もあって、ラバウル基地の受けた被害はガダルカナル基地よりも軽度だった。

それよりも、ラバウル基地司令部が受けた衝撃はアメリカ艦隊が珊瑚海を跋扈《ばっこ》しているという事実だった。完全に制海権を日本軍が握っていると思っていたことが、錯覚だと判明したのである。

そしてそれこそが、ハリス提督がラバウルを攻撃した狙いの主要なものであった。ラバウル基地に一撃を与えた第一八任務部隊の逃げ足は早かった。長居をすれば反撃を受けることを、ハリス提督は知っていたからだ。

「お見事です」フォーン参謀長は、これ以上ないくらいの笑みでハリスを讃えた。

「だから案ずるなと言ったのだ」

ハリスが余裕たっぷりに言い、「さて、一度補給のためにヌーメアに戻ろう」と続けた。


「やってくれましたね」アメリカ艦隊によってラバウル基地が攻撃を受けたことを知り、神参謀長が憮然たる表情で言った。

「敵ながらたいした野郎だぜ。度胸もあるし、目も見えているようだ。だが、少し自信過剰のようだな」千崎司令官の、目が光った。

「ええ。その傾向がありますね。しかしそれが私たちには幸いしましたよ」

「ああ。発見するのに苦労すると踏んでいたが、この攻撃で敵がどこにいるかかなり絞り込めるからな」

「珊瑚海の中央ですね」

「おう。帰るのはどうせヌーメアだ。そのためには最短コースを選ぶだろう。弾薬も尽きているだろうから、なるたけ日本軍とは接触したくねえはずだし、そのコースをとるのが常道だ。参謀長。索敵機は二〇機ぐらいで、どうだ」

「十分でしょう」神が、ゆっくりと返事した。

第一八任務部隊の活躍は、ダグラス・マッカーサーにとっても気に入らないことだった。

マッカーサーは戦力が整い始めた陸軍航空部隊に対して、新たな作戦の立案を命じていた。

前回のように自ら立案しなかったのは、それが航空部隊の反感を買うだろうと考えたからだ。

マッカーサーらしからぬ弱気な態度だが、それはポーズに過ぎず彼の本質はまったく変わっていない。海軍に出し抜かれたことが忌々《いまいま》しくてたまらなかったのである。

「くそっ。やはり立案を阿呆どもに任せるんじゃなかったな。奴らがぐずぐずしていたから、海軍に先を越されたのだ。まったく、屑はどこまで行っても屑だな」

怒鳴り散らすマッカーサーは、まさにいつもの彼だった。

「どうする……私が作戦を立案するほうが早い。しかし、それではまた阿呆どもがわめき散らすだろうことは間違いない」

腕を組み、マッカーサーが沈考する。結論はすぐに出ない。

苛立《いらだ》ちが深まり、喫煙量が増えてゆく。長い夜になるなと、マッカーサーは唇を歪《ゆが》めた。


未明、敵艦隊発見の報が、『大和』にもたらされた。

「敵の本隊は、大型空母一、軽空母一、戦艦一、重巡三、駆逐艦五から六。後方に小型空母四、重巡一、軽巡一、駆逐艦八であります」

「上等だぜ。一隻でも多く珊瑚海に叩き込んでやらあ。ここがおめえらの庭じゃねえってことを、教えてやるためにな」伝法に言って、千崎がニヤリと笑った。

「出撃準備、なせ」神参謀長の鋭く冷たく聞こえる声が、『大和』の艦橋に響き渡った。

東の空が、わずかに闇から濃い青に変わろうとしていた。


「レコードをかけてくれないか」指揮官室に特別に持ち込んだソファで、ハリス提督は緊張を解いてから言った。

レコードの要望はハリスが思考をやめた合図と知っている従兵が、こちらも緊張を解いてプレーヤーに向かった。

泣くようなサックスの音が、指揮官室に緩やかに流れる。ハリスは激しい音楽が嫌いだった。曲によっては、「これは雑音だね」とばっさりと切って捨てることさえあった。

「音楽は美しくなければならないのさ。それは人間の鼓動と同じくらいの速度が最高だ。なぜなら、人間が初めて聞くのは母親の心臓の音だからだよ。そのスピードだけが人間をリラックスさせ、慈愛に包むのだ」

しかし次の瞬間、ハリスが聞いたのは鼓動の早さをはるかにしのぐ激しいノックの音だった。

ハリスの表情がいっぺんに凶悪化した。どうしましょうとばかりに、従兵がハリスを見た。

しかたなさそうにハリスが目で合図を送り、従兵がドアを開いた。騒音の主は、フォーン参謀長であった。

「提督。偵察機が日本艦隊を発見しました！」

「な、なんだって！」弾かれるように、ハリスがソファから立ち上がった。

「しかもその艦隊は、我々がパナマ沖で遭遇した艦隊と思われます」

「ぐぐっ」ハリスの口から獣にも似た声が漏れ、顔が紅潮し、一気に目が充血した。

「攻撃部隊の準備は？」

「スクランブル用の飛行機をのぞけば、少し時間がかかるかもしれません……」

「とにかく急がせろ！」ハリスが叫んで廊下に飛び出した。


「富田。どうだ、初陣の気分は」

『大和』航空戦隊ＬＣＡＣ《エルキャック》隊指揮官安藤信吾機関大尉が、ＬＣＡＣ操縦員高木和夫一等機関兵曹の背後で高木の動きを注視している若い兵に声をかけた。

「昨夜は興奮で眠れませんでした。ＬＣＡＣ自体にはもう何度も乗って、慣れたとは思っていたのですが」富田が恥ずかしそうに頭をかいた。

「気にするな。それよりも、訓練と違って命がかかってるんだ。そっちの気を許すと、とんでもないことになるかもしれんということは忘れるなよ」

「はい、安藤隊長。そのことは高木兵曹から十分に言われております。なるべく皆さんにご迷惑をかけぬよう、努力します」富田が気負ったように言った。

「おうおう、高木。もう先輩面《づら》かよ」安藤が笑いながら言う。

「先輩面なんぞしてませんよ。ただ、富田は飲み込みも早いし性格もいいですから、いろいろと教えてやっているだけですよ」高木が振り返らずに、言った。

「ふふっ。それが先輩面っていうもんだと思うが、まあいい。先輩には違いないんだからな」

「まいったなあ」高木がぼやいたとき、『快天』操縦員の榎波一友少尉と『快天』整備員の有川駿二等整備兵が甲板から戻ってきた。

前回の出撃で榎波の『快天』は故障し、攻撃に参加できなかっただけに、今回の意気込みにはすさまじいものがあったが、故障の責任は自分だと泣いた有川はそれ以上に気合が入っていた。

「問題なしか」

「まったくないですよ。なあ有川」榎波の言葉に、有川が大きくハイと答えた。自信があるのだろう、瞳がキラキラと輝いている。

「よし。獲物が多そうだから十分に戦えよ」

「わかりました」榎波が複雑な顔で返事した。

最後に『大和』の飛行甲板を蹴ったのは、新型攻撃機『瞑風』である。

五機の『瞑風』が『大和』に搭載されていたが、出撃したのは三機だった。一機は補用で、残りの一機はエンジンの調子が悪く出撃を見合わせたのである。

すでに記したように、『暝風』は『零戦』を二機つなげた双発双胴の攻撃機である。『零戦』の良いところも受け継いでいるが、『零戦』の能力を完全に保持しているわけではない。

重量が大きくなったため速度は最高速力四八〇キロと、『零戦』（型によって違うが）よりも五〇キロ以上も遅い。

重量が動きにも影響を与えているがそれでも重さの割には素早いほうだと、開発者で空技廠の技術者である長内広元技術中佐は言っていたが、一号機の操縦席に座る工藤新一大尉に言わせると、物足りなかった。だが、それはしかたないことかもしれない。もともと工藤は『零戦』乗りだったのだ。

攻撃部隊の出撃と、レーダーが敵機を捉えたのはほぼ同時だった。

今回も先手をとられたことにハリス中将は嫌な予感を感じたが、態度には出さない。指揮官の態度が、艦隊の士気にどれほど影響するか熟知しているからだ。

気づいたのは、おそらくフォーン参謀長だけだろう。ハリス提督の完全なるイエスマンであるこの参謀長は、それだけハリスの顔色や態度を読むことにも長《た》けていた。

「迎撃部隊を出撃させろ」

「迎撃部隊出撃」ハリスが言うと、フォーンが復唱する。

「どうした」ハリスが突然、声を上げた。

艦橋が緊張している理由は、この敵に前回手痛い目にあわされたからであろう。

「前回のことを忘れるのだ。運が悪かっただけだからな。パナマ沖に敵が現われるとは、さすがの私も油断した。それは反省している。しかし、ここは珊瑚海だ。いつだって敵が現われる可能性はある。私もそのつもりで指揮をしてきたのだ。諸君はなに一つ案じることなく、私に任せておけばいい」

ハリスの檄《げき》に、わずかに艦橋の緊張がゆるんだ。

「提督のおっしゃる通りだ。昨日の攻撃を思い出せ。我々は単身敵が蠢《うごめ》く海域に迫り、敵を叩いてきたんだぞ。しかも無傷で戻ってきたのだ。提督に従っていれば、なにも問題がないことぐらい君たちは十分に知っていると思ったのだが、違うかね」フォーン参謀長が、余裕の表情でハリスを補足した。幕僚たちが顔を見合わせ、うなずきあう。これで、緊張が解けた。

「よし。敵の狙いは一〇〇パーセント空母だ。各護衛艦の艦長に、空母を死守せよと連絡だ」

　ハリスの命に、艦橋は先ほどとはまったく違う緊張に包まれた。

「来たな」『大和』分隊長室町昌晴少佐が一〇時の方向にぽつんと現われた黒い点を見て、つぶやいた。むろんすでに航空レーダーによって敵の機影は捉えてあった。

　この日、室町が率いる『天戦』援護部隊は、一六機四小隊。待ちに待ったこれまでで最大の編隊だった。

「いいか。一機も帰すな。爆撃部隊に安心して爆撃をさせてやるんだ」編隊無線に叫ぶなり、室町はスロットルを開いた。

　グォォ――――――ンと『天戦』のエンジンが、うなった。

『天戦』援護部隊の後方を高々度で飛ぶのは、攻撃部隊と艦攻部隊の隊長を兼務する『大和』飛行隊長水戸勇次郎中佐麾下の艦攻部隊と、『大和』分隊長山根和史少佐麾下の艦爆部隊だ。そしてその後方に、初陣『瞑風』三機がつき従っていた。

　二人の隊長には穏やかさがあり、余裕さえ感じられた。敵の迎撃部隊など、室町が完全に始末してくれると、水戸も山根も信頼しきっているからだ。

「あと一五分だぞ」指揮官機の九七式艦攻の中央席に座った水戸が、操縦員と後部座席の電信員に告げた。

「雲海です」操縦員の米原俊彦一等飛行兵曹が、これまた落ち着いた声で言う。

「上を抜けよう。室町にはなんの心配もしていないが、無理はしたくない」水戸が優しく答えた。

「お待たせしました」とばかりに『天戦』援護部隊が爆撃部隊の前方に滑り込んできたのは、ほぼ敵艦隊上空だった。

「律儀な奴だなあ。時間に間に合わせやがった」室町機を見た水戸が、嬉しそうに言った。

それが合図だったように、山根が率いる艦爆部隊が急降下に入った。狙うのは軽空母。

ウィィ――――――――ン。グゥオ――――――――ン。

鋭い角度で突っ込む九九式艦爆に、敵護衛艦からすさまじい対空砲火が浴びせられる。

ズガガガガッ！　ドガガガガガッ！　グワァン！

機体近くで炸裂するのは、高射砲弾だ。上空に瞬くうちに高射砲弾の残す黒煙が広がる。

その黒煙を突き破って、艦爆が落ちるように降下してゆく。

ザザザ――――ン。

インデペンデンス級軽空母『カウペンス』の左舷近くの海原に、水柱があがった。

外《そ》れた二五〇キロ爆弾が作ったのだ。

ガガガ――――ン！

二番目の機の放った爆弾が、『カウペンス』の飛行甲板の端っこに当たって小さく爆発した。

『カウペンス』艦長の巧みなジグザグ航走が功を奏して、被害を小さくしたのである。

「ちっ。だらしねえなあ」上空で部下たちの動きを見ていた山根が、苦笑した。

三番目の機の放った二五〇キロ爆弾は海だったが、四番目の機は見事に艦橋と飛行甲板の間に的中させた。

「よし。それでいい」

ガガ――――ン！

五番目の機が、飛行甲板の中央に直撃弾を与えた。

「『カウペンス』が狙われています。くそ。非力なところから狙ってるんだな」

フォーン参謀長が地団駄を踏む。ハリスはそれには答えず、自分が座乗する旗艦空母『イントレピッド』を護衛している戦艦『ワシントン』を見ていた。近代化改装によって対空砲火を強化してはあるが、主砲はまったく動いていない。使う意味がないからだ。

航空機の有効性をハリスは知っているし、巨砲の時代が去ったことも理解していた。それでもなおハリスは戦艦が好きだった。主砲と副砲を備え、威風堂々と走り抜ける戦艦に魅了されていた。

おそらく合衆国で、この後、戦艦を建造することはあるまいとハリスは思っている。だからこそ、哀れだった。だからこそ、悲しかったのである。

「参謀長。『ワシントン』の艦長に主砲を撃つように命じたまえ」

ハリスの意外な言葉に、フォーンがさすがに首を捻った。

「いいんだ。敵のいる上空に向かってぶっ放せと命じればいい」

「わ、わかりました」

コロラド級戦艦『ワシントン』の主砲は、四〇・六センチ連装砲が四基である。

戦艦としての『大和』が積むはずだった四六センチ砲は、『ワシントン』建造当時はないのだから、世界最大級の巨砲であったのである。

ドドォ――――――ン！　ドドド――――――ン！

ところがその巨砲は、上空にいる日本軍攻撃機にかすりもしなかったのである。

発射は一番砲塔のみであった。

「意外に早かったですな、発射まで」フォーンが言う。

「使う必要はないかもしれない。しかし『ワシントン』の艦長は、常にその準備がしてあるのだろう。戦艦を操るものとしての心意気だ」そこまで言って、ハリスは『ワシントン』から顔を背《そむ》けた。この瞬間ハリスは、戦艦を一級の戦闘艦というジャンルから外した。

「提督。『カウペンス』の具合が良くありません」

「どうしたんだ！」

「飛行甲板から爆弾が飛び込んで、機関室に打撃を与えたようです」

「走れんのか」

「どうにか航走はできるようですが、魚雷の餌食になるかもしれません……」

「ち。護衛艦はどうした！『カウペンス』を囲んで、魚雷から守るように言うんだ！」

「わかりました」

「まったく、駆逐艦などいくら失ってもすぐに代わりが造れるが、空母はそうはいかないんだ」

駆逐艦乗りが聞いたら激怒するような言葉を吐いて、ハリスが天空を見た。

ハリスの視界には入らなかったが、その上空では三機の異形な航空機が攻撃の準備に入っているところだった。


「目標は軽空母だね」

「お願いします。はい。この方向です。では、発射します！」加藤大尉がミサイル『雷光』の発射スイッチを押した。

ブン！　ブン！

『瞑風』の腹の下で鈍い音がするやいなや、すぐに尻からオレンジ色の炎を噴き出させた『雷光』二機が、哀れな軽空母に向かってすさまじい速度で突進していった。

時間にしてわずか数秒。

ボババァアン、ブワァアンッと、軽空母の飛行甲板に炸裂した『雷光』が、艦内に飛び込んで爆発した。

　その裂け目から白煙がゴーゴーとすぐに噴き出し、続いて炎の柱が数メートル立ち上った。

「提督。敵戦艦の砲撃です！」

「な、何だと！　馬鹿なことを言うな！　偵察機はなにも言ってきていないぞ！」

「し、しかし『カウペンス』はそう言ってきています！」

「提督。『カウペンス』を護衛している『タスカルーザ』が砲撃を受けたと報告してきました」

「ば、馬鹿を言うな！　敵艦隊とは三〇〇マイルも離れているんだぞ！　そんなところから撃って着弾する砲など、あるはずがない！」

「ど、どういうことでしょう」フォーンが困惑げに言う。

「わかるもんか！」ハリスにも、そう答えるしかない。まさか上空からミサイルが飛んできているなどと、想像だにできないことだからだ。

「て、提督。三隻の護衛空母が撃沈されました」

「な、なんだと！　い、いったいどうなっているというんだ！」

「護衛空母は、おそらくまだよく正体がわかっていない空飛ぶ魚雷の攻撃を受けたものと……」

その話はハワイにいるときハルゼーから聞いていた。だが、ハリスは「妄想だ」と一蹴した。

——信じるか信じないかは、あんたの勝手さ。ただ、パナマで受けた被害から、その可能性があると言ったまでさ。

「あるのか、そんなものが……それはどんなものなんだ」

初めてハリスは、ハルゼーに詳しく聞かなかったことを後悔した。もっとも、詳細を聞いていたとしても『快天』から逃がれる術《すべ》はなかったのだが。

「提督。『カウペンス』が退艦許可を求めてきています……」

「駄目か……」

「もっても二〇分程度だろうと」

「わかった。許可しろ」

ハリスの声がしゃがれているのは、絶叫を続けただけではないだろう。混乱と困惑が重なり合って、ハリスの冷静さと闘志を奪っているのだ。

「い、いったいこの敵はなんなんだ……」

ハリスは自分のことを常勝提督などと言っているが、敗北がないわけではない。

しかし、こうまで完璧に、しかも驚くほど短時間にこれほどの被害を受けた経験はなかった。

「提督。攻撃部隊が敵の迎撃部隊にほぼ殲滅されました」

「馬鹿な、馬鹿な。これほどまで完璧な敗北があるというのか」

「ど、どうされますか」

「うるさい。今考えているんだ」

「しかし、タイミングを見誤れば艦隊が全滅するかもしれません。ご決断下さい」

「タイミングだと？　決断だと？　君はなにを言っているんだ、フォーン参謀長！」

「撤退です、提督……」

「て、撤退！　君は、私に逃げろと言うのか。常勝提督、大西洋の鬼神に、君は逃げろと！」

「他に道はありません。奴らは強すぎます。少なくとも、現在の我々では勝ち目はありません。どうかそのことをご理解下さい」

「くたばれ、フォーン！　貴様はクビだ！　この能なしの腰抜けめ！　いいか。このリチャード・ハリス中将の脳の中には、撤退などという言葉は詰まっておらんのだ！　逃げたい奴は勝手に逃げるがいい！　だが、私は逃げんぞ！　一人になっても戦うからな」

「提督。お願いです。冷静になって下さい。このままでは全滅です！　これ以上の被害が……」

「やかましい。喰らえっ！」

ハリスのパンチがフォーンの顎に入った。フォーンは崩れるように床に倒れた。するとどうだろう。ハリスは失神したフォーンにすがりついたのだ。

「どうした、フォーン！　こんなところで寝ているのか！　我が艦隊の危機だというのに、起きろ、フォーン。起きて敵を叩くのだ！」ハリスに揺すられて、フォーンは意識を取り戻した。

「おお、起きたか、フォーン。さあ、戦うぞ」叫んで、ハリスは艦橋の窓に張りつくように立った。

「参謀長」参謀の一人がフォーンを見た。

「参謀長。提督は……」

別の参謀も暗い目でフォーンを見つめた。

「そうだな……提督は普通じゃない。精神が錯乱しているのだ。軍医。提督を静かにさせるような手はないか」

「睡眠薬でしたら……ただし速効というわけではありませんが」

「いいよ。まず身柄を確保し、指揮官室でその薬を……」

「提督を拘束したまえ」参謀長がつらそうに命じた。二人の屈強な参謀がハリスの両腕を抱えた。

「き、貴様たち、なにをする。離せっ！」

「お連れしろ……」フォーンが悲しい声で命じた。

ハリスが連れ出されると、フォーンは居並ぶ幕僚たちを見回した。

「この後は私が指揮を執る。もっとも、することは一つだ。撤退だ」フォーンの声が力なく響いた。


敵艦隊の撤退を聞いた千崎中将は、うなずいた。

『大和』航空戦隊の本務は、ポート・モレスビーの支援だ。追って叩くまでの余裕はないし、今日与えた被害によってしばらくはこの海域も治まるだろうと判断したのである。

「さあ、いくぜ。参謀長」

「承知しました」

完璧とも言える勝利をあげながら、神は別段嬉しそうな顔もしなかったし、感激もしていないようだった。

「当然だよ。戦が終わったわけじゃない。今日は勝利をつかんだが、明日は敗北が待っているかもしれない。参謀長たるもの、一度の勝利や敗北に一喜一憂などするものじゃない」

理由を問えば、神はおそらくこう答えるだろう。実に神らしくもあるが、まったくかわいげのない答えを返してくるに違いない。

そしてそのことを千崎に問えば、「いいんだよ、神はあれで。かわいげがない？　馬鹿野郎。かわいい参謀長なんぞがいたら、お目にかかりたいね。だが、言っとくぜ。その参謀長は、使い物にならねえだろうってな。参謀長ってえのはそういう仕事なんだよ。神がいるから、俺みてえなだらしねえ司令官でもなんとかやっていけるのさ」と答えるはずだ。

「振り出しかな……」

第一八任務部隊の敗北を聞いた太平洋艦隊司令長官兼太平洋方面総司令官ニミッツ大将が、初めてつぶやいた言葉だ。

軍備を増強し、いざ出直しというときに限って、日本艦隊に叩かれるのだ。特に『大和』航空戦隊という難敵には、ことごとく煮え湯を飲まされてきた。

アメリカは当初日本軍の兵器など取るに足らないと馬鹿にしてきたが、『大和』航空戦隊が使う兵器や武器はその推測を裏切ったどころか、技術力でも経済力でも上のはずのアメリカをはるかにしのぐ能力を持っていたのである。

負けはすまい。今でもニミッツはそう思っている。

すごい武器を持ってはいるものの、国内経済が相当に逼迫していると聞いているから、長期戦になれば日本は手を挙げるだろう。

だが、それまでに被《こうむ》る被害を考えると身震いさえ感じた。また、日本に勝って得るものを見ても、失ったものと相殺できるかさえ怪しかった。

「そんなものを、勝利と言えるのか」そう言いすてたとき、ドアがあわただしくノックされた。

「入りたまえ」

ドアが開き、情報部の職員が飛び込んできた。

「どうしたんだ。あわてて」

「と、とんでもないことがおこりました」

「落ち着いて話したまえ」

「長官は、陸軍が推し進めていた『マンハッタン計画』なるものについてはご存じですね」

「詳しいことは知らないが、確かスチムソン陸軍長官が中心になって進めているプロジェクトで、相当に強力な新型爆弾を開発しているんじゃなかったかな」

「その通りです。正確な名称は原子爆弾。成功すれば、一発で数万人を一瞬にして殺戮《さつりく》することができると言われています」

「一発で数万人だと！　それはもはや普通の兵器の範疇《はんちゅう》を超えるな。もしそんなものを使ったら、戦闘員も非戦闘員も区別なく殺戮することになるじゃないか。スチムソン長官はとんでもないものを造ろうとしているね。まさに悪魔の兵器じゃないか」

「その悪魔の兵器が、製造工場で誤爆したと言うのです」

「な、なんだと！」

「被害は今わかっているだけでも一万人近く、製造工場のあった町の市民が含まれております」

「製造工場のあった町の市民だと」

「まだ増える可能性が高いんです。町全体が火災を起こしているため消防隊さえ近づけません」

「これは、大変なことになるぞ。政府がひっくり返るかもしれない」

「ええ」

「とにかく幕僚を集めてくれ。直接、私たちがなにをできるわけじゃないが、政変には混乱がつきものだし、あらゆる可能性を検討しなければならないからね」

「わかりました」

「ああ、そうだ。今朝、出撃した第一七任務部隊を呼び戻してくれ。陸軍の力だけでは足らない場合も考えられる」

　情報部の職員が帰った後、ニミッツは椅子に背中を強く押しつけるようにして座った。

　正確な情報が欲しいと、思った。政府がひっくり返った場合、この戦争自体がどうなるかわからないのだ。

「スターリンが死んだという噂は本当だったか」東条英機首相がゆっくりと、洩らした。

「これで大陸は安心ですな」訪れていた陸軍参謀総長杉山元大将が、嬉しそうに言った。

「さあ、それはどうでしょうか。当面はあそこも権力争いなどから我が国に対する恣意行動は減少するかもしれませんが、誰が後継者になったとしてもソ連人であることに変わりはありません。あの国にとって我が国は、いつだって邪魔な存在ですから。いや、後継者によっては、スターリン以上の強硬路線をとってくるかもわかりませんからね」

「なるほど」

「また、ドイツではボルマンが倒れ、倒したゲーリングもまた失脚したとのこと。これでもうドイツの目は完全になくなりました。早晩、連合国軍に敗れるでしょう」

「簡単に言うじゃないか、首相。欧州戦が終われば、アメリカばかりではなく欧州の連合国軍も相手にしなければならないんだぞ」

「おそらくそうなるでしょうね。どうも、エースのカードを切る機会を見誤ったようです」

「それではどうするんだ」

「アメリカに頭を下げるしかないかもしれません。今ならまだ有利に講和を結べるかもしれませんから」

「そうか。講和、か」

「ただし総長。これはまだ内密に願います。陸海の軍部には、徹底的に戦うことを願っている方たちがまだたくさんおられますからね。彼らに知られるとちょっと厄介なことになります」

「ふふっ。そういう強硬派を作ったのは、首相、君自身のような気もするがね」

「歴史は動いているのですよ、総長。国を動かしてゆくのは、いつだって悪魔です。ヒトラーも、ルーズベルトも、スターリンもしかりです。むろん良い死に方はしないでしょうね。ですが、それが国を動かす男の定めであると私は思っています」

珍しく饒舌《じょうぜつ》な東条を、杉山は不思議そうに見た。気弱になっているからだろうか、と杉山は思った。が、真意はわからない。

東条という男は、他人に自分の正体を見透かさせるような単純な男ではなかったし、杉山も東条の本当の姿を知ろうなどと近頃は思っていなかった。

「それじゃあ、失礼しよう」

「どうも」

ドアを開けようとして杉山はふと、久しぶりに東条と酒を飲んでみたいなと思った。

「首相。どうですか、近いうちに一献《いっこん》」

東条は即答はしなかったが、それでもいつもよりは早かった。

「やめておきましょう。今度総長と飲むときは、お互いに無役のときがいいように思います。申し訳ありません」

「ああ、いいよ。気にしないでくれ」杉山は気軽に言って、廊下に出た。

「無役か。そうか、下手をすると俺は生きてないかもなあ。もう俺とは飲まないということか。あ、いや、逆か。東条君は無役になるつもりなのかなあ」

どちらにでもとれると杉山は思ったが、考えるのはやめにした。どちらでもいいような気がしたのだ。


横須賀にある志藤少佐が入院している病院に、神が見舞いにやってきたのは、七月の初めだった。なんだか長く会っていなかったような気がして、二人はしばらくただ手を握りあっていただけである。

「この一週間、発作が出ていないんですよ。多いときは日に二、三度起きていたくらいだから、ひょっとすると快方に向かっているという気もしないではないです」

「本当だったらよかったですね。志藤少佐もずいぶんこの時代に慣れたでしょうが、やはり相当な無理も感じているのでしょう」

「無理と言うか……時どき昔というか未来というか、私のいた時代のことを無性に話したくなることはあります。私のいた自衛隊の話だけではなく、映画や音楽の話、そういったくだらない話をです」

「なるほど、わかる気はします……」

そこでノックがした。

「いいかい」例によって小島大佐だった。入ってきて神がいるのを見て、「おお。これはこれは」と、軽く敬礼をした。

「今日はちょっと話しておきたいことがあってな……」

「おや。小島大佐にしては深刻な顔ですね」気づいて、志藤が言った。

「前に志藤少佐からアメリカが開発した原子爆弾の話を、聞いたことがあっただろ。お前さんたちの世界では、結局それが太平洋戦争を終わらせる原因になったと」

「ええ。ただし、前にも言いましたがあまり話したくない話ですけどね」

「そうも言ってられないんだ。まだ正確な情報ではないんだが、その原子爆弾の製造工場で誤爆があったらしいんだ」

「誤爆？　原爆がですか」

「まだ実験段階だったらしいが、製造工場だけじゃなく工場のあった町に被害があったらしい」

「当然でしょうね。私のいた世界では、広島で十数万人、長崎では三万人以上が亡くなっているんですから」

「そ、そんなにひどいのか」

「でも、問題はそれだけじゃありませんよ。放射能という悪魔の物質が、残った人たちも苦しめるのです。聞きますか」そう言ってはいるものの、志藤はあまり話したくなかった。

「次の機会にしよう。俺の言いたかったのは、この結果を受けて、アメリカ政府がひっくり返る可能性があるっていうことなんだから」

「ああ。それはありえますね」志藤がうなずいた。

「となれば、今の戦争に大きな影響が出るのでしょう」

「東条さんあたりが、相当に動いてるとも聞いたよ。なにしろドイツは連合国軍に降伏しちまったから、下手をすると日本は一国で連合国軍全部を敵に回しかねない。それはいくらなんでもきつすぎる。下手をするとドイツの二の舞になりかねないからな」

「講和、ですか」

「俺なんざにははっきりとは言えないが、可能性はあるよな。アメリカの今の政府が倒れちまってからじゃ、ますます先行きが見えん」

「そうでしょうね」

「さて、なら俺は帰るよ。君たちには、つもる話もあるでしょうからね」

来たときと同じように、小島は飄々として帰って行った。

そしてこれが、志藤が小島と会った最後の日になった。いや、小島だけではない。神も、である。志藤はこの数時間後、この世界から忽然と消えてしまった。

エピローグ

「お久しぶりです」懐かしい背中を見て、志藤雅臣が声をかけた。

「よう」長田《おさだ》光起《みつき》一等海佐が人なつこい笑みを、志藤に向けた。

病院にいたあの日、志藤はまったく突然に、現代の世界に戻った。戻った場所は、今いる横須賀港だった。

最初はもちろん信じられなかった。だが、周囲の景色は見覚えのあるものばかりであった。

ひとまず志藤は、実家に戻ってみた。驚いたのは、家族の者たちが志藤を見ても驚かなかったことだ。

それも当然で、志藤はこの世界からたった一日しか消えていなかったのである。

「でも、志藤。疑ってるわけではないが、俺にはまだいまいち信じられんよ」長田が首を捻りながら言う。

「まあ、それはそうですね」

海底火山の噴火後、危機的な状況をなんとか切り抜け、長田たちは帰港していた。

ただ、ひとつ違ったのは、船内から志藤の姿が煙のように消え失せていたことである。長田たちはそれでも懸命に志藤を探したが、とうとう見つけることができなかった。

状況的に見て有りそうにない話ではあるが、海に落ちてしまったという可能性も皆無ではない。あわや沈没という状況を無事切り抜けはしたが、長田の心は深く沈んだままであった。

ところが、いざ帰港してみると、志藤がすでに帰っていたのである。

その後、志藤は自衛隊の上層部に呼ばれ、何度も同じ話をした。だが、過去の日本、しかも現在とは別世界の日本にタイムスリップし、太平洋戦争を戦ったなどという話は、完全には信じてもらえなかった。

話を聞いた長田も同様であったが、志篠三佐の人柄も知りすぎるほど知っている。とても嘘をつくような男とは思えないし、またどこにも行き場のない洋上で忽然と姿を消したのも事実である。完全に信じることはできないが、もしかしたらそういうこともあるのかもしれない。それぐらいには思うようになっていた。

志藤はその後、休養生活に入り、結局、そのまま自衛隊を辞めてしまった。辞める少し前に志藤に会った長田は、そのことを訊ねてみた。

「志藤三佐は、自衛隊をどうするつもりなんだ」

「ちょっと悩んでいるんですが、やっぱり辞めようかと思っています。なんだか、あっちにいたときとは別で、静かに暮らそうかなって、そんな気になってるんです……」

「そうか、それもいいかもしれんな」

二人はこの後も何度か会っているが、互いの暮らしが始まるとそうたびたび会うこともできなくなり、志藤が就職した会社で北海道に赴任することになって、それは決定的となった。

半年ぶりの再会を、戻ってきた横須賀にしたいと言ったのは志藤である。

「忘れているんですよね、普段は。でも突然に、俺って忘れ物してるんだよなあと思うことがあるんです」

「あっちの世界の未来か」

「そうです。あの後、講和はしたのか、千崎司令官や神参謀長はどうなったのか、小島大佐はまだか、と言っても過去になってしまいますが、兵器研究してるのかなあって」

何度か会って話すうちに、志藤は向こうでの詳しい話をすべて長田に伝えていた。そのあまりの生々しさや真実味に、今では長田もほとんど志藤の話を信じるようになっていた。

二人の会話はとめどなく続く。久しぶりのこともあるだろうが、もともと波長が合うのかもしれない。

「ああ、こんな時間だ。飛行機があるかな、悪い」

「かまいません。また早めに会えるといいですね」

「そうだな」

二人は街角で別れた。

そのとき、「あの……長田さん。俺、これを言おうかどうかずいぶん迷ったんですが、やっぱり言っておきます」

「なんだ」

「俺が向こうに行ったとき、俺は自衛艦に乗ってました。ところが帰るときは、俺だけです。これが今でも気になっていて」

「ああ、お前が言っていた『あきつ』という艦のことか」

「ええ、そうです。……この世界には、『あきつ』なんてないんですよね。この世界の海上自衛隊には、俺の知るあの輸送艦『あきつ』は建造されていない」

長田はすぐには答えなかったが、やがて考え込むような口調で静かに口を開いた。

「志藤。それはこういうことか。今いるこの世界も、お前がもともといた本当の世界ではないと……」

「似ていますよ。すごく似てる。家族もいるし友人もいる。景色だってまったく変わらない。なのにほんの微妙なところで、違うなって感じるときがあるんですよ」

志藤が首を振った。

「お前が、太平洋戦争を超戦闘空母『大和』と戦ったというところまでは、俺もなんとか信じられるようになってきたが……さすがにこの世界が本当の世界でないという話になると……やはりにわかには理解できんな」

「ああ、もちろん長田さんは、というよりもこの世界の長田さんにとってみれば当然です。俺が同じ話をされたとしても、絶対に信じないでしょうから。ただ……」

「どうした、なにかあるのか」

「ええ、ムウがいないんです。子供のころ、俺はムウという名の犬を飼っていました。でも、家族の誰もが、そんな犬は飼っていなかったと言うんです。私は、皆が忘れていると思ったんですが、ちょっと考えてみると『あきつ』のことばかりでなくそういう些細《ささい》な点が微妙に違っているんです」

「なるほどな。あ、でも、そうだとしたら変じゃないか。この時代にいた、俺が今まで知っていた志藤はどこに行ったんだ」

「別の世界、ひょっとすると、俺がもともといた世界にいるのかもしれません」

志藤がそう言って、その場を沈黙が包み込んだ。しばらくして長田が問いかけた。

「で、どうするんだ？」

「どうもしませんよ。この世界で生きてゆくしかないですね。あの世界でもうまくやれたんですから、ここなら十分やっていけるはずです」

「まあ、そうだな。そういうことだ」

「ええ」

「でも、そうなると、お前はまた他の世界にタイムスリップするかもしれんな」

「やめてくださいよ、もうこりごりです」

そのときだ。背後の港のほうで汽笛が鳴った。志藤は思わず立ちつくした。

それは間違いなく『大和』のものだったからだ。

志藤が港に走り、長田があわてて後を追った。

が、当然、『大和』の姿はなかった。

「あははは」

志藤は笑った。そして涙をこぼした。

またいつか会えるかもしれない。超戦闘空母『大和』に。

志藤は真剣に、そう思った。会いたいと、思った。

（超戦闘空母『大和』　完）

コスミック文庫

超戦闘空母《ちょうせんとうくうぼ》「大和《やまと》」下
新鋭機「天戦」登場！

2022年11月25日　初版発行

【著 者】
野島好夫《のじまよしお》

【発行者】
相澤　晃

【発 行】
株式会社コスミック出版
〒154-0002 東京都世田谷区下馬 6-15-4
代表　TEL.03(5432)7081
営業　TEL.03(5432)7084
　　　FAX.03(5432)7088
編集　TEL.03(5432)7086
　　　FAX.03(5432)7090

【ホームページ】
http://www.cosmicpub.com/

【振替口座】
00110-8-611382

【印刷／製本】
中央精版印刷株式会社

乱丁・落丁本は、小社へ直接お送り下さい。郵送料小社負担にて
お取り替え致します。定価はカバーに表示してあります。

ISBN978-4-7747-6434-4 C0193